アンナは、いつか蝶のように羽ばたく

ウェイ・チム
Wai Chim

冬木恵子　山本真奈美 訳

THE SURPRISING
POWER OF
A GOOD DUMPLING

ASTRA HOUSE

アンナは、いつか蝶のように羽ばたく

装幀：白畠かおり　装画：高橋由季

あらゆる形の家族へ

母

アンナに大きな黒い犬の話をしておかないとね。

アンナ、わたしのかわいい娘。この前、犬を見たの。歯をむいてうなって、切れた鎖をガシャガシャかんで、口から泡を飛ばしてた。

ウーウー。ウーウー。

アンナ、その犬の話をしておかないとね。車のように大きくて、すごく怖そうな犬。あれは獣《けもの》。吠《ほ》えたり、うなったり、かん高い声で、魔物のようだった。

ウーウー。ウーウー。

話しておかないとね、アンナ。見たらすぐにわかるように。赤く燃える目が、悪魔のようだった。

ウーウー。ウーウー。

一

二月

壁にうつる葉っぱの影が右にゆらゆらなびいて、浜辺にやさしく打ちよせる波のよう。**すてきな日になるかも。**

母さんがベッドから出てこない日の朝は、まるで占いごっこ。わたしはひたすら〈しるし〉をさがす。まずは薬草茶をいれて、母さんを起こしにいく。廊下をそろそろと進み、にこにこマークに見える影があったらいいしるし、ドアノブにさわって静電気でバチッとなったら悪いしるし、きしむ床板を踏まずにたどりつけるかどうか。母さんの部屋のドアを開けたらどうなるか。そういうしるしで、なんとなく予想する。

当たるとはかぎらない。ぜったいに床板はきしまなかったのに、持っていったお茶を母さんが壁に投げつけた日があった。**だめな日。**母さんの部屋のドアにうつる影が、風船にじゃれつく子猫に見えた日があった。その日、母さんは出かけて、わたしとリリーに新しいスマホを買ってきてくれた。セールだったから、と言って。**すてきな日。**

今日の影はいい感じで、ドアノブもなんともない。ドアを押しあけると手元がゆれて、母さんとっておきの茶碗《ちゃわん》の磁器のふたがかたかたと音をたてる。部屋の中の影が、なんだか怒っている。ブラインドのすきまから差しこむいくつもの細い光のすじが、部屋を覆いつくす暗闇を突きやぶりそうにしているからだ。でも**母さんがまだベッドの中なのは、悪いしるし。**どっちの日とも言えない。

茶碗をベッドの横のテーブルに置く。母さんの小さなからだはぶあついふとんに埋もれて、もつれた黒髪だけがのぞいている。眠ってなんかいないのに。がっかりだ。

母さんがベッドから出てこなくなって、もう二週間。そういうのは初めてではないし、これが最後でもないのはわかっている。それでもがっかりしてしまう、母さんがこんなふうになると。母さんが、わたしたちの母親でいるのをやめてしまうと。

いつものくせで、めがねのまんなかを押しあげる。「母さん、チャー《お茶》」まだすこしだけ、期待のこもった声になる。

母さんはぴくりともしない。弱い風がブラインドをゆらして、光のすじもふるえる。でもほかに動くものはない。もちろん母さんも。

「母さん」ふとんの盛りあがりがきっと肩だろうと、片手でそっとゆさぶってみる。やっと動いたけれど、わたしの手をはらいたかっただけだ。ベッドの横で反応を待つ。せめてわたしがいることに気づいているというしるしがほしい。でも母さんはこっちをむかない。

部屋を出て、とにかくそっとドアを閉める。波のようだと思った影が、こんどはイグアナのトゲトゲに見える。いいしるしではなかった。

ただの葉っぱで、意味なんかないのかも。

むりやり笑顔を作って、キッチンにむかう。

キッチンはぞっとするほど静かで、聞こえるのは蛇口からぽたぽたと水が落ちる音だけ。母さんが部屋にこもってたったひとつ、いいことがある。母さんが起きてこない朝は、弟と妹がいつもよりいい子だ。

ふたりは小さなダイニングテーブルの片側でくっついて、朝ごはんを用意している。母さんがしばらく前にトースターを捨てた。高温で調理したトーストは、中国の医学でいうところのイッヘイ《熱気》が多すぎるから、からだに良くない、焦げた部分を食べたらのどが痛くなる、と母さんは言う。だからうちではバターやジャムを生のパンにつけて食べる。リリーがジャムを塗ったパンを五歳の弟に渡している。

マイケルはパンをぎゅっとつぶして、思いきり口につめこむ。ふくらんだほっぺにジャムとバターがべったりとつく。

ペーパータオルでふいてあげると、べたべたがよけいに広がり、小さくちぎれてよれたペーパータオルがいくつも顔にはりつく。しかたがないとあきらめて、わたしはバター入れに手をのばす。

「母さんはどう？」リリーがきいてくる。

「寝てるよ」リリーにはうそだとわかるだろう、でもばれたほうが気が楽だ。うそをつくのは大の苦手だし、妹と言い合いもしたくない。ふつうは自分の正しさを主張するものなのに、リリーは相手のまちがいを立証する戦法をとるから。

「ママは、ねてるんだ！　しーっ、おこしちゃだめだよ！」と、マイケルがあまりに大きな声で言うから、わたしもマイケルにしーっと言う。

やっぱりリリーはだまされない。「そう。それで、ひとりごとは言ってた？　ぜんぜんなんにも？」十三歳にして、妹はわたしよりだんぜん落ち着いているうえに、いやみっぽい。

「**寝てる**んだってば」もう一度言って、かちかちに凍ったバターにバターナイフを突きさす。ひとかけらくり抜くと、まんなかがえぐれてしまったけれど、気にしない。どうがんばってもかたくて塗れないから、そのままパンにはさんで半分に折る。大きくふたくちで口に入れてしまう。バターのかたまりが上あごにくっついて、ゆっくりとけていく。

「ママがまたねてるんだったら、ぼくをがっこうにおくってくれるの、ゼゼー《お姉ちゃん》？」マイケルがわたしにきく。よじれたペーパータオルの切れはしが、まだ口のはしっこについている。マッシュルームカットの前髪がきれいにそろっていて、マイケルの茶色い目はさらに大きく見える。

かわいすぎて、ときどき胸が痛くなる。

「今日はリリーが送るしかないね」

リリーがどなる。「プレゼンの前にCTのパートナーに会わなきゃいけないのに。**自分こそ**途中で寄れるでしょ」CTは**コミュニケーション・シアター**の略だ。モンゴメリ校生は、「ドラマの授業」などというさえない呼び方はしないらしい。

「そっちは九時始まりでしょ、リリー。すぐに出ればまにあうよ」

「**はあああ!?**」と大げさに抗議してくるのを無視すると、リリーは立ちあがって、わたしたちふたりの部屋に駆けこむ。べたべたのお皿はテーブルに置きっぱなしだ。ふっと息をついて、ほとんど使ってない自分のお皿と、リリーのお皿を手に取る。

食器はシンクに置いて、ペーパータオルを濡《ぬ》らし、だめ押しでもう一度弟の顔をふいてやる。マイケルは座ったまま、かみすぎて短くなったわたしのつめで、おとなしくこすられている。

「パパ、きのうのよる、かえってこなかったね」弟の顔がくもる。

「そうだね。きっと店が忙しいんだよ」母さんが部屋にこもるといつもそうでしょ、とは言わないでおく。

マイケルが手をのばして、わたしの顔にさわる。「みて、アンナ！　まつげがぬけてるよ。おねがいごとしなきゃ」

わたしは笑って応じる。目を閉じて、まつげをつまんだ弟の指にそっと息を吹きかける。母さんがベッドから出てきますように、父さんが家に帰ってきますように、と願いながら。ただふつうの暮らしができますように、ふたりでにっこりする。マイケルは満足げだ。

まつげがなくなって、ふたりでにっこりする。マイケルは満足げだ。

「さあ、もう八時過ぎだよ。学校に行く支度《したく》をしなきゃ」

「でも、ママかパパに、きょかしょにサインをもらわなきゃいけないんだよ」わたしの鼻先で紙をふってみせる。「がっこうのとしょかんの、ホロウェイせんせいが、アートキャンプにつれてってくれるんだって！　でもほごしゃのサインがないと、いけないって。ちょっとだけ、ママをおこせない？」

ベッドにいる母さんを思いうかべる。ふとんにくるまって、じっと動かないところを。そんな姿だけは、マイケルにぜったい見せたくない。「じゃあ支度をしてて。母さんを起こしてみるから」

弟の顔がぱっと明るくなって、わたしの胸の痛みもたちまち飛んでいく。

「まだ行かないの？」部屋から出てきたリリーは、もう着替え終わっている。髪は雑なポニーテールだ。棒のように細いからだには大きすぎるリュックをめいっぱい下で背負い、おしりにぶつけながら歩いているのがなんだか笑える。横につけたカラビナには水筒がぶらさがっている。「早くしてよ、ちびちゃん。もう行かなきゃ」リリーは部屋にもどるマイケルをせかす。

そしてリュックを背負ったまま、金属製の折りたたみ椅子にどっかりと腰をおろす。水筒が椅子に当たって大きな音をたてるのも気にせず、腕を組んでじっとこっちを見る。

「母さんは許可書にサインなんかしないでしょ」全部お見通しと言いたげな、つりあがった眉の形が完璧すぎる。練習でもしていたんだろうか。

「**そんなのわかってるよ**」わたしはキッチンの引き出しからペンをつかんで、署名欄にサインをする。母さんの筆跡をまねて書くのは初めてではないし、リリーだって何度もやっているはず。リリーとわたしには暗黙の了解がある。いっしょにマイケルを守っていこう、母さんの情緒不安定から、調子の良くない状態から、ふたりでなんとかなるかぎり。

うしろから、リリーの小さくもないため息が聞こえる。「あのさ、ルーシーにまた怒られたら言うからね、**姉のせいです**って。こんなのでお説教はごめんだし」

「どうぞ、ご自由に。それより、先生を名前で呼ばないの」

バター入れを使い古しのジッパー付き袋にもどして冷凍庫に入れる。これは母さんのこだわりだ。パンの袋は口をきつくしばってからポリ袋に入れてその口も閉じ、冷凍庫に突っこむ。うちにあるものはなんでも、なにかしらのポリ袋に入っている。食品保存容器、掃除用品、棚に置いた写真立てまで、なにもかも全部、透明の袋で包んである。母さんはほこりを毛ぎらいするのに、ほこりをはらうのは好きじゃなくて、二、三週間ごとに袋をとりかえておしまいだ、ポリ袋なら安あがりだから。エコ戦士がうちに足を踏みいれたらびっくりして飛びあがりそう。でも、だれも来ないからそんな心配はいらない。

「ルーシーがそう呼んでって言ったんだよ」リリーが言いかえす。「子どもだって同じ人間で、おとなと同等に敬意をはらわれるべきだって。だからわたしは存分に主張できるってわけ」

あきれたのが顔に出ないようこらえる。奨学金のおかげで、リリーはグリーブの郊外にある、金持ちの子だらけの私立校に通っている。もとからのメロドラマ好きもあって、どんどん裕福な同級生たちと同じような話し方になってきている。影響されるのもほどほどにしてほしい。

「ゼゼー、くつしたがかたっぽ、みつからない」マイケルが部屋から呼んでくる。

「さがしてあげようか？」

「いい！」マイケルは自分のプライバシーにかなり敏感な時期で、とくに姉たちにはうるさい。着替えやお風呂のあいだはわたしたちを入れてくれず、はだかを見ていいのはママだけで、それがよけいにことをややこしくしている。母さんの調子がいい日はどんどんすくなくなっているから。はだかで、片方だけとまったおむつを引きずって走りまわる坊やだったころがなつかしい。

リリーがまたいらだつ。「もう！　いつんなったら行けるわけ」

「ちょっとだまってて」わたしは閉じたドア越しに声をかける。「マイケル、五秒以内に出ておいで、じゃないと入るよ！」

「だめー！」ドアがばんと開いて、学校のシャツとズボン姿のマイケルが現れる。片足にはしましまの短いソックス、反対の足にはグレーのハイソックスをはいている。わたしは弟の部屋に入り、ひざをついてさがしはじめる。

グレーのハイソックスだと思ってつかんだら、ベッドの下から出てきたのは大きなほこりのかたまりだ。**うわ、母さんが見たらカンカンだよ。**

「アンナ、くつした」マイケルが床を踏みならす。

「**アンナーーー！　遅刻する！**」リリーのきいきい声にはげんなりする。

「ごめん、ちびちゃん。時間切れ」弟を手まねきで呼び、ハイソックスを二、三回折って、両方が同じくらいに見えるようにする。

マイケルに靴をはかせ、リュックを背負わせる。リュックはリリーのと同じくらい大きくて、その重さでマイケルがちょっとのけぞる。「それと、いいお知らせ。母さんがサインしてくれたよ！」用紙を目の前でふってみせる。

弟は受けとるものの、あやしんでいる。「ほんとに？　ママはねてるっていってたのに」

「ああ、寝てたよ。でもちょっとだけ起きて、またすぐにベッドにもどっちゃった。すごく疲れてるんだと思う」わたしのうそは下手すぎて、五歳児だってだませない。でも言いあっている時間はない。わたしも学校かばんをつかむ。ななめがけのメッセンジャーバッグで、自分で貯めたお金で買ったものだ。いままでにたった一度だけ、ベビーシッターのアルバイトをした。そのあと母さんに、知らない人の家でのベビーシッターは禁止された。「**その家が安全かどうか、どうしてわかるの？　クスリをやってるかもしれないし、銃を売ってるかもしれないで**

しょ」と。わたしを雇ってくれた女の人は、通りの先のスーパーで働いていて、祝日のシフトを増やしたいと言っていた。母さんにそう話しても、聞いてはもらえなかった。

このごろはもう、そんな話題を出せもしない。母さんはあんまりベッドから出てこないから。出かける前に、母さんの部屋の前で一瞬足を止める、でも中には入らない。影ももう消えている。すくなくとも今日はもう、読みとるべきしるしはない。

二

三月

朝からずっと気が重い。今日は進路相談の面談で、将来なにになりたいとか、なにがしたいとかを話さなくてはいけない。進路相談には学校がかなり力を入れていて、十一年生の今年は、全員が第一学期の終わりまでに面談を受ける決まりだ。「生徒たちがちゃんとやっているか」学校が確認できるように。

面談の時間に先生の部屋へむかう。女子が三人待っていてベンチを占領しているから、その横で気まずく壁にもたれているしかない。知らない顔、ぜったい十二年生だ。むこうももちろん、こっちを見ていないふり。

「ああー、昨日はマジで徹夜《オール》で勉強した。一**秒**も寝てないし。このコーヒーがなかったら死んでるよ」ひとりがスターバックスのベンティサイズのコーヒーをがぶ飲みしている。

「あんたね、今年十四単位も入れてるのがおかしいの」と、別の子が口をはさむ。「なんで去年やっとかなかったわけ？　十一年生なんて楽勝だったのに！」

「わかってるよ、うーー、あたしってほんとバカ」ベンティ・コーヒーがうめく。「ＡＴＡＲ《エイター》で九九・七取れなかったら死んでやる」

わたしは下をむいて、制服のしみをこするふりをする。この人たちは典型的なアジア系ショア・レイクス校生だ。じゅうぶん優秀なのにもっと上を目指して、選択科目は全部受け、大学や学部の選択の指標になるＡＴＡＲのスコアは九九・九五が最高点なのに、九九・九九をほしがる。この手はみんな、タイガー・ママ《教育ママ》がいて、ピアノを習っていて、医者になるのが目標。

「しかも、最近は競争もめちゃくちゃ厳しくなってるしさ」もうひとりの子が、つやつやの黒髪をかきあげる。「ほんと、九九・五でも希望のコースに入れないとか。ほんと、どうなってるわけ？」そう言ってインスタ映えばっちりの唇をとがらせる横で、わたしはありもしないしみをさらに強くこする。

「あーやだ、どうする？　将来、不動産の営業とか、おばさんバリスタとかになっちゃったら」

それのどこがいけないの？　そう思ったものの、居心地が悪い。もしわたしが自分の中国系の家族にそんなことを言えば、ものすごくがっかりさせるに決まっている。

「アンナ・チウ？」ＡＴＡＲの話はもうかんべん、と思ったところで、ケネディ先生に部屋に呼ばれる。

「アンナ、座ってちょうだい」

ケネディ先生の部屋は白で統一されて、きれいで明るくて、キッキケイのパステルカラーの文房具が差し色になっている。キッキケイというブランドだとわかったのは、わたしもショッピングセンターで、こういうきれいなノートやおそろいの文具をいつもじっと眺めていたから。ほしくてたまらなかったのが、淡いベビーピンクのペーパークリップと、セットになっている鳥の巣形のクリップディスペンサーだ。

「じゃあ、始めましょうか、アンナ」ケネディ先生がにっこりする。ふっくらした唇はグロスでつやつやして、メイクはまったくくずれていない。先生は返事を待たずに、紙のフォルダーが虹色の順に並べてある中から、わたしのを抜きだす。薄い中身に目を通す。

「理工系女子、かな?」わかったふうな目くばせをされて、むっとする。

十年生のとき、今後履修《りしゅう》すべき授業を決めるために、必修科目の理解度をすべて評価された。十五歳でもう将来が決まるわけだ。それで、十五歳のわたしは英語も歴史も、とにかく言葉を使う教科はさんざんで、数学はまあまあ、科学や技術なんかはぎりぎり許容範囲だった。つまり、退屈でダサいアジア系オタクの典型なうえに、頭脳も十人並みってことだ。

気が重いのはこのあと、高等学校卒業認定資格《HSC》の科目と進路の選択が待っているからだ。進路相談。ばかばかしい表現。だって学校は、わたしたちが**ほんとうに**大学に入れるよう手助けしますとか、なにをすればいいか教えますとかは言おうとしない。教育の機会平等とやらで、うっそうと茂ったジャングルや洞窟の入り口を見せて、こう言うだけ。「いってらっしゃい。ここから責任ある、充実した人生が始まり、それが学校教育の成功の証となるのです。でも、先生たちにもたしかなことはわかりません——地図も道しるべもありませんから。それが**進路**というものです」

野心家で目標が高くて、バラ色の人生を夢見る生徒も、もちろんいる。ベンティ・コーヒーと仲間たちのように。リリーだって、この学年になるころにはきっとそんな感じだ。妹はもともと頭がいいし、自制心も集中力もある、だれよりも優秀でいたいという意志の強さはもちろん言うまでもない。

わたしはといえば、落ちこぼれずに単位がもらえる授業ばかりをとって、その学年を乗りきってきた。

「今学期の授業はどう?」ケネディ先生に、持ってくるよう言われていた科目選択表を渡す。

「えっと、まあまあです」ステージ六〔オーストラリアの教育制度で、おおむね二学年ごとの区切り〕第一学期の化学がどんな調子かは、先生にはどうでもよさそうだ。それよりとにかく、穴があくほどじっくりと科目選択表を見ている。

「上級数学、これはいいわね。標準英語」先生がおやっという顔になる。「もうちょっと力を入れたほうがいいんじゃない?」

顔が熱くなる。いつもすぐまっ赤になるし、痛いところを突かれるとしどろもどろになってしまう。「えっと、あの、化学と経済と、フランス語もとっているので、だから、あの、それで単位は十二です」どうして先生はいまごろになって、科目をきいてくるんだろう。選択をどうにかできるタイミングはとっくに過ぎているのに。第一学期はもうすぐ終わる。

「そう」と言ってケネディ先生が唇を突きだすと、くちばしのあるパペットのよう。「ほんとうにもっと努力しないと、アンナ。来年はいよいよＨＳＣだし、それがたいへんなのはわかってるでしょう」

「は、はい」声がふるえ、息をのむ。

「課外活動は？」

「えっと、数学リーグに参加してます」

先生は腕を組む。「数学リーグの集まりは学期中に二回だけだし、競技会はたった一度でしょう。それだけではね。放課後はなにをしてるの？　社会奉仕やボランティア？　アルバイト？」

三辛のチリソースを飲みこんだ気分だ。めがねをぐっと押しあげる。「えっと、だいたいいつも弟のお迎えに行ってます。それから、家の手伝いを」わたしの顔はきっと、先生のデスクに置いてあるピンクのペーパークリップと同じような色になっている。下手な言い訳にしか聞こえないだろう。**でも、先生はなんにも知らないんだから。**

ケネディ先生が舌を鳴らす。おとなだけが出せる、それはだめでしょうという音。「来年は最終学年なんだから、ちゃんと勉強の習慣をつけておかないと、準備不足で後悔することになる。なにか情熱を持てるものをみつけなさい。あなたの科目選択……悪くはないけど、もっといろいろできるはず」

「追加はもうできないんじゃないですか？」変更期限をもう何週間も過ぎているのに、ガイダンスカウンセラーとして、先生は例外を認めてくれるんだろうか。

「文字どおりにとらないで、アンナ」あわれむような目でわたしを見て、先生はふっとほほえむ。「長期的に考えられるようにならないと、ってこと」マニキュアを塗ったつめで、こめかみのあたりをとんとんとたたく。

うわ。おとなのこういう謎のはげましは、大きらい。つまりは選択を変えられないということ。なにが「進路相談」だ。

声に出しては言わない。「わかりました」と小声で言って、科目選択表をつかむ。ぐしゃっと丸めてやりたいのをこらえる。

ドアから出かけたところで、名前を呼ばれる。先生はうっすらとほほえんで、ミステリアスな雰囲気を出そうとしている。「いまこそ、特別なあなたになるとき」と言いながら先生が見あげて示す、額入りのパステルカラーの紙に、まさにその言葉が書かれている。先生は得意げな顔だ。ダライ・ラマになって真の叡智《えいち》を授けていますよ、とでも言いたいんだろうか。きれいに印刷された言葉の受け売りじゃないですよ、とでも。

わたしはまたむっとしながらうなずく。部屋を出たとたん、目ざわりな表をぐしゃぐしゃにして、いちばん近くにあるごみ箱に放りなげる。思った以上に大きな音、紙までがわたしをばかにしている、頭の中で鳴りひびく言葉といっしょになって。

それだけではね、と。

三

ベルが鳴って、最後の授業の教室から飛びだす。もうロッカーから教科書や必要なものは持ってきてあるから、廊下をのろのろと進む生徒たちのあいだをすり抜けて外に出る。

スクールバスを待っているひまはない。道の反対側にある路線バスの停留所に走って、乗車口を閉めようとしている運転手になんとか気づいてもらう。乗車パスをふって見せながら乗りこみ、目に入った空席に沈みこむ。

バスはがらがらだ。まだ下校ラッシュも始まっていない。マイケルの学校までは曲がりくねった道を二十分。ブルートゥースのヘッドホンをつける。これは去年の誕生日プレゼントで、そのころ母さんの調子は良かった。

ポップ・ミュージックが流れだして、催眠術にでもかかったようにぼうっとする。リリーはわたしの歌の趣味をダサいと言う。妹はKポップはもちろん、あまり知られてないバンドとか、はやりのインディーズバンドもスポティファイで聞いている。わたしが聞くのはヒットチャートにあがっている曲ばかりだ。でも、テイラー《ティ》・スウィフト《ティ》みたいにかっこいい子でも、自分を見失ったり居場所がないと感じたりするんだ、わたしと同じだ、と思えるのがいい。

　この短い時間だけ、太ももを指でたたいてリズムをとって、口パクで歌っているふりをして、ふつうのティーンになりきる。家に心配ごとなんてない。母親にはなんの問題もない。学校のダンスパーティが気になる、ふつうのティーン。母さんが男の子とのデートはだめだと言うから、参加なんてできやしないけれど。リアリティ番組の『カーダシアン家のお騒がせセレブライフ』や『リアル・ハウスワイフ』シリーズの最新情報を追っかけるのもありだ。とはいえ、うちは有料放送を契約してないから見たこともない。男の子とキスしたり、暗くなってから家を抜けだしたりという妄想もできる。母さんからは、そんなことをしたら両脚をへし折って家から追いだすと言われていて、それはたぶん本気だ。

　ケネディ先生なら、そういうのも青春時代のいい経験、と思うんだろう。**成長の限界の探訪**、みたいに呼ぶのかも。

　わかりやすく言えば、**ふつう**だ。

　スマホをチェックする。新着はほとんどない。同世代の子たちのように、ソーシャルメディアにはまってはいない。インスタグラムのアカウントはあるけれど、投稿はしないで、たまに人の写真に「いいね！」するだけだ。スナップチャットも、はやり始めにやってみたものの、友だち登録がすくないから良さがわからなくて、リリーとくだらないことをシェアするときしか使わなくなった。(リリーは自分のほうがおもしろいと言いはる)。フェイスブックのアカウントもある(持ってない人なんている?)、でもそれもメッセンジャーを使うだけ。

広東語《かんとんご》のことわざで、すごく気に入ってるのがある。**なにも言わないからといって、あなたは口がきけないとはだれも思わない。**

これがわたしのつきあい方——いや、生き方だ。あまり人と関わらなければ、なんと言われているか、どう思われているか、気にしなくていい。はだかを見せてと言ってくる男の子をはねつけたり、アカウントの乗っとりやネットいじめを心配したりする必要もない。中国語の新聞でそういう記事を読んで、母さんは過剰に心配している。

「ふたりとも、フェイスブックは使わないで。女の子を親から引きはなすんだから。フェイスブックが」

「わかったよ、母さん」リリーもわたしも、スマホから顔をあげずに答えた。

家でも、学校でも世間でも、目立たないほうがいい。

そうするとティーンらしい経験はできない、パーティも、楽しいこともなにも。でも長い人生では、そんなの大した問題じゃない。

(そうでしょ?)

制服を着た男の子がひとり、バスに乗ってきた。黒髪で、日焼けしていて、ちょっぴり笑った頬にえくぼが見える。校章もスクールカラーも見覚えがないものだし、このあたりの子ではないんだろう。こちらにちょっとうなずいて、にっこり笑う。わたしは恥ずかしくなってうつむく。

その子が通路の反対側の列に座る。わたしより二席前で、椅子の背もたれに片腕をかけ、二人掛けの席を丸ごと占領する。こっちをむいて目が合うと、片方の眉をくっとあげてみせる。わたしは頬がかっと熱くなって、また下をむく。顔をあげて、かわいく笑顔を返すくらいの度胸があればいいのに。めがね越しに目をぱちぱちしてみたり、学校で女の子たちがやっているように、髪をふわっとかきあげてみたり。

現実は逆で、とにかくそっちを見ないようにする。ほんとうは、からだじゅうの神経が意識しているのに。

男の子のことになると、てんでだめだ――ゼロ、無、なにもなし、という感じ。**絶望的に。**それは母さんに脚を折るとおどされたせいだけじゃない。いままでいちばん彼氏に近い存在がいたのは、となりの家のトルコ人の男の子、ベラトと遊んでいたときで、わたしが六歳のころの話だ。家族でまだゴスフォードの町に住んでいて、ようやく友だちができてうれしかった。でも近所の人たちが、あのふたりはいつか結婚するかも、とからかったとたん、母さんに遊ぶのを禁止された。

そのあとはずっとなにもない。スピン・ザ・ボトル・ゲームという、みんなで輪になってひとりがジュースの瓶をまわし、瓶の口がむいた相手とキスをする小学生の遊びさえ、やったことがない。校舎の裏でいちゃいちゃしているカップルを直視するのもむり。まっ赤になった顔をノートで隠して、あわてて通りすぎる。それでも、カップルはいちゃつくのをやめない。男女のことになると、わたしは傍観者の数にすら入らないらしい。

きっとそれでいいんだ。両親から、学生のうちは彼氏を作ってはいけないと、はっきり言われているし。男の子は気を散らせるから、と母さんは四六時中言っている。フェイスブックの話だけじゃなく、しょっちゅうこんな話もする。女の子が十代で妊娠すると、人生は台無し、「男にだまされたせいで」つまらない仕事をするはめになる、と。だから、パーティには行けない、お泊まり会もなし、学校と家族のほかは人づきあいをぜんぜんしないで育ってきた。**子どもらしいことはなにも。**わたしにあるのは、家族と店と勉強と、母さんの気持ちの浮き沈みに、中国関係のあれこれだけだ。

マイケルの学校の前でバスが停まり、急いで降りる。あの男の子のほうは見ない。歩道のはしまで行ってから、バスの窓にちらっと目をやる。バスの陰から車が来ないかの確認で顔をむけたように見えるはず。いた。にやにやしながらまた片方の眉をあげているのが、動きだしたバスの中に見える。こちらが気づかないふりをしても、通りすぎながら笑っている。くやしさがこみあげてきて、こぶしを握ったり開いたりしながら、横断歩道を渡って校門へと急ぐ。**絶望的。**

でもいまは、そんなことを考えているひまはない。チャイム代わりの音楽が流れて、一日の終わりを告げる。校舎から出てくる子どもたちはまるでコガタペンギン、みんなからだより大きいくらいのリュックにつば付きの帽子姿だ。ぞろぞろとむかう門のあたりはせっかちな親たちでごった返していて、たがいの頭越しに、なかなか近づいてこないわが子をさがしている。

わたしも人だかりの中を急ぎながら、小さなからだを蹴飛ばしてしまわないよう、下にも気を配る。小学生ってこんなに小さかったっけ。

マイケルがスキップで出てくるのが見えた。男の子と手をつないでいる。名前を呼ぶとこっちをむいて、きらっと目が光る。

「アンナ！」マイケルの元気な返事が耳に心地よい。リュックは半分口が開いたまま背中ではねている。顔いっぱいの笑みに、こんなに口を広げて笑うから、乳歯のすきまがまだかわいく開いたままなのかな、と思ったりする。

弟の髪をくしゃっとなでて、リュックの口を閉じてやる。「急がないと、バスに乗りおくれちゃうよ」

「まって、アンナ。みせたいものがあるんだ！」弟はわたしと手をつなぎ、友だちの手を放す。

「またね、アルバート」そう言って小さく手をふる。アルバートはもう、追いかけっこを始めたふたりの女の子に声をかけている。この子たちを見ていると、六歳のころの自分とベラトを思い出す。**遊ぶだけのときは、友だちづきあいはかんたんだ。**でも大きくなると、好みや支え合いや立場が重要になってくる。
家族みたいに。

「どこに行くの？」ときいてみる。マイケルは返事もしないで駆けだす。校庭を突っきってどんどん進んでいくマイケルに遅れないよう、わたしも大またで歩く。

学校の図書館は、敷地の奥の、どこにでもあるような建物だ。でも中に入ったとたん、魔法にかかったような気がした。『ドクター・フー』に出てくる次元超越時空移動装置《ターディス》みたいに、内側のほうがずっと広く感じる。外の光があまり入ってこないから、よけいに神秘的だ。部屋全体がきれいに飾られて、まるでほんとうの妖精の森のよう。まんなかには本物の木が置かれ、本棚のあいだにのびる何本もの太い枝の上に、フラシ天で作られたいろんな森の生きものたちがいる。森の賢者のフクロウが一羽、高い枝からこっちを見ていて、わずかな光を受けて輝くその大きな黄色い目は、まるで双子の月のよう。天井からはふわふわの雲がいくつもつりさがり、妖精の粉できらきらしている。

わたしはすっかり心を奪われる。自分の中のほぼおとなの部分で考えれば、これは紙とラメと手芸わただ。でも心の奥の子どもの部分が、この世界はもちろん本物だと思っている。

「わあ」わたしは息をのむ。子どもたちが何人か、部屋のすみっこにもたれて本を抱えている。娘とカーペットに座っていっしょに本を読んでいるお父さんもひとり。

「こっちだよ！」マイケルは遠くの本棚に走っていく。色あせた帽子は、色とりどりの絵に囲まれると目立つ。追いかけると、大きな文字が目に飛びこんできた。

世界のどこに行っても　わたしの故郷はオーストラリア

壁のあちこちに、いろんな絵が貼られている。手をつないだ人たち、遊び場、リビング、キッチンの一場面。この図書館の大きな木の絵もある。なんでもない日常が描かれ、どの絵にも個性がある。あらためて驚いた。自分が小学生のときの図工の授業では、アボリジニの聖地の巨大な岩ウルルや、シドニー・ハーバーを、みんながそっくり同じに描いていた。「想像力のある」子（わたしじゃない）は、オペラハウスのてっぺんにコアラを描きたしたり、橋で飛びはねるカンガルーを描いたりしていたけれど、せいぜいその程度のちがいだった。

「これがぼくのだよ」マイケルが指さす。**わあ、**とまた声が出る。この場面はわかる、シドニー水族館のクラゲの展示だ。去年の夏休み、母さんの調子が良かった日に家族で行った。暗い展示室は、家族連れや、空いている場所をさがしてうろうろするベビーカーでごった返していた。リリーとわたしは小さな弟をだしにしてまんまとガラスに近寄り、蛍光ピンクや鮮やかな青のぷよぷよした半透明のかたまりにぽかんとみとれた。自分と同じ世界の生きものだなんて、信じられなかった。

マイケルはその思い出を、黒い紙の上にオイルパステルで再現している。こすってぼかしてあるから、ほんとうにクラゲが透けているように見える。３Ｄみたいになっていて、紙からいまにも飛びだしてきそうだ。前衛的で、いまっぽくて、めちゃめちゃかっこいい。

「マイケル、まだここにいたの？」歌うような声には、学校の長い一日のあとなのにまだまだ力が満ちあふれている。「ランチのときもここで会わなかった？　図書館に住んでるんじゃないでしょうね？」

「へんなこといわないでよ、ホロウェイせんせい」とマイケルが首をふると、帽子が左右にぐらついて、つやつやの髪がゆれる。「としょかんにはだれもすんだりしないよ」

「本の虫たちは？」

マイケルは一瞬考えて、もう一度首をふる。「ううん、ほんとうにいるとはおもわないよ。ここにあるほんは、ほとんどよんだけど、いっぴきもいなかったから！」

ホロウェイ先生は、たまらないという声で笑う。明るくてエネルギーに満ちた先生の色鮮やかなスカートがたっぷりとした腰のまわりでゆれ、ブロンドに白髪が見えかくれする髪は妖精を思わせる。おとぎ話のようなこの空間にぴたりとなじんで、まるで魔法の森の妖精のおばさんだ。

「ぼくのおねえちゃんの、アンナだよ」マイケルが細い指をわたしの指にからめ、わたしもそっと握りかえす。「ぼくのゆうしょうしたえをみにきたんだ」

コンクールで優勝したなんて、聞いていない。もう一度作品に目をやると、たしかに絵のとなりには、「一等」と書かれたつやつやの白い札がある。

誇らしくて、胸がいっぱいになる。

「はじめまして、アンナ」ホロウェイ先生が小さく手をふる。「マイケルは絵の才能にあふれているわね」

「そうなんです。まちがいなく、うちでいちばん才能のある子です」才能のある子のひとり、と心の中で言いなおす。リリーも優秀だ。「弟から聞きました、先生がアートの遠足に連れていってくださったんですか？」

「ああ、ええ」先生の顔がすこしくもる。「学校でもう図工の授業がないなんてね。読書と図工はとても相性がいいから、子どもたちが物語に夢中になれる方法をいつもさがしていて」

図工の授業がないなんて知らなかった。「弟は遠足をすごく喜んでいました。図工の授業が大好きだったので」

ホロウェイ先生の顔が輝く。「マイケル、お願いがあるんだけど、カートに入ってる返却本を分けてもらえる？」それ以上の指示を待つまでもなく、弟はカートに駆けよると、ペーパーバックや絵本を分けて重ねていく。つい笑顔になる。ホロウェイ先生は助手をばっちり育てている。

「来てくれてほんとうにありがとう。ただ、お母さんとお話しできると良かったんだけど」

「えっ」顔が熱を帯びる。「母は仕事がすごく忙しくて」なんのためらいもなく、うそが口をついて出る。

「そうなの」先生は唇をぎゅっと結ぶ。「マイケルは、お母さんはお仕事をされてないと言ってたけど」

「あっ、働いてるんじゃなくて」あわてて言う。「地域のことにいろいろと関わっているんです。あの、ボランティアとか、教会の関係で」母さんは一度も教会に足を踏みいれたことはないけれど。

「そう」先生の灰色の目が、まばらなまつげの奥でちらっと光る。できるだけ申し訳なさそうな、内気なティーンに見えるようにする。

「というのもね、マイケルを特別なアート・プログラムにぜひ推薦したいと思っていて。きっと大成するはず、才能にあふれてるから」

「えっと、うちには個人レッスンを受けさせる余裕はなくて」リリーが演劇や歌のクラスに入りたいと、父さんともめたことがあった。「情操教育」にむだ遣いする金なんかないと、父さんは聞く耳を持たなかった。

「資金はプログラムから出るの。奨学金が」先生はパンフレットをわたしの手に押しつける。「インナーウエスト地区のダイバーシティ《多様性》推進構想でね。地域の若い才能を育成するものだから、わたしはマイケルがふさわしいと思っていて」

その言葉にはっとして、渡された書類を読む。いかめしい雰囲気のアボリジニの男性が黒い点々で描いてある。

「ポール・ホーキーが主催しているの。ブリスベン出身のアーティストよ」先生がすごく誇らしそうに言うから、わたしもにっこりして、感動しているふりをする。

「わあ、すばらしいですね」最近は、こういう「ダイバーシティ推進構想」がいくつか行われている。マイノリティの声をちゃんと拾おうという姿勢のプログラムや委員会。わたしは「マイノリティ《社会的少数者》」と呼ばれるのはぜったいにいやだけれど、善意のつもりなんだろう。

「マイケルはプログラムの候補者にふさわしいと思うんだけど、参加には保護者の許可が必要なの」先生は書類の下のほうを指す。そこには旧式の切り取り線と、署名欄がある。

「わかりました。ちゃんと母に伝えます」

「やっぱり、お母さんにいらしてもらって、直接お話ししたほうが良さそう。ボランティアの合間に、すこしくらいなら時間を作ってもらえるでしょう?」

先生は穴があきそうなほどじっと見てくる。ミサイルの照準を合わされているようで怖い。また顔が赤くなるのを感じて、めがねを押しあげる。

「やってみます。ええっと、母にきいてみます。あの、きっと時間を作れると思います」ホロウェイ先生の眉があがり、わたしは文字どおり首をすくめて、さぐるような視線から逃れる。

「もう帰らないと。夕飯に遅れたくないので」パンフレットをかばんに突っこんで、かすれた声で呼びかける。「マイケル、行くよ」言いながら足は出口にむいている。

「まって、アンナ!」弟はわたしに追いつくと、ふり返った。「さよなら、ホロウェイせんせい!」まだ先生の視線を感じるけれど、ふりむかないで歩きつづける。

家にむかうバスの中で、母さんの話を切りだしてみる。「どうしてホロウェイ先生に、母さんが家にいるって言ったの？」

マイケルは肩をすくめる。わたしのスマホでゲームに夢中だ。うちでは宿題が終わるまでゲームもテレビも禁止だけれど、ここに母さんはいないし、やさしいお姉ちゃんでいたい。「ごりょうしんはなにをしてるのってきかれたから、パパはみせではたらいてて、ママはいえにいるっていったんだ」

「なるほど」次の言葉を慎重に選ぶ。「よく考えてから言うようにしようね、先生には。先生たちにはわかってもらえないこともあるから。家族だけの内緒にしなきゃいけないこともあるの」最後の言葉は、下手な広東語で言う。バスの中で聞き耳を立てられているかもしれないから。

マイケルは顔をあげずに小さくうなずく。わたしは大きなため息をつき、太ももを指でたたきながら、ゲームをする弟に目をやる。母さんの調子は、マイケルが生まれて良くなったように思えた。リリーとふたりで、これで母さんはおかしなことをしなくなるかも、それにもしかして、ひょっとしたら、ふつうの家族になれるかもと思った。でも去年、母さんはすくなくとも二回は部屋にこもって、今学期はまだ半分も終わっていないのに、もう暗闇の世界に飛びこんでしまった。母さんは具合が悪いとか疲れてるとか、家族みんなでごまかしても、マイケルはなんだかおかしいと気づいている。だからコンクールのことも話してくれなかったの？

リリーとわたしが、先生たちには気をつけようと最初にはっきり思ったのは、マイケルが生まれてしばらく経ったころだった。母さんはそのころ、わたしたちが悪いことをすると、羽ばたきの柄でたたいていた。二の腕やひじを直接たたかれるから、わたしは長袖を着て青や緑のあざを隠した。

リリーがまず、ソーシャルワーカーのお世話になった。妹のあざは色が濃かった。そして、あざができやすいのに、わたしみたいにちゃんと隠していなかった。妹は三年生で、わたしが六年生だったから、ふたりで呼ばれて、ガイダンスカウンセラーと話をすることになった。

「わたしがぶちました」リリーに制服のブラウスの袖をまくりあげるようローン先生が指示したとき、わたしはあわててそう言った。「たまたまだったんです。ふたりでふざけっこしていて」

「アンナ、なにがあったか、リリーから聞きましたよ。**お母さん**とのことをね」わたしに反論のすきを与えず、先生は言葉を続けた。「それで、これはよくあることなの？」

「え？　ちがいます！　もちろん、初めてです」リリーの眉が、ローン先生と同じ高さまでつりあがった。信じられないという表情が、鏡にうつしたようにそっくりだった。

「アンナ」リリーはおとなびた口調で反論した。「ちがうでしょ。母さんは羽ばたきをいつも使ってる」

わたしは椅子の上でこぶしを握りしめていた。このときはほんとうに、リリーを殴りとばしたかった。先生たちが妹を信じませんようにと願った。だって、いまどき羽ばたきを持ってる人なんている？

その願いもむなしく、母さんが学校に呼ばれた。母さんは赤ん坊のマイケルを、中国式の抱っこ紐《ひも》で抱いてきた。話し合いは、母さんとローン先生、校長先生と、学校には専属の通訳がいないという理由で、わたしも同席させられた。わたしは顔をまっ赤にして、英語と広東語を行ったり来たりした。かわいそうな母さん。自分の娘の口から非難の言葉を聞かされるなんて。児童虐待。社会福祉。家庭内暴力。

「でも、広東語でどう言うか、わかりません」

「できる範囲でいいですから」ハリス校長は高くて細い鼻のせいで、なにを言ってもいらいらしているように聞こえた。

「先生たちは心配してるんだって、母さんがわたしたちをぶったから。リリーの腕のあざを見られたの」すこし間をおいてから、わたしは広東語で言った。

「なんで？　あの子は宿題をやってると言ったのに、お母さんが見たら部屋でコンピューターで遊んでた。ぶって当然でしょ！　うそをついたんだから。そう言いなさい」母さんがあんまり強く言うから、抱っこで眠っていたマイケルのからだがはずんだ。

「お母さんはなんて？」ローン先生がきく。

わたしは深く息を吸いこんだ。「中国では、子どもをこうやってしつけるのがふつうだと言ってます」とにかく声を落ち着けて、厳格な、先生のような話し方を意識した。「オーストラリアではそれは認められないことを、お母さんに知っていただかなくては。わたしたちは子どもをたたきません、鞭《むち》や道具を使うなんてもってのほかです」「羽ばたきです」小声で言ってから母さんのほうにむき直る。「オーストラリアでは、そういうことしちゃいけないんだよ。それは法律違反だから、リリーとマイケルとわたしを、母さんから引きはなすって。先生たちはそうできるんだよ」

母さんは怒りと不安で目を見開いた。「なんて？　なにを言ってるの？　自分の子どもなのにたたいちゃだめって？　だからこっちの子どもはみんなクスリをやったり妊娠したりするんでしょ。子どもにはちゃんと教えないと」

「お母さまはなんと？」ハリス校長がかたく握った両手に体重をかけて身を乗りだすと、椅子が抗議の音をたてた。

「法律に違反するなんて知らなかったと。もうしないと約束するって言ってます」わたしは急いで言う。

校長先生は例によって眉をつりあげると、なにも言わずに母さんのほうを見た。母さんは怖い顔でにらみつける。小さなからだをこわばらせ、奥歯をかみしめて。のどの奥からうなり声が聞こえそうだった。

根負けしたように、ハリス校長が口調をやわらげて話す。「これは忠告です。お母さまにはとにかく、ここではルールがちがうと理解していただかなくてはいけません。ここはオーストラリアです。ここの制度に従わないとたいへんなことになります。伝えてください。お母さまがちゃんと理解されるように」

「先生はなんて？」母さんが問いただす。

「先生は——もう家に帰っていいって」そう答えた。わたしは疲れはてて、椅子の背にがっくりともたれた。最終判断をくだし終えたハリス校長は、テーブルの上の書類整理にかかっている。

なりゆきを見守っていたローン先生が言った。「アンナ、あなたとリリーは、学年が終わるまで週に一度、先生の部屋に来て。わかった？」

わたしはうなずいた。ふたりいっしょなら、すくなくとも妹がすじ書きから勝手に脱線しないよう確認はできる。

母さんは立ちあがったものの、表情がかたい。赤ん坊のマイケルが泣きだしても母さんがハリス校長から目をはなさないので、つついてドアのほうにうながした。

「あの先生がわたしを見る目つきがいや。悪意がある、それなのにあの人が子どもたちを任されてるの？」

それ以来、わたしたちはこの面談について話していない。でもその日から、母さんはわたしたちをしつけるときに、羽ばたきをやめてやわらかい室内履きを使うようになった。一方でリリーとわたしは、先生や学校の職員と話すときには気をつけるようになった。

マイケルはあまりにも純粋でおさないと、弟の髪をなでながら思う。まだゲームに夢中で、レベルをあげては『クリスマス・キャロル』に出てくる守銭奴《しゅせんど》のスクルージみたいに必死でコインを拾っていく。この子はまだまだ、わたしの小さな弟《ベイビーブラザー》だ。**もう赤ちゃん《ベイビー》ぽくはないかもしれないけれど。**

「絵画コンクールで優勝したこと、どうして話してくれなかったの？　すごくうれしかったよ！」

弟はまた肩をすくめるものの、画面から目をはなさない。「どうでもいいでしょ？　だって、ママはこないんだから」

その言葉に、胸をえぐられる。「そんなこと言わないで。母さんは……母さんはマイケルをすごく誇りに思ってるんだから。ただ疲れてるだけだよ」

やっと弟が顔をあげた。目がうるんでいる。たまに、弟が生きたアニメキャラに見えてくる。

「ママだって、いつもつかれてるわけじゃないでしょ？」

「どういう意味？」顔が引きつる。「母さんはちょっと具合が悪いだけだよ」

弟は納得しない。「アルバートのママは、ずっとベッドにはいないよ。ともだちのママはだれも」きらきらした、胸をしめつけるような目でわたしを見る。「ママはどうかしたの？」

深く息をつく。ごまかしても意味がない。だけどもうすこしだけ、この子のあどけなさを手放したくない。「たまに思うんだけど、ちょっとだけ……母さんにはたいへんなのかもって」

弟はわからないという顔だ。「なにが?」

わたしは肩をすくめる。「たぶん、全部が。なにもかも」

マイケルの目が大きく見開かれる。「**ぼくたち**のことが、たいへんなの?」

「ううん、あんたは文句なしにいい子だよ」反射的にそう言ったけれど、弟の顔つきは変わらない。そばに引きよせて、さらさらのつややかな髪の上にあごをのせる。「すこしのあいだだから、ね。母さんはいつだってもどってくるでしょ」

「ママにあいたい」

「わたしも」自分がほんとうにそう思っているかは、わからない。

四

家に着くと、リリーがわたしたちの部屋で勉強していた。**わたしたちの**部屋と呼ぶのはふたりともそこで寝ているからだけれど、リリーは自分の部屋だと言いはる。だいたいは好きに使わせている――妹は部屋にいる時間が長いから、しかたない。姉の役割だよね、ムイムーイ《妹》にゆずってあげるのも。

だから、壁の四分の三はリリーが使っていて、ぜんぜん知らないKポップグループのポスターが貼ってある。わたしのは古い映画のポスターが二枚だけ、レンタルビデオショップがとうとう閉店になったときに、こっそりもらってきたものだ。リリーは大きなコルクボードも持っていて、勉強のメモや時間割、友だちとうつしたレトロなインスタントカメラの自撮り写真を何枚もとめている。わたしはたった一枚、家族写真をベッドの横に貼っているだけ。何年か前にゴスフォードの父さんの店、ジェイド・パレスの表で撮ったもので、みんなが笑顔だ。母さん、わたし、それにリリーと二歳のマイケルも。父さんでさえ、歯を見せている。ものごころついて以来、家族がいちばん幸せだったころ。**ほぼふつうの暮らし。**

母さんの部屋のドアはまだ閉じたままだ。ぐっとこらえて、晩ごはんの用意にかかる。

マイケルにはダイニングテーブルで宿題をさせて、冷蔵庫の中をチェックする。パンと牛乳と瓶詰めのソース類しかない。野菜も肉もなし。大きなため息が出る。買い物に行かないと。炊飯器のスイッチは入れたからとりあえずご飯は炊けるし、と、鍵とかばんをつかんで薄手のセーターを着る。父さんのだけれど。「買い物に行ってくるね。いい子にしててよ」弟に声をかける。

「トイレットペーパー買ってきて！」リリーが部屋から大声で言ってくる。あの子の聴力はスーパーマン並みだ。

母さんの部屋の前で足を止めると、ちょっとどきどきしてくる。一瞬ためらったあと、ドアを押しあけて中をのぞく。

母さんはふとんにくるまっていて、部屋はまっ暗だ。

「買い物に行ってくるよ。ほしいものある？」やさしく、期待をこめてきく。

返事はなし。ドアを閉めてヘッドホンをつける。

アッシュフィールドはシドニー郊外のにぎやかな地区で、父さんは香港《ホンコン》の新界《しんかい》にかなり似ていると言う。新界は父さんと母さんが育った場所。親戚はまだ住んでいるけれど、わたしは香港に行ったことはない。でも写真で見るかぎり、絵に描いたような海辺の都市の新界と、アッシュフィールドの町並みとでは、似ても似つかない。映画『クレイジー・リッチ！』に出てくるようなアジア系セレブたちが、車用の二ドルのサンシールドをマンションの窓に貼って午後の日差しをさえぎるなんて、想像できない。

リバプール・ロードは静まりかえっている。ほとんどの人はもう家に帰って、平日の晩ごはんをおなかいっぱい食べているころだ。沈んでいく太陽が二棟のビルのあいだにきれいに入って、これはいいしるしだと思うことにする。ショッピングモールの中に入るのは面倒だから、そのあたりの小売店にむかうと、店頭に野菜が箱で並んでいる。

店番の女の子がスマホから顔をあげもしないので、わたしは買い物かごを取って、中国野菜のサイシンを物色する。野菜の選び方は父さんに教わった。葉っぱはみずみずしいか、茎の切り口は傷んでいないか、しっかり見る。切り口が裂けていたら、収穫してからかなり時間が経ってしおれかけている。まあまあ良さそうなのを一束取って、次はタンパク質をさがす。

冷蔵ケースにはあんまり肉がなくて、売れ残りは色が悪い。冷凍ケースに行って、冷凍ワンタンを一袋取りだす。**マイケルは麺がいいって言いそう**。でももうご飯を炊いている。乾物が並んだ通路のまんなかに立って、ご飯をどうしたものかと考える。中国腸詰としいたけを入れれば、昼ごはんかなにかにできるだろう。

店の正面から女の子たちの笑い声が響いてきて、顔をあげる。うちの学校の女子グループだ。

もう制服ではなくて、ジーンズや丈の短いスカートに着替えている。さっと調味料の通路に隠れる。耳に鼓動が響くなかで、声に出さずに祈る。どんな神さまでもいいです、あの子たちに気づかれないようにしてください。

先生たちはいつも、学校では「多様性」や「交流」がどうこうと言うけれど、実際は生徒たちはかなり排他的で、近い者同士で群れる。小さいころは、アジア系の子どもはアジア系とつきあうし、レバノン人の子どもたちは結束している。男の子と女の子はかなりきっちり分かれていたのに、十年生になるころにはホルモンによって男女が引きよせられていた。回転する銀河同士が近づいてぶつかるような感じだった。わたしはその手のグループには入っていない。親友だったエミリーは、九年生のときにメルボルンに引っ越して、しばらくすると連絡が取れなくなった。がんばってほかの友だちを作ろうともしなかったけれど、家のごたごたもあったから、どのみちみんなとふつうのことをする時間もない。

「ねえ、おなかぺこぺこ! タピオカティーとか買わない?」この声はウェイだ。ウェイは、十一年生にいくつかあるアジア系のイケてるグループの一員で、そういうグループの女子はみんな細くてかわいいし、男子はそろって不良っぽいことばかりしている。

「ちょっと、タピオカなんかやめなよ。あんたには毒! だから太るんでしょ」その声に、さらに身がすくむ。コニー・ゾンだ。この女子グループのリーダーで、自分がいちばんかわいいと思っている。見なくてもわかる、黒い目に太いアイラインを目尻ではねあげて、ハイライトの入った髪を高い位置でポニーテールにした、典型的なアジアン《A》ベイビー《B》ガール《G》だ。ふつうならわたしなんか気にもとめないはずだけれど、コニーの父親は貿易会社を経営していて、父さんが店の調味料や乾物を全部そこから仕入れている。うちの家族も招待された、これみよがしの盛大な晩餐会《ばんさんかい》は、チャッツウッドのしゃれたレストランが会場で、一家はまるで中国系の大物みたいだった。母さんが会場にいた人たちに緊張しきって、うちはコース料理の途中で帰るはめになった。

　ウェイは笑ってごまかす。「いじわる。じゃあ飲み物だけ買ってくる。置いていかないでよ」

ウェイが店に入ってくる。あわてて逃げ場をさがす、二十キロの米袋がつんである陰に隠れられるだろうか。ああ、もう遅い、ウェイは目ざとい。

「わあ、アンナ」にっこり笑ってこっちに来る。わたしも笑顔で手をふる。「なにしてんの？」

「ああ、買い物。晩ごはん、とか」急いで言葉をつなぐ。**よし、うまく言えた。**

「いいね。近所でぶらぶらすんの」そう言ってウェイはうなずく。びっくりだ、こんなに気軽に話してくれるなんて。「うちはバーウッドだけど、アッシュフィールドに来たほうが楽しい。こっちのほうが本場って感じがするもん、そうでしょ？」

「ウェイ、だれと話してんの？」コニーの声がいやおうなしに空中をただよってくる、まるでオナラだ。「うそでしょ、アンナ**・チウ？**」

　いっそ粉々になって米袋に入ってしまいたい。ウェイがすまなそうに肩をすくめる。

「どうも、コニー」食いしばった歯のすきまから声を出す。

「ごきげんいかが、アンナ？　すんごく久しぶり」今日授業で顔を合わせたばかりなのに、コニーは驚いたように言ってくる。きらきらに縁取りされた目が獲物をみつけた鷹《たか》のようになって、友人たちに目くばせする。「ねえ、あんたのママ、アルディで買い物してるでしょ？」

この質問は予想していなかった。「えっ、そうだね。たまに」なんで母さんなんか持ちだすんだろう。だれにも母さんの話はしたことがないのに。紙やすりでこすられているように、胸の奥がざわざわする。

「そうだと思った」コニーの笑顔はうそっぽくて、甘ったるい。「このあいだうちの母親から聞いたんだ、どこだかのアルディでアンナのママを見かけたって。どう見ても、店のクルミを買いしめようとしてたわよって」そう言って仲間たちに片目をつぶってみせると、みんながくすくす笑う。「うちの母親にも買わせようとしたの。それもね、むりやりかごに突っこもうとしてきたって」コニーが手ぶりでまねをして、笑いがさらに大きくなるけれど、ウェイだけは笑わず、わたしとも目を合わさない。

からだがかっと燃えるようで、死にたくなる。買い物かごの取っ手をきつく握りすぎて、指の骨に当たるのがわかる。そういえば何か月か前に、母さんはクルミを買って帰ってきた。「クルミは腎臓にいいんだから」母さんがそう言いだしたのは、中国語の新聞で健康に関する記事を読んでからだ。一キロ入りを二十袋も買いこんできたのに、ほとんどがまだ食料品庫のいちばん上の棚にのっている。よりによってコニー・ゾンの母親が、クルミに凝った母さんを目撃して娘に話したなんて。

泣いたりしないよう、せいいっぱいこらえる。なにか言ってやりたい、アイラインをはたき落としてやりたい。英語でも広東語でもめちゃくちゃに言ってやりたい。でも実際には、ただかごの取っ手を握りしめたままつっ立って、涙が落ちませんようにと願っているだけだ。

そこでだれかの電話が鳴りだす。「ああ、男子たちだ」

コニーの号令が飛ぶ。「行かないと。ウェイ、行くよ」女王さまの取り巻きが、あたふたと動いていく。

ウェイは一瞬ばつの悪そうな顔をして「またね」と口を動かすと、急いでみんなのあとを追う。聞こえよがしの話し声が、次第に遠ざかっていく。

かごを持ってレジにむかう。手のひらにつめの痕がくっきりと赤い。かごから商品をひとつずつ取りだす。店番の女の子はこっちを見ずにレジを打つ。

「八ドル七十二セントです」ゆっくりしたじょうずな英語だ。

十ドル札を渡して、ワンタンと野菜の入ったぺらぺらの青い袋を受けとる。必死でこらえながらリバプール・ロードを歩く。大通りからそれてやっと、ぶあついめがねをはずして、涙のにじんだ目をぬぐった。ひじの内側を口に当てて、思いっきり叫ぶ。やわらかい腕の肉が音をおさえてくれる。

晩ごはんは、缶詰めのチキンブロスをベースにワンタン麺にする。炊いたご飯は冷蔵庫に入れておく。明日母さんが食べるかもしれないし。手間ひまかけて作っている時間はない。余裕があれば喜んでブロスから手作りする。うま味たっぷりの鶏ガラを煮て、表面に浮くあぶらやアクを取って澄ませて、と。父さんと同じで、わたしも料理が好きだ。きちんと刻んだり、さばいたり、ゆでたり、蒸したりしながら創造力を働かせるうちに、煮えたぎった心も鎮まる気がする。

できあいのスープしかないときも、青ネギを刻んで散らし、風味づけにごま油をたっぷり、唐辛子をひとふりして、とひと手間かける。これは父さん直伝で、週末を店の厨房《ちゅうぼう》で過ごしていたころに教えてもらった。

アッシュフィールドに引っ越してくる前は、家族でゴスフォードに住んでいた。父さんはそこで自分の店を持った。地元の人が炒め物や炒飯《チャーハン》、麺類を食べに来られるような、気どらない中華料理店だ。その近所で中国系の家族はうちだけだった。ほかに、タイ人の家族がタイ料理店をやっていて、どうしてか町の人は、うちとその家族との区別がつかなかった。

店はかなり繁盛していたけれど、母さんは話し相手がいない場所での暮らしに耐えられなかった。母さんと父さんは香港の出身で、そこでは全部広東語だった。結婚してまもなく、父さんはメルボルンで義兄が新しく始めた事業を手伝うためにオーストラリアにやってきた。母さんは、赤ん坊だったわたしとふたり、香港に残された。やっと父さんの永住権が取れて、母さんとわたしもオーストラリアに移住したのは、わたしが二歳のときだ。でも、父さんはメルボルンではなくて、もっと小さい町に自分の店を開こうと決めた。それでしばらくシドニーに近いナウラに住んで、そこでリリーが生まれ、すこししてゴスフォードに引っ越した。

母さんはもともとすぐ不安になる人だったけれど、ゴスフォードにいるあいだに、うんとひどくなった。母さんはよく、泣きながらわたしにながながと話していた。近所の人たちがひどい、オーストラリア人はみんな差別主義者だ、とにかくわたしはさびしくてたまらない、と。わたしはまだ六歳か七歳の子どもだったのに、母さんはおとなの友だちに話すように言った。父さんを非難して、こんな気持ちになるのは父さんのせいだと責めた。あのころ、わたしは母さんをすごくかわいそうに思っていた。

マイケルが生まれる直前に、父さんはアッシュフィールドへの引っ越しを決めた。そこなら中国系がもっといて、母さんが参加できそうなコミュニティーもあったからだ。でも、父さんの店は売れなかった。いつも繁盛していたのに——たぶん、本気で売ろうとはしなかったんだろう。それで、毎日九十分かけてゴスフォードまで車で通って、いまもその近所に住んでいる感じで店の経営を続けている。一度、帰り道で事故を起こしそうになったことがあった。午前二時だった。それ以来、父さんは店の事務室に簡易ベッドを置いて、遅くなったときは帰らなくてすむようにした。

このごろでは、毎晩のように店に泊まっている。そしてわたしたちは、母さんとり残されている。

かんたんな晩ごはんをすこし欠けた陶器の器に盛り、ふぞろいな樹脂製の箸を並べる。使い古して店には出せなくなったのを家用にまわしたものだ。

「トイレットペーパー忘れてる」リリーが文句を言う。

しまった。「うっかりしてた」これ以上説明する気はなく、もうひとりぶん、ワンタン麺の器を並べる。

「ママは、ばんごはんたべにくる?」それを見て、マイケルがきく。

リリーがわたしをじっと見る。声に出さずに会話する。

母さんは来ないでしょ、とリリーの眉が言っている。

来るかもよ、と目で答える。

「食べていいよ」弟には声を出して言う。「冷めないうちに」

今晩は母さんの部屋まで持っていこうかと迷った末に、やっぱりやめる。**病気じゃないんだから。食卓まで来られるでしょ**。わたしの言い方、母親みたいだ——**うちの母親**じゃなくて、**一般的な**母親という意味の。そんなことを考えたら口がからからに渇いてきて、胃の中でわきあがる不安をおさえこむ。コニーのいやみな声が耳によみがえる。

頭からふりはらって、母さんの部屋に行き、ドアを押しあける。

「母さん、ごはんできてるよ」びしっと言いきる。**わたしが母親みたい。**

むこうをむいていても、起きているのはわかる。でも返事はないし、動きもしない。

起きてよ！　なんで起きないの!?　そう叫びたいのに、全部胸の中でつかえてしまう。まるでひどくからんだ紐のよう。声にならないから、わざわざ腕に叫ぶ意味もない。

ドアを閉めて、キッチンにもどる。リリーとマイケルは、おいしそうに麺をすすっている。

「母さんは寝てたよ」リリーの疑うような眉の動きは無視する。「残りは冷蔵庫に入れとこう。父さんのぶんもあるかも」

「たべたら、アンナ、もうさめちゃうよ」マイケルは口を麺でいっぱいにしながら言う。わたしは笑って、ささいなことをありがたいと思う。あったかい、栄養たっぷりのスープに、豚肉のワンタン。そして、まだまだかわいい弟。

五

ドアの下から入る細い光で目がさめる。スマホの時計を見ると午前二時だ。

リリーの規則正しいいびきが上のベッドから聞こえてくる。手さぐりでめがねを取り、パーカーを着てから、そっと部屋を出る。

「父さん、おかえり」父さんはシンクのそばに立って、ビールを入れた小さなタンブラーを持っている。父さんがお酒を飲むところなんて、ほとんど見たことがない。といってもこのごろは、お酒はともかく父さんを見かけること自体がめったにない。

わたしに気づいて、父さんは恥ずかしそうに笑う。「ああ！　起こしてしまったか？　寝なさい」ビールをもうひと飲みする。

わたしは首をふる。「いいの、起きてたし」うそだけれど、これでいい。父さんとはいつもこんなふうだから。父さんは無口で、いざ話すとぎこちなくてかしこまった感じになる。だから、うまく表現できない父さんの感情は、いくつも重なった言葉の奥に埋もれてしまう。

「ごはんは食べたか？」これは父さん流の**最近どうだ？**

わたしは肩をすくめる。「うん。晩ごはんは食べたよ」これはわたし流の**まあまあ。**

ふたりともちょっとだまって、父さんはビールをまたぐっと飲む。もっといろいろきいてみたくなる。わたしが息子だったら、ビールをグラスに注いでくれるんだろう（オーストラリアのニューサウスウェールズ州では、十八歳以下でも家庭内では飲酒可、ＢＹＯレストランや私的なパーティなど、店側からは酒類を提供しないが持ち込みは可能な公共の場所では、保護者か、保護者に認められた監督者がいれば飲酒可）。でも、中国の父と娘のお酒ガイドブックには、なんと書いてあるんだろう。

「お母さんはどうだ？」これは直球の質問。父さんはいつも、自分の妻のことを「お母さん」と呼ぶ。

わたしはまた肩をすくめて、パーカーのポケットに手を突っこむ。「あいかわらず」今回は、母さんが引きこもってからもう六週間だ。

父さんはため息をつく。「お母さんも趣味を持たないとな。それか仕事か。そうすれば、あれこれ考えこまなくなるだろう。忙しくするのが肝心だ」

わたしは唇をぎゅっと結ぶ。父さんはとにかく母さんを家から出そうとする。

「母さん、働くのはぜんぜん好きじゃなかったよ」父さんに思い出させる。母さんは、リバプール・ロードにある店ですこしだけ働いたことがあった。店に出入りするお客さん全員の記録をつけて、名前を覚えようとしていた。家に帰って泣いた日は、お客さんの名前をまちがえたと言っていた。それでにらまれて、気がとがめたと。結局たった四週間で店を辞めたのは、おつりの計算をまちがえて店長にひどく非難されたからだと。

「まあ」父さんもそのことを考えている。「ひまだからいらないことばかり考えるんだ」

なんて答えればいいかわからないから、話題を変える。

「店はどう？」父さんが家に帰ってくるのはかなりめずらしい。しかも平日に。

父さんは大きく息をつく。「ビッグ・ウォンが辞めた。こっちでこんなに助けてやったのに。あのやろう。ディウケオイガー」

父さんの下品な広東語にこっちが赤くなる。ビッグ・ウォンは遠い親戚で、そもそもオーストラリアに来たのは英語を勉強して働くためだった。父さんが世話をして、店で働かせて、滞在の保証人にもなった。それから七年以上が経っている。

「退役軍人会《RSL》の中華料理店で働くんだと。どういうことだ？」父さんは悲しんでいる。「中華料理ですらない。酢豚とワンタンスープとラーメンだけだ。瓶詰めのペーストを使ったスープ麺のラクサと。まったく」

父さんの店のメニューだって、本場の味っていうよりも「オーストラリア人むけの中華」だよ、とは言わないでおく。父さんの味方でいたいから。

「どうするの？」

父さんは浮かない顔だ。「リムを料理長にするしかないが、あいつはどうしても中華鍋をうまくふれない。アージェフがまだいてくれてるから、ありがたい。ユアンじいさんもしばらく現場にもどってくれるというし。でも、ほんとうにいるのはグリルの担当だ」

とつぜんひらめく。「父さん、わたし、手伝えるよ」

「なにを言ってる。調理場の仕事なんて知らないだろう」父さんは一蹴する。

ひどい。「なんで、いつも手伝ってたでしょ」まだゴスフォードに住んでいたころ、リリーとわたしは放課後はたいてい店で過ごしていた。だいたいは下準備や、注文を取る程度だったけれど、アージェフはグリルの扱いを教えてくれた。

「宿題があるだろう。お母さんが怒る」

「お願い、父さん、手伝いたいの。週末だけならどう?」ベッドにいる母さんと家に閉じこめられるのはいやだ。「学校のケネディ先生に、もっと課外活動をしなさいって言われてるんだ、アルバイトとか。HSCの準備にもなるし」

父さんがだまりこんで、ふたりで座ったまま、しんとした気まずい時間が流れる。時計の音だけが、頭の中でうるさく響く自分の鼓動のように、規則正しく聞こえてくる。そして期待もしぼんでいく。店の話で父さんがゆずるはずがない。

ところが、父さんの口から思いがけない言葉が出る。「考えておくよ」

ふたりでにっこりして、父さんはビールを飲みほす。「ちょっと冷えてるから、セーターを着ておきなさい。風邪をひくぞ」

もうパーカーを着ているから、これも父さん流の言い方で、**おまえのことを気にかけてるぞ、**だ。

うつむいて返事をする。「うん。ちゃんと気をつけるね、約束する」これがわたし流の、わたしも大好きだよ、の伝え方。

六

四月

　第一学期の最終日、わたしの最後の授業は英語だ。教室じゅうが時計にじっと目をやって、休みに入る瞬間が来るのを待っている。

「うちはゴールドコーストに行くんだ。つまんないに決まってるけど、とりあえずホテルでワイファイは飛んでるし」コニーが女子たちに自慢しているのが聞こえる。自分の机に腰かけて背中を見せている。こっちをむきませんように。

　この二、三週間はほんとうにくたびれた。母さんはもう二か月近くこもりっきりだ。シャワーやごはんで出てくるとしても、わたしたちが学校に行っているあいだだけ。週末はまったく姿を見ない。リリーはいっしょに勉強すると言っては友だちの家に泊まりに行く。母さんはお泊まりはぜったいにゆるさない、よその親を信用していないからだ。でも母さんがベッドから出てこないのに、リリーのやりたい放題をだれが止める？

　リリーともっとうまくやれていたら、と思う。以前は、小さいころは、ずっとくっついていた。ゴスフォードでは双子だと思われていた。ふたりとも家で前髪たっぷりのおかっぱに切られていたし、そもそも地元の人たちは、中国系の女の子ふたりを見分けられなかった。

　距離ができたのは、アッシュフィールドに引っ越してからだ。街なかで暮らすようになって、リリーはいままでできなかったことを次々にやりだした。はじめはほんのいたずら程度、こっそりスナック菓子を食べるくらいから。六年生になるころには、アクセサリーをつけて、メイクをして学校に行くようになった。生理用タンポンの箱も引き出しに隠していた。結婚前はナプキンしか使ってはいけないと、母さんからきつく言われていたのに。

　去年、モンゴメリ校に入学して新しい友だちができたとたん、リリーは耳にピアスの穴を開けて帰ってきた。母さんはその何日か前から部屋にこもっていた。

「これなんなの、リリー？」わたしは赤く腫れたリリーの耳たぶをつかんだ。妹が選んだラインストーンのピアスは小さくて、きらきらした淡いピンク色。「母さんが見たらブチ切れるよ」

「ほっといてよ」妹が手をふりほどいた。「母親みたいなこと言わないで。それに母さんが気づくわけない」

　二週間後、やっと部屋から出てきた母さんは、なにも言わなかった。ピンクのラインストーンは、ゆらゆらとしたタッセルやゴールドのフープに変わっていった。母さんはそれを一度も話題にしなかった。

でもある夜、とつぜん、母さんがわたしたちの部屋に入ってきて、引き出しを片っぱしから開けはじめた。手当たり次第に靴下も下着類もなにもかも放りだして、リリーがアクセサリー入れにしていたペンケースをみつけた。母さんは中身を床にぶちまけると、足でばりばり踏みつけた。安物のラインストーンやタッセルがはずれて、細い針金のフープは母さんのやわらかい室内履きの裏にからまった。

リリーとわたしは声を出さずに泣きながらも、母さんを止めようとはしなかった。しばらくして母さんが出ていくと、ふたりで床のかけらを拾って、全部ごみ箱に入れた。ピアスの穴はそのうちふさがったけれど、リリーはいまでも、いろんなイヤリングやタンポンをこっそり持っている。

今日にいたるまで、わたしの耳には穴も飾りもない。生理が来ればプールの授業を休む。それに、スーパーのレジ係のあの女の人にはもう一回考えてみてと言われたけれど、ベビーシッターも辞めた。リリーはやればいいと言う。でもむだに母さんの怒りを買いたくはない。

「きみはどう思う、ミス・チウ?」はっと気づくとまだ標準英語の授業中だ。マーレイ先生の質問に気持ちをもどす。「問題の話し手はだれかな?」

「えっと、マ、マクダフ?」最後に耳にした登場人物を思い出して言ってみる。

「いい読みだね、ミス・チウ、でもシェイクスピアはとっくに終わったよ」先生が目の前で薄い本をふってみせ、タイトルがちらっと見える。『草の葉』。

教室じゅうがくすくす笑い、両手で顔を隠したいのを必死でこらえる。

「その人物は、もちろん、語り手自身だね。ウォルト・ホイットマン、『わたし自身の歌』の主人公だ」

授業がだらだらのびる。マーレイ先生は、みんなが早く教室を出ていきたくていらいらしているのに気づいているとしても、そんなそぶりは見せない。これは先生たちの特殊能力だと思う。生徒をぎりぎりまで苦しめるという。それとも、契約上の義務があるのか。とりとめのない話を四十六分五十七秒続けないと、給料を減らされるとか。

もう四十六分五十八秒だ。

「さて、みんな休みに入るのがうれしいのはわかるが」マーレイ先生がそう言いはじめて、全員がいっせいにうめく。「授業を終える前に、第一学期の課題を返そう」さらにどよめく。マーレイ先生はくっくっと、明らかに声に出して笑いながら、通路を行ったり来たりして課題を返していく。

荷物はもうまとめてあるから、バスにはまにあうはず。紙の束がわたしの机にどんと置かれる。マーレイ先生は立ちどまり、紙束の上を指でとんとんたたいてから、次の机にむかう。

最初のページにこれでもかと赤い線が入っている。一行強調すればわかるのに、サーカスのゾウが舞台で行進したみたいに、最初の段落じゅうを赤い線がぐるぐると大きくまわっている。

その横に怒って叫んでいるようなはてなマークが三つと、大きな文字で一語。

???論点

マーレイ先生は大げさな表現で有名とはいえ、はてなマークを三つもつけなくても。おまけにいちばん上の右、成績が記されているはずの位置に、小指の先ほどの大きさで「要面談」と書いてある。こんな言葉を書くのは耐えられない、という感じで。

がっかりしたところで、終業のベルが鳴る。みんな教室を出ていくし、マイケルの迎えに遅れるのに、なぜか椅子から立ちあがれない。なんとかからだを引きぬくと、机と椅子が合体したばけものの金属製の脚が、床にこすれて音をたてる。メッセンジャーバッグをつかんで、教室の前方にむかう。マーレイ先生はうつむいてタッチパッドをたたき、この先二週間使わないコンピューターの電源を落としている。

「マーレイ先生?」調子はずれのウィンドチャイムみたいに、声がふるえる。咳《せき》ばらいをする。「面談と書いてあったんですけど」

先生は縁なしめがね越しにわたしを見あげ、驚いた顔になる。「おお、アンナ、まだいたのか。もう帰ったと思ったよ、休みに入ったのかと」赤いなぐり書きの入った紙にちらっと目をやる。「ああ、きみの小論文だね。そう、すこし話そう」

小論文を机に置こうとして、指がふるえる。先生はめがねをはずすと、耳あての部分で大きな赤いぐるぐるとした線をたたく。「がっかりだよ、アンナ」

「……すみません」無意識に謝ってしまって、顔が紙に書かれた線より赤くなる。リリーには、悪くないのにいつも謝ると言われている。それでまた、謝ったことを謝る。

「『マクベス』では、物質的な悪影響と、心理的な悪影響が顕著に見られる。それは権力のための権力を追い求めて起こるものだ」先生が声に出して読む。わたしはすくみあがる。言いまわしは三回考えて、納得のいく表現にたどりついたと思った。でもいまこうして音読されると、鉄の鐘がぶつかり合うのを聞いているようだ。ケネディ先生に**もうちょっと力を入れたほうがいい**と言われたのに、標準英語にこてんぱんにやられている。

「アンナ」マーレイ先生は続ける。「小論文には組み立ての力が大切なのは、言うまでもないね。要旨と概要はだいたいいいんだ。並はずれていいとか、とくにするどいってわけではないが、悪くはない」顔がますます熱くなる。「でも、論点をまとめて要点をきちんと説明する方法を理解しないといけない。わかるかな？」

「はい、先生」赤い線から目をそらせない。どんどん輪が広がっていくような気がする。マクベス夫人が手からこすり落とそうとしていた血のように。**それが論点？　するどい分析？**

先生がわたしの小論文にまた書きこんでいる、こんどは青色のペンで、余白に沿って縦横に。下手な製図家の作品みたいだ、わたしのひどい文章も、先生の走り書きも。

「きみにその力はある、アンナ。だからこそ、課題再提出をすすめるんだよ。休み明けでいいから」

ぽかんとなる。信じられない。課題の再提出なんて、聞いたことがない。でも、マーレイ先生は本気だ。

「どこから始めたらいいか、印をつけておいた。マクベス夫人の狂気に関するきみの分析や、嗅覚と記憶とを結びつける脳の働きについての興味深い考察、あれはとてもいい」

耳までほてってきたのをぐっとこらえてうなずく。言うつもりはないけれど、ゴスフォードに住んでいたころにこんなことがあった。旧正月の大みそかに、母さんは晩ごはんをテーブルに並べながら、ニスが塗られた木の器にご飯を直接盛った。それからたっぷり三十分、母さんはそのにおいをかいでいた。わたしたちを近寄らせず、ふいにリリーにむかって人差し指を立ててみせると、この毒を捨てて、と言った。父さんが帰ってきて、母さんをなだめて部屋に連れていった。わたしがピザを注文して、ペパロニとハム、パイナップルとともに辰《たつ》年の新年を祝った。

マーレイ先生がちょっと頭を傾けると、たっぷりした灰色の髪が子犬の耳みたいにたれる。

「家庭教師を頼もうと思ったことはあるかな、アンナ?」

いいえ、と首をふる。

「頼んだほうがいい。きっと力になってもらえる」先生が小論文を仰々《ぎょうぎょう》しく返してくれる。

「きみならできる、アンナ。先生にはわかる」そう言ってウインクする。「では、休暇を楽しんで」

口先だけでもごもごとお礼を言う。ロッカーをばたんと閉めて、いらいらをなんとかおさえる。先生の最後の言葉は、いやみだったのかな。

七

休みの初日、早く目がさめて、母さんの様子をみに行く。みんな家にいるから、起きる気になってくれるかもしれない。ベッドの横のテーブルに茶碗を置く。影が薄くのびて、ふくらませすぎた風船ガムのよう。

「母さん？」

返事はなし。なんだかぞっとしながらドアを閉める。**休みのあいだじゅう、こんなふうなの？**

でも、キッチンにもどったとたん、ぐっと気分が良くなるくらいびっくりなことが。「父さん、帰ってくれたんだね」

父さんは新聞からちょっと顔をあげて、小さく笑う。

「母さんはまだ寝てるよ」お茶をいれようと、やかんをまた火にかける。目を合わせると、父さんはわかっているという顔だ。これがいたってふつうだ、というような。

「お母さんのことは気にするな」もっとなにか言ってくれるのかと待ったけれど、続きはない。

そしてまた、今日の中国語の新聞の見出しにざっと目を通しながら、父さんはお茶をする。

「あわれなもんだ」新聞にむかってぶつぶつ言う。「こいつらは自分たちが国を動かせると思ってるんだ。まだおむつがとれたばかりだろう！」

父さんがカウンターに広げた新聞をちらっと見る。写真の中国人の若者たちは知らない、でも小さいほうの写真は、黄色い傘でひしめく繁華街が上空から撮られている。すこし前に香港で起こった雨傘運動の様子だ。地元の若者が道路を占拠して、中国政府が香港の行政に干渉を強めていることに抗議したものだ。香港は一九九七年にイギリスの統治から中国に「返還」されたけれど、香港市民たちはそれまで自由と解放を謳歌《おうか》してきた。長く共産党の支配下に置かれてきたほかの地域の住民とはちがう。だから返還を円滑に進められるように、中国政府は香港の自治権を返還後五十年間は維持すると約束していた。「一国二制度」が党の見解だった。それなのに若者たちが先導する雨傘運動が起きたのは、共産党が権限を拡大して約束した自治権を奪おうとしているからだ。

写真にうつった若者たちは、知識が豊富そうでいかにもな顔つきだ。男性はなにかしゃべっているところで、熱意のこもった挑みかかるような表情。険しい顔でとなりに立っている女性は、細い指でぶあつい冊子をつかみ、唇をぎゅっと結んで、自分の番を待っている。まるでリリーのよう。妹はりっぱな政治家になりそうだと、わたしはいつも思っていた。オーストラリアには中国系の国会議員はあんまりいないけれど。

父さんは香港の最新ニュースを知っておきたがるし、わたしもなるべく知っておくようにしているのは、自分のルーツに対する義務感からだ。父さんは香港が恋しいのかな、香港をはなれなかったらどんな人生だったか想像したりするのかな、と、わたしはよく考える。

もちろん、そんな話をしたことはない。

父さんは新聞をたたんで、わたしがいれたお茶をすする。「店はどう？ まだ料理長はみつからない？」

父さんがため息をつく。「まだだ。リムはうまくなってきてる、だがもうしばらくかかるな。今晩大きなパーティがあるんだ。なんとかなるといいが」

もう一回運だめしだ。「父さん、手伝いに行こうか？」

父さんはかぶりをふる。「その話はすんだだろう、アンナ。学校のことに集中しなさい」

「**休暇中**だよ、父さん。完全に自由なの」悪意はないけれど**ちょっとだけ**うそだ、マーレイ先生の課題はまだやっていない。でも、それは大した問題じゃない。

父さんがしばらく考えこむ。わたしは目で訴えかける、丸々二週間も家に閉じこめられるなんて、ぜったいにごめんだから。ゴールドコーストで過ごせるわけではないけれど、店に行けるだけでじゅうぶんだ。

ついに、父さんがうなずく。「わかった。用意してきなさい。車で待ってる」

急いで部屋に行く。家をはなれる理由ができてわくわくしてきた。リリーはまだ寝ているし、母さんは部屋だ。マイケルは自分の部屋でレゴで遊んでいる。

「アンナ、いっしょにあそぼう！　みて、ひこうせんができた」そう言って、みごとな出来栄えの、翼のある奇妙な機械を見せてくれる。

「わあ、すごいね、マイケル！　でも、行かなきゃいけないの。今日はおねえちゃんのためにいい子にしてて、いい？」

弟は口をとがらせる。「ぼくをおいてくの？　なんで？」

「店で父さんの手伝いをするの。今日は大きなパーティがあって、人手がいるんだ」

「ぼくもいきたい！」下唇をさらに突きだす。

「だめだよ。危ないし、けがをするかもしれない」これはうそ。マイケルの歳《とし》のころ、わたしはいつも店でうろうろしていた。でもいまは、店が神聖な場所に思える。わたしと父さんにとっての特別な場所、自分がふつうのように思える場所だ。

「おみやげに春巻きを持って帰るよ。好きでしょ？」弟はうなずいたものの、残念賞をもらったみたいにがっかりしている。

やっとリリーが起きてきて、眠そうに目をこすりながら、わたしが出ていくのをドアのところでぼんやり見ている。「どこ行くの？」

「ジェイド・パレス。今日はマイケルをみててね、わかった?」反対や文句を言うすきを与えない。

母さんの部屋の前でためらう。また中に入って、母さんの様子をみるべきだ。ドアノブに手をのばしかけ、最後の最後でやめて、外にむかう。

父さんはもう車のエンジンをかけて待っていた。助手席に乗りこみ、バッグを足元にぽんと置く。

「お母さんはなにか言ってたか?」

びくっとする。「なんにも」ふたりともうそだとわかっているし、それでいいとも思っている。わくわくして胸がおどる。休みのあいだじゅう、どんよりした家の中で、ふとんにくるまった母さんの気持ちにつきあわされるところだったから。早起きのワライカワセミが、枝の上から得意げに鳴いている。

クワハハハハ。

これをいいしるしと思うことにする。

土曜日の朝のこの時間、道はがらがらで、空港にむかうタクシーを何台か見るくらいだ。ふたりともしばらくは話もせず、高速道路に入ると父さんが視聴者参加型のラジオ番組をつける。司会者は上院で発議された新しい移民政策にいきり立っている。ボートピープルが制度を不正に利用して、移民の事業主は就労ビザ制度を悪用している、と。

「移民たちがやってくる目的はただひとつ、永住権を得ることだよ。商取引みたいに在留者と結婚すれば、社会福祉も在留資格も全部ゲットできるってわけだ。それから、くっつきあってビジネスを始める――同じ通りで兄弟それぞれが飲食店をやってね。冗談じゃないってんだ。なんでそんなことするかって？　目的はただひとつ、親族を呼びよせて仕事や結婚をさせるためさ。とんでもないペテンだよ、ったく」

その言いぐさに、怒りがわいてくる。人種差別にしか聞こえない、いくら頭の片隅で、司会者の話にも一理あると小さな声がしても。問題は、こういう理由を挙げて、中国人やほかの外国人に対する自分たちの人種差別的な言動を正当化する人がいることだ。移民を全員犯罪者扱いしておいて、朝のラジオでそう聞いたからと言い訳をする。

父さんはなんの反応も示さない。どう思っているのかわからなくて、退屈な市場報告番組に変えてみる。父さんが笑ってうなずくから、そのままにしておく。

この番組の話題は、住宅事情やシドニーの不動産市場かなにかだ。最近のおとなの話題はこればっかりに思える。父さんはうなずいたりぶつぶつ言ったり、「景気の下降」だの「変動金利」だのといった言葉を復唱したりしている。

このところ父さんと話せる機会を待っていたのに、いざいっしょに車に乗ると、ききたかったことも考えていることも、ごちゃごちゃになってまとまらない。

こっちは見ずに、父さんがきいてくる。「学校はどうだ？」

肩をすくめてみせる。「まあまあだよ」マーレイ先生に小論文を突きかえされたのは言わない。父さんは奨学金がかかっているリリーの成績と、ずっとおさないマイケルの成績は気にしている。でもわたしについては信頼してくれている……のか、あきらめているのか。

父さんは、わたしの曖昧《あいまい》な返事にもうなずく。父さんが司会者の言葉を復唱しているあいだに、わたしは言葉を慎重に選ぶ。「株式運用と多角的資産」

「父さん、母さんは悪くなってると思う」ついに口に出した。「ぜんぜん起きてこない、今回はもう八週間以上だよ」

「ううむ」これは返事じゃない、でもすくなくともラジオのおうむ返しは止まった。しばらく、なにも言わない。

「お母さんは浮き沈みがあるからな」やっとのことで言う。「たいへんなんだ、わかるだろう。十代の娘ふたりとおさない息子。お母さんにやさしくしてあげるんだぞ。怒らせたりしないで」

罪悪感で気が重くなる。「でも、わたしたち怒らせることなんて**してない**」

「個人投資」父さんはまたラジオにもどる。「お母さんはたまにさびしくなるんだ。おまえたち娘が、もっといっしょにいてあげなさい」

なんでそんなふうに言うんだろう。そうしようとしている、でも母さんが部屋に閉じこもってしまうのに、どうしろっていうの？
「お母さんはあれこれ考えすぎるんだ。趣味でも持って、気持ちをそっちにむけたほうがいい。そうしたら良くなる。忙しくしてなきゃいけない。仕事をすればいいのかもな」またその話だ。父さんはいつもそう言う。お母さんはひまだから考える時間がありすぎるんだ、だからお父さんはいつも店にいる、忙しくしていられるように、と。母さんの調子が悪い原因はそれだけだと思っていて、忙しくしておけばつらくなったり怖がったりするひまもなくなるというわけだ。

母さんの気持ちを、何度も父さんに伝えようとしてきた。母さんは不安でたまらなくて、自分をすごく責めてるんだよ、と。でも父さんは、そういう話は聞きたがらない。広東語のことわざでは、無駄骨に終わることを、こんなふうに言う。ラインアウシオンスー。牛を引っぱって木にのぼらせる。引っぱる側にも引っぱられる側にもなりたくない。父さんと話そうとすると、いつもそんな気持ちになる。

わたしの考えを読んだみたいに、父さんは手をのばして、ぎこちなくわたしの肩をたたいてくる。「わかってる。おまえはいいお姉ちゃんだ、アンナ。おまえだって弟と妹の面倒をみなきゃならない。責任重大だ。おまえはダイガーゼー《お姉さん》だから」

ため息しか出ない。なんて答えればいいの。わたしは責任を持って弟と妹の面倒をみなきゃいけないんだね。いちばん上の子だから。

腕を組んで、じっと窓の外を見る。話は終わりだ。

父さんの店には、料理長のビッグ・ウォン、副料理長のリム、それに、なんでもやで調理の補佐もするアージェフがいた。それから、ミンはおとなしいベトナム人の男の子で皿洗い担当、ユアンじいは週末だけ。ここまでが厨房のスタッフだった、ビッグ・ウォンが抜けるまでは。接客は、案内係のチェンさんと、地元の白人のホール係がふたり。

引っ越したあとも父さんがそこで店を続けているのはおかしいと思っていた。いま住んでいるところも近くに中華料理店がたくさんあるんだから、近所に店を出せばいいのに、と。でも、ジェイド・パレスは父さんにとってただの店じゃなくて第二のわが家、もしかしたら第一のわが家かもしれない場所だとわかってくると、父さんのそんなささいな慰めは認めてあげないと、と思えてきた。

母さんは店をきらっている。ゴスフォードをはなれてからはほとんど店に行ってないのに、店の存在をまるで癌《がん》みたいに抱えている。気分の良くない日が続いて、とくに調子が悪くなると、父さんに非難の言葉を投げつける。たいていは店への文句だ。「家族よりも店がだいじなんでしょう。やり手の経営者のつもり？　店を経営してるのに、なんでうちはこんなに貧乏なわけ？」

母さんが怒りを爆発させると、父さんはよけいに仕事に没頭する。

正直なところ、わたしは店で過ごしていたころがなつかしくてたまらない。厨房はごちゃごちゃしたようでもちゃんと統率がとれていて、みんながそれぞれの持ち場で一生懸命働いている姿が好き。汚い言葉や下品なうわさ話もいろいろ飛びかって、たぶんそれも母さんが店をきらう理由のひとつだ。わたしは広東語の日常会話はいいかげんなのに、ビッグ・ウォンやリム、アージェフのおかげでおっぱいだのペニスだのの言いまわしを、広東語でならシドニーに住む十六歳の女の子としては必要以上に知っている。

父さんは表に車を停める。店の外観はど派手で、明るい緑の屋根に赤くて太い柱、「ジェイド・パレス」とけばけばしい毛筆フォントで書いてある。まだ**営業終了**の札がかかったままの入り口のドアのガラスに金文字で書かれた営業時間は、はがれかけている。

月曜から日曜：午前十一時〜午後十時

父さんが鍵を開けているあいだに、店の表の新しい貼り紙が目にとまる。「あれなに？」A4の紙に黒いマーカーで手書きしてある。**従業員募集。週末のみ。通勤圏内。要自家用車。英語が話せる人。中国語は不要。**

「配達要員だ」父さんが言う。「アージェフにはもっと厨房に入ってもらわなきゃならないから」

「でも父さん、こんなんじゃ人は来ないよ。ウーバーイーツとかそういうのを使ってみたら?」フードデリバリーのアプリを説明しようとしたけれど、聞く気がなさそうな顔だ。

「いいや、アプリはやらない。アプリは税金がかかる。これなら、支払いは現金だ」

ふう。議論の余地はない、だって父さんの世界ではとにかく現金だから。どういう計算をしたらそんな宣言になるのかは、考えないようにする。

チェンさんが大ぶりの赤いナプキンを鮮やかな扇に折って、テーブルセッティングの用意をしている。「おはようございます、ロウバン《ボス》」父さんに広東語で挨拶する。「ああ、アンナ、久しぶり！　これはうれしい。まさか、お父さん今日休む!?」

「いいえ、手伝いに来たんです。学校が休みに入ったから」と説明する。

「試しだ。今日は試し。やってみてからだ」父さんが釘をさす。

「へえ。会えてほんとにうれしい！」チェンさんは大げさに手をたたく。「それに、とってもカワイイ、奥さん似たにちがいない！」

たどたどしい英語でわたしに話しかける。「ねえお嬢さん、もうカレシいる?」

ボスにアピールするのは、中華料理店の従業員のお約束だし、ボスの家族に対しても同じだ。でもわたしは、いまだに恥ずかしくて落ち着かない、父さんが返事をするときはなおさら。

「男はいない」父さんはぶっきらぼうに言う。「まだ子どもだ」大きなナプキンを一枚取って、頭からかぶりたくなる。

「もちろん。それがいい。勉強がんばる。いい大学行って、金持ちのオットに会う」チェンさんがナプキンの扇をぶんぶんふると、重そうなめがねが鼻までずり落ちる。

　わたしはにっこりしてちょっとうなずく。おとなの中国人とどんなふうに話せばいいのか、いまだにわからない。親代わりに発言するのは当然と思っている相手だと、なおさら。チェンさんは父さんと母さんよりもすこし若いとはいえ、結婚経験がない。母さんに言わせれば「売れ残り」らしい。

　父さんは仕入れ先に電話をするからと事務室に入り、わたしは厨房に残って、下ごしらえで手伝うことがないかさがす。アージェフが作業台のところで両手に瓶を持ち、中身を移しかえようとしている。

「待って！　アージェフ、だめ」大きな声になる。「それはチリオイル、お酢じゃない」

「なに？」アージェフは鼻先までラベルを持ちあげて、目を細める。ぶあついめがねをかけていても、その距離なんだ。「ザンハイウォ《ほんとうだ》！」

「こっちだよ」わたしはお酢の黒い瓶を手に取る。「わたしがやるね」アージェフはさっとわきに寄って、場所を空けてくれる。父さんの店のスタッフの中で、わたしはアージェフが好き。すごくやさしくて、けっこうな年かさで、もう引退が近い。家に子どもがいないから、毎年わたしとリリーとマイケルにお年玉をくれる。それにアージェフの話す英語はほぼ完璧だ。

　まちがいなく、アージェフは父さんにいちばん忠実なスタッフだ。十年前、アージェフは家族でオーストラリアに移住すると、タガーアーの町の中国系の建設会社で働きはじめた。でも、仕事中に肩にけがをして、クビになった。そのときはまだ市民権を得ていなかったし、労働災害補償や保険なども請求できなかったから、代わりに奥さんが働きに出た。半年が経って、奥さんは娘を連れて出ていった。そして、受付として働いていた先の歯科医と再婚した。

かわいそうなアージェフは、打ちひしがれてひとりぼっちだったところを、父さんに調理助手として雇われた。アージェフが厨房でできることはかぎられていた。重い中華鍋はもちろんふれない。でも、アージェフはものすごくがんばったし、みんなに好かれる性格だった。はじめ父さんが、店頭でチェンさんみたいに接客の仕事をさせていたら、アージェフは人が良すぎて、おまけするのをやめられなかった。いまは厨房のあれこれの手伝いや、配達をしている。その後再婚もしたけれど、子どもはできなかった。二年前、アージェフの六十歳の誕生日をお祝いをしたときに、引退はしないのかときいたら、こう答えた。「ぜったいにな。ジェイド・パレスはわしの人生だ」

「ジンピン、父さんの店の厨房でなにやってるんだ?」アージェフのいまさらな質問。

しかめっつらをしてみせる。「アージェフ、スカイプでポポー《おばあちゃん》が言う以外、だれもその呼び方しないから」

アージェフはびっくりしたらしい。「でも、それはおまえさんの大切な一部じゃないか。母さんか父さんから、意味を聞いてないのか?」

むくれてみせる。「ふわふわした浮き草かなにかでしょ」自分でも調べたことはある。わたしの乏しい漢字の部首の知識を総動員して、「水」と「植物」まではわかった。しばらく睡蓮《すいれん》だと思っていたら、八年生のときに中国から移住してきた転入生が、そうじゃないと教えてくれた。それ以来、名前はどうでもよくなった。

「きれいな水草だ、優雅だけどじょうぶ。おまえさんみたいに」わたしがさらにぶすっとして、アージェフが笑う。アージェフのそんなところも好きだ。いつだってきげんがいい。店の外ではどんなふうなんだろうと、よく考える。でも父さんが店のスタッフとは親しくするなと言うから、だれの家族にも会ったことがない。

「それで、アンナ、父さんの厨房になにしにもどってきたんだ？　たしかおまえさんは大学に行って、宇宙に行く初の中国系オーストラリア人になりたいんじゃなかったか」

「やだ、九歳のころの話でしょ」まだ覚えてるなんて。「それにね、そういう宇宙飛行士はもういない。アメリカがそのプログラムをやめたから」

「だからってなれないわけじゃないだろう」アージェフはめがねを頭の上にのせる。「一生懸命勉強すれば、なんだってやれる。ちゃんと勉強はしてるんだろう？」

わたしは肩をすくめる。「してるよ。でも妹みたいな天才じゃない」

「関係ない。肝心なのは脳みそじゃなくて、心だ」アージェフはそう言うと、自分の頭を指さしてみせる。「わしを見ろ。勉強はぜんぜんだめだが、心はじょうぶで、牡牛みたいに頑固になんでもやり通す。学校でもそれを覚えておくんだぞ、いいか？」

こくんとうなずく。親代わりの忠告も、こういう言い方なら気にならない。納得できる話だから。

「なにを勉強してるんだ？　数学か？　コンピューター？」

「英語のたいへんな課題があって」考えただけで胃がよじれそう。

「英語？　でも、おまえさんの英語は完璧じゃないか。りっぱなオージーガールだ」アージェフが声を張りあげる。「オージー《オーストラリア人》」が「オーシー」と聞こえて、広東語では**大便する**と言ったことになる。はじめはいちいち訂正していたけれど、いまではふたりだけのジョークだ。

「先生たちはそう思ってないよ、アージェフ。話せて書ければいいってわけじゃないから。**意図**について話したり、ほかの人の作品を分析したりしなきゃいけないの」

「そんなのただ、なにも意図してませんと言えばいい。それに、ほかの人の作品なんか知ったこっちゃないです、ってな。以上。Aプラス」そう言って満足そうににっこり笑う。

わたしもうす笑いになる。「そうはいかないと思うけど」

「娘にもよく言われる。『ビジネスではそうはいかない』とな。わしには店のこと以外なにもわからんと思ってるからな。あいつはわかってない、こんな父親でも多少は世の中を見てきたんだ」

どんなことをってきこうとしたところで、裏口からリムが勢いよく入ってくる。アージェフがやさしくて穏やかなのと対照的に、リムはいかにも血の気が多い感じだ。スタッフと親しくするなと言われても、リムが休みの日はたいてい、もちろん夜だけじゃなく、お酒を飲んで賭け事をしていることくらいは知っている。結婚していて、奥さんのほうが年上で、子どもはいない。母さんは店に来ていたころ、貯蔵室でわたしとふたりだけになると、チェンさんとリムについてとんでもない話をしてきた。事実かどうかはわからない。そんなことを言うのは母さんだけだったから。

「外はまだクソ暑いぞ」リムは文句を言いながら、作業台に上着を放りなげる。わたしに気づいて、目を丸くする。「よお！　チウ・ジンピンじゃねえか」

「この子はそう呼ばれるのが好きじゃないんだ」アージェフが注意する。「いまの子は、英語の名前がいいんだよ」顔がかっと熱くなって、中国名の話をしたのを心底後悔する。

「ああー」リムはわかったようにうなずいて、こっちに背をむける。「なあ、ウォンが電話してきたぜ。ＲＳＬはすっげえ忙しいってよ。毎日中国人の観光バスが来て、配膳がまにあわねえってさ！　もっと料理人をほしがって、給料もいいらしい。どうだ？　考えてみる価値はあるぜ、なあ？」

アージェフは答えない。ショックだ。父さんの店の料理長が、娘の目の前で反逆を計画しているなんて。**ガツンと言わなきゃ**。でも言葉も勇気もわいてこない。

ほかのスタッフたちが入ってきて、この話はとつぜん終わる。わたしに気づいたスタッフは、うなずいてやさしい言葉で挨拶してくれる。母さんやきょうだいは元気かときいてくれる。だれも、なんでここにいるんだろう、という顔にはならない。自分の家にいるみたいに、ふつうにしていられる。

ランチタイムまで、春巻き作りとグリルまわりを手伝う。このあたりのほかの中華料理店のように冷凍の春巻きやワンタンを仕入れたりしないで、全部手作りしている。だから、毎週文字どおり何百個も、巻いたりつめたりする。

冷蔵室からキャベツをいくつか取ってくると、大きな包丁とスライサーをつかんで、せん切りの作業を始める。初めて厨房を手伝ったときは、指先をせん切りにしてしまいそうで怖かったけれど、いまはほとんど手元を見なくても、四分の一にカットしたキャベツをスライサーでどんどんけずれる。

「仕事が早いな、アンナ」アージェフがわたしを見守る。

「あんまり早くやるなよ。でなきゃおれたちは、やることがなくなっちまう」リムが小声でぶつぶつ言うのが聞こえる。声に明らかに毒気がある。

みんなが準備に集中するなか、わたしはリムの仕事ぶりを横目でチェックする。不安げに中華鍋をふっている。握力が弱くて手首に力がない。ビッグ・ウォンはともかく、むかしの父さんよりも。リムを料理長にする父さんの気持ちがわからない。もっといい人をみつけられそうなのに。

「アンナ、学校はどうだ？　いい点取れてんのか？」こんどはリムまで心配性の親代わり。ぜったい父さんへのアピールだ。父さんが話の聞こえるところに立っている。

「いいに決まってるだろう」アージェフが割って入る。「ロウバンがいつも娘たちはトップクラスだと言ってるじゃないか」

リムはこれを無視する。「祝日か？　休暇か？　宿題はないんだな？」

「英語の小論文はある。シェイクスピアの作品について書かなきゃいけなくて」

父さんがけげんな顔になる。「聞いてないぞ、アンナ。ほんとにここにいていいのか？　成績が最優先だぞ」

「平気だよ、父さん。持ってきてるから」まだ納得がいかない顔だ。

リムは父さんへのごますりを続ける。「英語はだいじですね。ビッグ・ウォン、あの人の英語はいまいちだった、だから中華鍋とだけ通じあってたんですよ。おれとはちがいます！」ここを辞めるかもしれないくせに、前任者をこきおろして自分をアピールするなんて信じられない。

「時間をむだにするようなばかものとはしゃべるなとも言うぞ」

ユアンじいがそう言って、リムを仕事にもどらせる。

リムはむっとした顔になり、中華鍋にむき直る。ユアンじいはわたしに片目をつぶってみせると、また野菜をさいの目に切りはじめる。大きく力強く包丁をふるう様子は、熱の入った画家みたいだ。ユアンじいは手早い。刃がまな板に当たるところは見えなくて、包丁がおりるたびに**タッタッタッタッタッ**という音だけがする。わたしの鼓動よりも速い。口数はすくないけれど、その言葉には重みがある。

ぽつぽつとランチのお客さんが入りはじめるものの、たいていは八ドルのスペシャルランチねらいだ。チェンさんが注文伝票を厨房の伝票ばさみに次々とはさんでいく。「卵スープふたつ。春巻きひとつ」

ランチタイムが始まると、みんな目の前の仕事に集中する。わたしも、おでこの汗をぬぐいもせず、慎重に、きちんと作業をする。

「よく働くな、アンナ」ランチタイムが終わってから、アージェフが言う。「勤勉なお父さんとそっくりだ」

誇らしくて笑顔になる。チームの一員だと思えるのがうれしい。一人前のおとなみたいに扱ってもらえることが。

父さんがそんな気分に水をさす。「アンナ！　お父さんは打ち合わせに行かなきゃならない。問題を起こすんじゃないぞ」大きな声だ。「宿題をしなさい。事務室のパソコンを使っていい」

おとなへの道は遠い。

八

「アンナ、お父さんは？」チェンさんが事務室をのぞきこむ。その手にある布のナプキンは、こんどは白鳥の形、さらに手がこんだディナータイム用だ。

わたしは顔をあげる。父さんの机の上は書類や帳簿でいっぱいだから、『マクベス』の本をひざにのせて、余白にメモを取っている。

「さあ。仕入れ先の人に会いに行ったと思います」

しかたない、という顔でチェンさんが言う。「男の子来てる、配達の仕事の件で。話して」

「わたしが？」声がうわずる。

チェンさんがけげんな顔になる。「ボスの長女です。いつか仕事を継ぐでしょう？」

あらためて言われると、びくっとする。父さんとそんな話はしたことがない。わたしが男の子だったら、父さんは後継者としてもっと鍛えようとしたかな、経営を教えて、打ち合わせなんかにも同行させたかなと、ときどき考えはするけれど。マイケルが成長するのを待っているのかもしれないし、後継者なんて考えていなくて、店を手放す決心がついたときに、いちばん高く買ってくれる人に喜んで売るのかもしれない。父さんの考えや気持ちはぜんぜんわからない。うれしいのか悲しいのか、わくわくしているのかがっかりしているのか。だいたいは、悲しいかがっかりかだろうけれど。

「どうしたらいいのか」

「とにかく行って。なに、男の子と話したことない？」チェンさんはメタルフレームのぶあついめがね越しに、じろじろ見てくる。髪にはきっちりパーマがかかっているものの、毛先があちこちたれさがっている。一九三〇年代の上海が舞台のギャング映画から飛びだしてきたみたいだ。アイメイクが濃くて表情を読みとれないけれど、おせっかいと、母親気どりと、戸惑いのようなものが感じられる。

広い食堂は不気味なほど暗くてがらんとしている。ランチとディナーのあいだの時間は、父さんが節電であかりも空調も切らせている。わたしはそろそろとカウンターにむかう。

その男の子は部屋のはしっこで水槽をじっと見ていて、どこにいるのか一瞬わからなかった。細身で背が高くて、カーゴショーツから白い脚がマッチ棒みたいに突きだしている。わたしよりすこし歳上のようだ。

「えっと、どうも」カウンターのこちら側から声をかける。聞こえていないようなので、もう一度。「こんにちは！」

男の子がふりむいて、やっと顔がわかる。青白い肌にちょっぴり大きめの鼻。動くたびに茶色い髪がふわっと浮いて、一部が目にかかる。

「どうも」一瞬驚いた表情になってから、大またで歩いてきて、片手を差しだす。「ローリーです」反対の手で顔から髪をはらい、首をひねって表の求人広告を示す。「配達の仕事の応募で来ました。あなたがオーナーですか？」

手がとても大きくて、ボクシンググローブと握手をしているような感じだ。「アンナです。オーナーの娘なんです」**うわ、家族経営丸出し。**

気にさわったかどうかは読みとれない。「ああ、そうですか」うなずいてもまだわたしの手を放さない。「はじめまして、アンナ。ぼくはローリー」もう一度言う。

緊張してるんだな。そう結論づけると、こっちまで妙に緊張してくる。大きな手から自分の手を救いだすと、いやそうな顔になっていたんだろう、ローリーが急にポケットで手のひらをぬぐう。「ごめん」

「あ、ちがうの。ぜんぜんいいの。ええと、謝らないで。なにもしてないでしょ」**落ち着け、アンナ。**

「あの、おもしろい魚を飼ってるね」ローリーが水槽を身ぶりで示す。「目の下がふくれてる」

「うん、すごいでしょ」わざと目をぐるぐるさせると、ローリーはにやっと笑う。こいつらは大きらい、水槽で飼おうと父さんが初めて買ってきたときには泣いた。目の下にあるゆらゆらした水泡が、つぶされるのを待っている巨大なニキビみたいに見えた。小さいころは、わざとエサを多めにやっては寿命をちぢめていたのに、そのたびに父さんは同じ種類の魚を買ってきて、それがもう十一年以上続いている。

「それで、えっと、近所に住んでるの？」仕事の面接らしい質問をしてみる。このあたりの子なら、配達にいちばんいい道がわかるだろうということで。

「そう。生まれも育ちもゴスフォード。でもしばらくはシドニーに住んでたんだ。そっちのハイスクールに通ってた」

「へえ、そうなの」シドニーに住んでいたのにどうしてゴスフォードに**もどってきた**のか気にはなるけれど、いまはたぶん関係ない。「車は持ってる？」

「もちろん。十年ものだけど、まだじゅうぶん走るよ。まあ、ちょっと直したいと思ってて、だから仕事をもらえたらありがたいんだ」髪がまた目にかかる。やわらかくてふわふわで、ちょっとわたあめっぽい。それに瞳が、いま気づいたけれど、セクシーなハシバミ色だ。明るめのアーモンドのような色。

落ち着け、アンナ。

「なるほど」車——**よし。通勤圏内——よし。英語を話せる——よし。**父さんが喜ぶだろう。

「じゃあ、ええと、あとは父に会ってもらわないと、ここは父の店だから。連絡先を書いてもらえれば、父から電話とかできると思う」

ローリーは驚きながらもほっとしたような顔だ。「いいよ」

わたしはペンをさがす。

「シェイクスピアにはまってるの？」

なぜか『マクベス』の本を持ったまま来ていて、カウンターの上にある。こんどはまちがいなくいやだという顔をしてみせる。「うえっ。まさか。課題を再提出しないと英語が落第で」

ローリーはもう話を聞いていない。アニメの『ザ・シンプソンズ』に出てくる腹黒いバーンズ社長みたいに、両手の指の腹を合わせて、作り声で暗唱しはじめる。

どんどん増やせ　やっかい苦悩
ぐらぐら沸かせ　大釜ぐつぐつ

そこで終わると思ったら、まだ続ける。

沼地のヘビの　切り身ひとつ
大釜に入れ　煮えたて炙《あぶ》れ
イモリの目玉　カエルのつま先

コウモリの羽　イヌの舌
マムシの割れ舌　ヘビの毒牙
トカゲの脚に　フクロウの翼
やっかい増やす　まじないさ
地獄のスープを　さあ沸かせ

どんどん増やせ　やっかい苦悩
ぐらぐら沸かせ　大釜ぐつぐつ
ヒヒの血かけて　熱をとり
まじない　上出来　できあがり

ローリーはすっかりなりきって、大釜に材料を放りこむようなしぐさ、終わりの「熱をとり」と「できあがり」で韻を踏んでいるのもよくわかる。すごい。魔女が見えてくる。こんなに禍々《まがまが》しい場面なんだ。

「わあ」心からの声が出る。「ほんとうにシェイクスピアが好きなんだね」

肩をすくめ、大したことじゃないという顔だ。でも暗唱の出来には満足しているらしい。

「まあね。ちょっとした演劇オタクなんだ」

「うちの妹と気があうよ。妹も演劇に夢中だから」そのことで妹をちゃかすのは、考えなおそうかな。

「なるほど。手伝いがいるなら、『マクベス』のことだけど、力になるよ」

「ほんと？　すっごく助かる。だって、おかげでシェイクスピアがおもしろいって思えたから！」

「ありがとう」恥ずかしそうに笑う。「じゃあ、ここの仕事をもらえたら、仕事のあとなんかにさ、勤務時間中じゃなくて」

ここの仕事。「うん、そうだね。もちろん、わたしもそのつもり」自分の中でふくらんでいたなにかがしぼむ。「えっと、連絡先を残してくれたら、父さんから電話してもらうから」ペンと、チェンさんが使っている伝票を押しつける。

「なるほど」とまた言って連絡先を書くあいだ、わたしと目は合わさない。つっ立って待つのはなんだか気まずくて、もう一回握手するべきかと迷う。そうするのが仕事っぽい？

ローリーがまた別のセリフを引用してその場がおさまる。

「**神のお恵みを。そして悪を善に、敵を友にする人たちにもお恵みがありますように**」

このセリフはどこにあったのか、そもそも『マクベス』なのかさえわからないけれど、どうでもいい。ローリーはウインクしてからくるりとむきを変え、店を出ていく。

ディナータイムはランチよりも忙しくて、金婚式のお祝いの予約も一件入っている。厨房はてんやわんやの大騒ぎで、配膳が遅れないようみんな必死だ。

「リム！　鶏のカシューナッツ炒め、鶏が生焼け言われた！」チェンさんが配膳台に皿をどんと置く。

「舌はあんのか」リムはいきり立って、突きかえされた肉をつまんで口に入れる。「ちゃんと焼けてるじゃねえか。これ以上焼いたら干からびちまう。まったく、イギリスのグワイロウ《外国人》め。食いものをどれもこれも黒焦げのカリカリにしたがりやがる」

「さっさと作りなおせ、リム！」手にした中華鍋のふちまではねあがる熱い炎の勢いに負けないよう、父さんが声を張りあげる。

手を止めて考えているひまはない、頬をしたたり落ちる汗もぬぐえない。春巻きとワンタンを、フライヤーで次から次へと揚げていく。二台目のフライヤーは温度が不安定で、何十個も焦がして指もやけどしたけれど、手を止めて冷やすどころか、痛みを感じるひまさえない。汗と暑さでぐしょぐしょになりながら、作業を続ける。

十時になってようやく、お祝い会でぐずぐず残っていたお客さんたちも帰っていく。やっと持ち場をはなれて食堂に入り、冷房の下に立つ。冷風の出が弱いけれど、すこしだけほっとできるのがうれしい。

まだまだ片づけも、明日の仕込みも残っている。からだじゅうが痛くて、なんとか足を踏んばりながら、ミンといっしょにお皿を重ねていく。

「アンナ」父さんに呼ばれて、喜んでその場をはなれる。これで帰れますようにとひそかに期待しながらも、仕事がキツくてもうむり、という態度には見えないようにする。わたしだってチームの一員にならないと。

父さんは事務室で、書類や領収書の山とにらめっこ中だ。父さんは自分で帳簿をつける。唯一ひとにしてもらうのは、チェンさんが一日の終わりに売り上げを数える作業だけ。それだって、お札を数えなおしてから金庫に入れる。

父さんが手まねきをする。「見てごらん」数字を示しながら、顔をくもらせる。「去年はこの倍稼いだ。でも、だれも外食しなくなってる」

その数字をどう評価すればいいのかはわからないけれど、なにか前むきなことを言ってあげたい。「ねえ父さん、だいじょうぶだよ。父さんの料理がいちばんおいしいもん」

父さんはため息をつく。「だけどな、ここの家賃も公共料金もはらわなきゃいけない、もちろん人件費も」

父さんには、シドニーに家を買うという夢がある。でも、どこでもいいわけじゃない。父さんはアッシュフィールドやハーストヴィルみたいな、中国から来たばかりの移民がたくさん住んでいる街には住みたがらない。「同胞と群れて住みたいなら、中国をはなれてない！」いつもそう言う。そして、目星をつけた住宅街はシドニーの地図に印がしてある。ノースショアのローズヴィル、北西部のケリーヴィル・リッジ、インナーウエストのダルウィッチ・ヒルあたりが最終候補だ。「いい学校と善き隣人」が父さんのこだわり。そのあたりは地価も高い。最近は外国人がシドニーの不動産にどんどん投資しているから、よけいに。中国に残っていたら、とっくに父さんの夢の家を持ててたんじゃないの、とは言わないでおく。

だから父さんは必死でお金を貯めて、わたしたちはアッシュフィールドの古びた集合住宅で暮らしている。母さんが、うちがどんなに貧乏に見えるか、父さんは四六時中店にいるくせにどうして暮らしが楽にならないのか、といくら責めても、そこは変わらない。かわいそうな父さん。夢を叶《かな》えるまで、あとどのくらいかかるかわからないけれど、家計はいつもぎりぎりだ。

いまは楽しい気持ちでいたい。「新しい顧客を開拓してみたら。デリバリーはどう?」

父さんがあきらめたように言う。「応募がない。あの求人広告はもう何週間も貼ってあるんだ」

「男の子が来たよ。今日申し込みに。わたしが面接をしたんだけど。ローリーだって」

父さんが驚いた顔をする。「おまえが面接?」

「うん。地元の人で、配達経験もある。それに車も持ってるって」ローリーに配達の経験があるかどうかはわからない、でもこれくらいのうそは許されるよね。

父さんはあやしんでいる。「何歳だ?」

「ああ、わたしよりすこし上くらい。それに、すごく頭がいいの。学校の課題を手伝ってくれるって言うんだ、だから家庭教師まで雇えちゃうよ！　ひとりぶんでふたり雇える――お買い得、でしょ？」なぜだろう、一生懸命ローリーを父さんに売りこんでいる。

「どうかな」と言いながらも父さんは考えている、もうひと押しだ。

「試用期間ならどう？　いま電話をかければ明日来てもらえるし、様子をみられるよ」

父さんは眉をつりあげる。「いま電話するって？　十時をまわってるぞ、試しに頼むような時間じゃない」

「気にしないと思うけど。いつでも電話してって言ってたし」どんどんうそが重なる。ローリーの番号が書いてある紙をひらひらさせる。「わたしがかけようか」

「うーん」父さんがむずかしい顔になる。「考えさせてくれ。頭が働かない。すごく疲れたから、帳簿をつけるだけでせいいっぱいだ」くたびれたように笑うと、事務処理にもどる。「すまなきゃいけないことがいろいろあるから、今夜はここに泊まる。アージェフがホーンズビーの駅まで送ってくれる、電車で帰れるだろう」

「えっ」びっくりして、なんだか悲しくなる。頭の片隅で、手伝いを始めれば、父さんは毎晩家に帰ってきてくれるかもしれないと思っていた。でも、父さんにはちがう考えがあるんだろう。顔をそむけて、落ちこんでいるふうに見えないようにする。「明日はどうする？　父さんが乗せてくれるの？」

父さんは首をふってため息をつき、「アンナ、もう来ないほうがいい」と静かに言う。「宿題があるだろう。それにお母さんにはおまえが必要なんだ!」

「いやだ!」泣いてしまいそう。「**父さんこそ**わたしが必要だよ! わたしの春巻き、だめだった?」

「今日はよくやってくれたよ、アンナ。明日は、ミンがやれるから――」

「いやだ!」六歳の子どもみたい。「そんなのずるい」仕事がきつくてからだじゅうがぼろぼろで骨まで痛い、それでも家に残されたくない。

「アンナ、家にいなさい。いいね」

がっくりだけど、父さんはそれ以上なにも言わない。帰りぎわにも、声もかけてくれない。

アージェフは車で待っていた。八〇年代の古いボルボだ。「どうした、アンナ?」ゆったりした助手席に乗りこむと、アージェフがきく。

「父さんが。父さんにはわたしが必要なのに、手伝わせてくれない」腕を組んで座席に沈みこむ。まるですっかりむくれたマイケルだ。

「シートベルト」アージェフが注意する。「お父さんには大きな責任がある。それをちゃんと果たしたいだけだ」

「わたしに母さんと家にいてほしいだけだよ」むっとして言う。「勉強は得意じゃないし。妹は頭がいいけど。せめて店の経営をわたしに教えてくれてもいいのに」

「ううん」アージェフは眉間《みけん》にしわを寄せ、目を細めて標識を見ている。「高速道路は右か左かぜんぜんわからん。アンナ、見えるか？」

うめき声が出る、アージェフは話題を変えようとしている。自分のボスの悪口がいやなんだ、ボスの娘の愚痴を聞くだけでも。

「右」と言って頬の内側をかむ。アージェフは車を右の車線に入れる。おとなはあれこれいろんな手を使って、気に入らない話をやりすごす。**わたしだってそうしたい。**

三十分以上経っても怒りがおさまらず、まだ高速道路を走っていることに、すぐには気づかなかった。「アージェフ、ホーンズビーの出口を過ぎてるよ」やっとそう言う。

「そうかい？」アージェフはこっちをむきもせず、むしろスピードをあげる。「お父さんにはお父さんの考えがある。独立心が強くて頑固な人だ」そう言ってウインクする。「自分の思いどおりにいかないと、不安になる」

アッシュフィールドに着くころには、まぶたがくっつきそうになっていた。へとへとだ。のっぺりとしたコンクリートの箱のようなうちのアパートの前に、アージェフが車を停める。

「ここまで来させちゃってごめんなさい、アージェフ」頭をさげる。「送ってくれてありがとう」

「なに言ってる、ちっともたいへんじゃない。おまえさんの頑固な父親は、わしがおまえさんを駅のホームにひとりぼっちで置いてくと思うんだろうが」アージェフがやれやれという顔をする。「さて、明日は九時でいいか？　渋滞を避けられる」

「え?」あまりにも疲れて、耳までおかしくなっているのかも。

「今日はよくやったよ、アンナ。ほんとうに。お父さんはおまえさんの心配をしたくないだろうが、店は人手が足りないからな」アージェフが神妙な顔でうなずく。

抱きつきたい、でもそれは礼儀正しいとはいえない。だからにっこり笑って、首ふり人形みたいにうんうんとうなずく。「うん。九時でばっちり! ありがとう」

「お父さんはわかってないがね、お父さんの面倒をみるのもわしの仕事の一部なんだ。働きすぎるから、ぼろぼろになるまで根をつめないように目を光らせてるわけだ」

理解してくれる人がいて、ほんとうにうれしい。

アージェフにおやすみを言う。もう深夜一時前で、百年でも眠っていられる気がする。それなのに、びっくりするくらい生き生きしている自分もいる。そう、マラソンを走れそうなくらい。

九

次の日。父さんがカンカンになっている。「来るなと言っただろう。どうしてここにいる？」責めるようにアージェフをにらむ。

「ロウバン、この子はできますよ。昨日もよく働いてくれたし、店には人手が足りてません。ひとりで身を粉《こ》にして働かないで。だれか人を雇わないと……」

「あー！　もういい」父さんはますます怒っている。「おまえまでわたしに文句を言うな。妻だけでたくさんだ。だいたい、もう雇っただろう、配達員を」わたしにむかってうなずく。

「ローリーを？」声がうわずって、父さんたちが妙な顔になる。**どうしたんだろう、わたし。**

「えっと、すごくいい人みたいだったから。雇ったんだね、よかった」

父さんは肩をすくめる。「車を持ってるし、給料も安くてすむ。でも経験はなかったぞ。それに試用期間も聞いてないと言ってた」

「え、ほんと？」顔が熱を帯びはじめる。「聞きちがえたのかも」父さんはなにかあると疑っている目だ。でもそのなにかは、父さんの予想とは**ちがう**。

「まあ、しばらくやらせてみよう。手があるのは助かるし」口ぶりがやわらかくなる。アージェフとわたしは、しめしめと顔を見合わせる。「だからって、ふたりでわたしに逆らったのが帳消しにはならないぞ」そう言いのこして、父さんはさっさと事務室にもどっていく。

ランチタイムは昨日より混んでいて、食堂は半分ほど埋まっている。厨房はよく油をさした機械のように順調に動いている。わたしもフライヤーとグリルの扱いに慣れてきて、まだ二日目なのに、もう熱い油が指にはねることもなくなった。リムの中華鍋さばきも調子が良さそう――すばやく力強く、炎の上で中華鍋をまわし、食材をさっと投げあげてはかき集めていく。

最後のランチ客が帰ると、もう二時だ。リムがスタッフのまかないにかんたんでおいしい料理を作ってくれて、みんなで大きな回転テーブルのまわりに座ってがつがつ食べる。なんだか家族みたいだ、それぞれが箸をかまえて、小さな茶碗に入ったご飯を胸の前に抱えている。アージェフがぶあついきのこを取ろうとする下から、父さんが箸をのばして奪いとる。父さんは得意げに笑って、お碗からとろりとした汁をすすりながら、わたしにウインクする。

この前に父さんが家族とこんなふうに過ごしたのはいつだったか、もう思い出せない。父さんとこの時間を共有できたのはうれしい。でもすこしだけうしろめたい。母さんもリリーもマイケルも、ここにいない。

　昼食のあと、父さんはまた別の打ち合わせに行き、わたしは『マクベス』と小論文の束を相棒に食堂に残る。マーレイ先生のアドバイスに沿って再構成するにはどうすればいいか、まだ考え中だ。でも、登場人物が多すぎて覚えきれない。ダンカンとマルカムをまちがえるし、動機などもよくわからなくなってきている。

「どいつもこいつもいけすかない」ひとりごとが出る。

「だれがいけすかないのかな」

　いきなりうしろで声がして、飛びあがりそうになる。

「うわ、ごめん。そんなにびっくりするとは思わなかった」

　ローリーだ。つい笑顔になってしまう。「わあ、また来てくれたんだ。父さんが雇ったんだね」**ぜんぜん知らなかった、という顔をする。**

「そうなんだ。いまじゃ時給十五ドルのりっぱな稼ぎ手だよ」

　その数字にちょっと戸惑う。じゅうぶんな額じゃない。でもローリーは父さんのけちな提示を気にしていないらしい。むしろ、自分を心から誇らしく思っている感じだ。この国の労働法の監査に店が引っかからないか、父さんにきいておかないと。

　ローリーがわたしの紙束に目をやる。「まだシェイクスピアをやってるんだ?」返却された課題、赤でかでかと失望が書きなぐられているそれを手に取る。わたしの頬も同じくらいまっ赤なのはまちがいない。

「それはもういいから」めがねを押しあげる。

ローリーが読んでいる、集中している顔だ。いい表情、そう思ったらいっそう顔がほてってきて、取りかえそうと手をのばす。

ローリーは手をはらって読みつづける。「ああ、わかった、そういうことか」最初の段落を指ししめす。「ほら、ここがもっといろいろ変えられる」

「どうも、先生」飛びついて課題をひったくる。「でも父さんの配達員の手伝いはいらないから。そのためにお給料をはらうんじゃないし」

「おっと、わかったよ。まず、ぼくのシフトはディナータイムからだ」まいったというように両手をあげて、あとずさりする。「次に、きみはもがき苦しんでいるように見えた。力になりたいと思っただけだよ。でも先にきくべきだった」

これじゃあわたしが悪者だ。椅子にどさっと座りこむ。完敗だ。

「とにかくぜんぜん意味がわからなくて」ぼやきながら、課題をあらためてローリーに渡す。

「字面《じづら》だけで考えるとそうなりがちだよ」うなずき方がやっかいな知識人っぽい、マーレイ先生は気に入るだろうな。ローリーはもう一度最初の段落を指さす。「第二幕、第一場。われらが親愛なるマクベス夫人の心情。きみはそこに注目してるんだろう？　それだけを掘りさげるんだ、ほかの登場人物や細かい話まで全部要約するんじゃなくて。これは小論文で、映画のレビューじゃないんだから」

「なんでそんなこと知ってるの？　十代の英語教授が、父さんのとこで時給十五ドルで働く必要があるとは思えないんだけど」

「あー、この州の教育システムでってこと？」ローリーがまぜ返す。「いいや、必要だよ」

笑ったものの、頭皮がぞわっとする。**落ち着け、アンナ。アドバイスをくれてるだけ、ただ動機がわからないだけだ。**

それからの一時間は、場面を分析したり、わたしの小論文での主張を再考したりで過ぎていった。ローリーはわたしが考えを深める後押しをしてくれる。一節ずつ読みなおして、引用した言葉の矛盾を指摘する。頭にくるし、いらいらする、ローリーがいつも二歩先を進んでいるから。ハシバミ色の目をきらきらさせて、眉をあげたりさげたりしながら反論してくる。**おもしろがってるんだ。自分がわたしよりずっとかしこいと思っているわけね。**

「わかった、〈死せる詩人の会〉〔映画『いまを生きる』に登場する、読詩を標榜した秘密サークル〕のメンバーさん、休憩させて。ついていけない」テーブルにペンを放って、こめかみをさする。「それで、こんな英語の天才はどこでみつかるの？　どこの学校に行ってる？」

「いや、ぼくは……行ってない」ローリーは気まずそうに首のうしろをなでる。「えっと、いまはね」

「え？　ああ、もう卒業してるの？」

「ぼくは、その、しばらく休んでるんだ」落ち着かない様子で、テーブルからわたしのペンを取ると、指のあいだでくるくるとまわす。

「どこに行ってたの？」

「モンゴメリ校」

「えっ！　ほんとに？　妹の学校だよ！」びっくりだ。

ペンが手から飛んで床に落ちる。盗みに入ったところをみつかったような顔になっている。

「そうなの？」

「うん。妹はすごく頭がいいから。今年、八年生だよ」

ローリーのこわばった顔がすこしほどける。「ぼくは二年前に十二年生を卒業するはずだったんだ」ちょっと意外だ。ハイスクールを卒業しないなんて、選択肢として考えたこともなかった。うちの学校では、十年生で辞める子はほんのひと握りしかいない。

「そう。じゃあこういうハイスクールレベルの英語は全部勉強したんだ」わたしは椅子にへたりこむ。「みんなに十一年生は楽だって言われる、来年になってみろ、とかなんとか。自分の力を最大限に発揮しなきゃって。でも、いまでもおぼれかけてるのに、十二年生がもっとたいへんなんだったら、足首に重りをつけていま沈んだって同じな気がする」

ローリーがくっくっと笑う。「メロドラマの素質があるって言われたことない？」

「それは妹のほう。**わたし**にあるのは悲運の素質」演劇っぽく大げさに片手で目を覆ってみせると、ローリーがまた笑う。いままで自分がおもしろいなんて思ったことはなかった。だれかを笑わせられるって、いい気分だ。

「シェイクスピアの舞台を見たことある？」

「『ロミオ&ジュリエット』はアリ？　翻案の現代物映画だけど」ローリーが片眉をあげる。

「じゃあ、ない」こんな返事で恥ずかしい。まったくの野暮で教養がないのを白状するようなものだ。行きたくなかったわけじゃない、でも舞台を見に行く時間なんてとれやしなかった。

「それなら、いい考えがある。『マクベス』を見るんだ——『マクベス』を見ないと」

「いいね。でも、どうやって？」

ローリーが答える前に、チェンさんが食堂に顔をのぞかせる。

「ちょっと、おサボりさん、もうすぐディナータイム。仕事の時間」どうしてふたりでいるのかと、チェンさんは怖い顔で腕組みをする。「アンナ、ここにカレシ連れてきた？」

まっ赤に染まった頬は隠しようがない。「チェンさん、こちらはローリー。父さんが配達に雇ったの。いまは……シフトの前に宿題を手伝ってくれてるだけ」テーブルにのった本と紙をつかんで見せても、チェンさんの視線が痛い。「えっと、手伝ってくれてありがとう」

ローリーがほほえむ。「ぜんぜん」


日曜のディナータイムはすいている、でも厨房は活気にあふれている。厨房にわたしの手伝いがいると言ったアージェフの見立ては正しかったし、ローリーを雇った父さんも正解だった。デリバリーの注文が次々に入って、わたしは揚げ物をどんどん作っては、配達中も冷めないようにアルミの保温バッグに入れていく。

「配達に時間がかかりすぎる。道は知ってると思ったのに、アプリで調べてばかりだ」父さんがぶつぶつ言っているのが聞こえる。

「しばらく様子をみてあげて。学生だったんだから、配達をやったことないんだし」ついかばってしまう。

「学生が、なんで仕事に応募したんだ?」

お昼からずっと、わたしも同じことを思っていた。でもいまはゆっくり話を聞いているひまはない。

やがて最後のお客さんが帰り、チェンさんが電話に出るのをやめる。手には昨日できたタコの上に新しいタコができているし、筋肉はこわばって、ギプスを巻かれたみたいにかちかちだ。もう動けない、頭も働かない、でも妙に満ちたりている。

ふらふらと厨房に入ってきたローリーが、疲れきっている。「まいった、おなかぺこぺこだ。車じゅうに食べ物のにおいがしてるのに」

わたしは笑って、残った春巻きをすすめる。「ほら、ひとつ食べなよ。焦げたはしっこはスタッフだけの特権だよ」

「それサイコー」ローリーは春巻きの先をわたしが作ったチリソースにつけて、思いきりかぶりつく。「うわあ、これすごいよ、アンナ。ほんとうに才能あるな」

顔が赤くなる。「うちのレシピで作っただけ。はい」また春巻きを渡す、シャツにソースがたれているのでナプキンも。「初日はどうだった?」

ローリーの声の調子がさがる。「一方通行の道にまちがって入って、おばあさんに怒られたよ。それに、だれもチップをくれなかったし」

「**それが**オーストラリアでしょ」

「たしかにね。これほんとうに、すごくおいしいよ」ローリーは三つめに手をのばす。「そっちはどうだった?」

「楽しい、でもくたくた」あくびが出る。「ぐっすり眠りたい。そういえば——アージェフ、もう出られる?」

「ああ、ごめんよ、アンナ」アージェフがばつの悪そうな顔になる。「ゆうべ遅くなって、家内がえらく怒ってな、だから家までは送ってやれない」

「ぼくが乗せていくよ。問題ない」ローリーは最後の春巻きを食べおえると、手のくずをはらう。

「えっ、それは助かるけど、でもうちは、その、方向が**ぜんぜん**ちがうから」行きあたりばったりで男の車に乗ったらどうこうという、母さんの言葉が頭の中でこだまする。ローリーは男の子で、男じゃないけど、それがいいほうと悪いほう、どっちに転がるのかわからない。

「家はどのへん？」もう手に鍵を持っている。

「アッシュフィールド。ほんとに、かなり遠いから、ここまで往復で三時間はかかるよ」わたしはことわろうとする。「父さんを待つから」

「問題ないよ、ぜんぜん。運転は好きなんだ」

どうすればいいか、答えにつまる。アージェフは申し訳なさそうに、ただうなずいている。

「えっと、うーん、父さんにきいてみる」小さな子どものようでも、しかたがない。

「もちろん」

事務室をのぞいても、父さんは顔もあげない。「あの、父さん。アージェフがうちまで送れないって、だからローリーに乗せてもらおうかと思うんだけど」心臓がばくばくしている、高飛びこみでもするみたいに。

父さんはふり返りもしない。「ローリーって？」

怒りそうになる。「ローリーは、父さんが雇った配達員でしょ？　時給十五ドルで」時給も言いそえる。

「ああ、そうか。それはいい考えだ、アンナ。友だちと帰りなさい。お父さんはまだ残って帳簿をつけなきゃならないから」目の前に書類を並べたてて、大きな計算機のかたいボタンと格闘している。表情は見えない、でもうなだれているのは、なにかあるからだ。

「父さん……」事務室に入る。「どうしたの？」

　椅子をくるりとまわし、父さんが顔をあげる。目の下のくまがあまりにも大きくて、冷たい指で心臓をわしづかみにされた気分だ。いつものとおり、父さんはなにも言わないけれど、目を見ればわかる。

「父さん。店のこと？　経営がうまくいってないの？」

「だいじょうぶだ、アンナ」歯を見せて笑っても、疲れは隠しきれていない。「仕入れ先の値段がまたあがる。しかも、ゴスフォード駅の横にローストチキンのチェーン店ができるらしい。また競合相手が増える、それだけだ」手をはらってわたしを帰そうとする。

「でも、デリバリーはうまくいってる！　ローリーの初勤務なのに、注文があんなにあった」

「それはいいんだ、アンナ、でも、まだ足りない。もっとなにかないと、値上げしなきゃならない、そうするとお客が来なくなる。新しいことをやらないと」

「観光バス」急に思い出した。「リムが言ってた、ウォンはＲＳＬで働いてて、そこに中国人の観光バスが来るって。店はもうかってるって。うちも観光バスに来てもらおうよ」

　父さんはむずかしい顔だ。「アンナ、そんなにかんたんには……」

「でも挑戦してみたら」わたしもゆずらない。「リバプール・ロードの、うちのすぐそばに、観光代理店があるよ。提携先をさがしてないか、きいてみてもいいかも、値引きを提案したりして」

父さんは聞いてもいない。「アンナ、おまえは店の経営のことをなにも知らないだろう」

「じゃあ、教えてよ！」思わず英語になる。

しばらくどちらもしゃべらない。父さんのぴかぴかのおでこには青すじが立って、口元からは深いため息が漏れ、への字になる。「おまえはいい子だ、アンナ。ハオスン《親孝行》だ。お母さんもお父さんも、おまえのような子が長女でとても運がいい」広東語と英語とを行ったり来たりしている。「おまえには学校がある。そして来年は、ＨＳＣだ。いい仕事を目指しなさい。医者や、弁護士や、教師になれ。ンーサイゾウンアウゴン《からだを使う仕事なんかするな》」

「父さん、わたしはそんなにいい成績じゃないよ。それに、父さんみたいに店を経営したら、なにがいけないの？」

「親は子どもに自分を超えてほしい、思うものだ」父さんが最後は英語で言う。

こんどはわたしが口元をゆがめる番だ。もっとなにか言いたいのに、父さんは椅子をむこうにまわしてしまう。「帰りなさい。友だちが待ってくれてるぞ」背中のかたむき加減で、おしゃべりはおしまいと言っている。

店から出ると、ローリーはもう車の中だ。いまになって申し訳なく思えてくるし、ちょっとすねた気分も芽生えて、急にわからなくなる。よく知りもしない男の子の車に閉じこめられてもほんとうにいいんだろうか。道ばたにへたりこんで、隠れてしまいたい。

それでも、まあまあの笑顔で、助手席に乗りこむ。内装は革だ。車はかなり古い、でもいままで乗ったどの車よりも断然すてき。「待たせてごめんね。父さんをちょっと手伝わなくちゃいけなかったから」

「ぜんぜん」ローリーが車を発進させ、路地から出る。「お父さんの仕事を手伝ってるなんて、かっこいいな」

「ちっとも」と一蹴する。「わたしを完全に子ども扱いしてるから。とにかく中国人のいい娘でいて、年長者を敬わなきゃいけない」父さんの言葉が頭の中でこだまする。**ハオスン**。**親孝行**。ぶすっとしてみせると、ローリーが低い声を響かせて笑う。いい声だ。

シドニー方面への高速はかなりすいている。なにか話題を考えようとしても、からだと同じくらい、頭も疲れはてている。

「ホーンズビー駅とかそのへんに降ろしてくれたらいいからね。電車に乗るから」やっぱりまだ、わざわざ遠くまで運転してもらうことが申し訳なく思える。

でも、ローリーは言いはる。「ぜんぜん問題ないってば。前からアッシュフィールドの町を見てみたかったんだ」

「行ったことないの？」

ローリーがうなずく。「なんていうかな……ちょっと……異国風なところらしいね？」

ボウリングの球で顔を殴られたみたいな気分になる。「へえ。そう、**その言い方**は予想してなかった」腕を組んで、降りたいという意思を示す。

ローリーがまっ赤になる。「いや、そういう意味じゃない。差別みたいに聞こえるとは思わなかった」

「でも、そう聞こえた」じろりとにらむ。「自分がうちの店から配達する異国風料理は？　店でもオージーっぽく、肉と三種の野菜の盛り合わせでも作ったほうがいい？」

「えっと、ううう」ローリーはうめき、ハンドルをかたく握る。「きみの言うとおりだ、ごめん。マイクロアグレッションだった、ほんとうにごめん」

　なにを言っているんだろう。「マイクロなに？」

「マイクロアグレッション《小さな攻撃性》」ローリーがくり返す。「友だちのルイスが教えてくれた。オーストラリア社会には、白人以外に対するマイクロアグレッションがあふれてるって。出身をきいたり、アジア人に『ニーハオ』って言ったりするような。ささいなことに思えるかもしれない、でもやっぱり差別だ。相手に自分は『異質』と思わせる――よそ者なんだと感じさせたり」

「あー」なるほど。それを指す言葉があるとは知らなかったけれど、そういう経験ならある。ちょっとうんざりな気持ちになるあれだ、だれかがふいに、キムチの作り方知ってるよって言ってきたり（それは韓国）、標準中国語で話しかけてきたり（わたしは広東語）、そういうときにいつも感じるあれ。だからローリーがアッシュフィールドを「異国風」と言ったのがあんなに頭にきたわけだ、それが行ったことがない理由のように思えたから。どう収拾をつけようか迷う、でももうすこしきいてみたい。

「たいていは、べつに、って顔をしなきゃいけない。怒りっぽいアジア人って思われたりしないように、ね」

　ローリーがうなずく。「『マイノリティ』はそうあるべきだと思われてるよね、礼儀正しくて理解があって、きけばぜったい自分の異質性を説明してくれる、いわゆる『ふつう』とはちがうから」

「それ！」声が大きくなる。「前に応急処置のクラスでライス《RICE》を教わったんだけどね、ほら、捻挫の処置の安静《Rest》、冷却《Ice》、圧迫《Compression》、挙上《Elevation》ってやつ。先生がね、そのテストのときに、すっごく冴《さ》えてるでしょって感じで、ＲＩＣＥのことを『アンクル《足首》・ベン』って言って。わたしはそのとき初めてアンクル・ベン《ベンおじさん》っていうレトルト米の名前を知ったんだけど。中国人はアンクル・ベンを買いませんよって言っても、先生は信じないし。ほんとわけがわかんなくて、むかついた」

「ひどいな」ローリーは親身に聞いてくれる。「さっき言ったこと、ごめん。それに、きみがそんなにいろんな目にあってることも」

「謝罪を受けいれます」なんだか気持ちがいい。マイノリティについて「ちゃんとわかってる」と感じられる人と、本音で話している。ほっとするし、うれしいし、それに、わたしはこの人にちょっぴりひかれている。目のはしで様子をみながら、言ってみる。「こういうことを、けっこう考えてきたわけ？」

「まあねっ」ねっ、が弾ける。しばらくだまってから、ローリーが言いたす。「考える時間がたくさんあったんだ」

「そう」どういう意味だろうと思っても、それきりだまっているから、あきらめてラジオに手をのばす。テイラー・スウィフトの曲がかかって、ローリーが笑顔になる。

「好きなの？」

「レジェンドだよ」リリーが聞いたらあきれかえるな、と思いながら、親しみやすいコーラスに合わせてふたりで大声で歌い、からだをゆらす。

そのうちにアッシュフィールドに入り、アパートまでの道を伝えていく。日曜の晩だからどの店も閉まっている、リバプール・ロードでさえ。それでもローリーは興味津々で見まわして、その目で町を見ている。ちょっと恥ずかしい、夜の街並みはなんてさびれて見えるんだろう。

でも、これがわたしの町だ。

「送ってくれてありがとう。ほんとに、わざわざここまで来てもらっちゃって、ごめんね」

「平気さ。アッシュフィールドもちょっとだけ見られたし」ローリーはにこっとする。「いい感じだね。気に入った」

誇らしくて胸がいっぱいになる。「もっとにぎやかな時間に町を案内したいな。春巻きが好きなら、**死ぬほどおいしい**春巻きや小籠包《しょうろんぽう》を出す店があるから」

「それはいいいね。行ってみたい」ローリーが笑うと、歯がきらきら光る。

とっくに十二時をまわっているのに、リリーもわたしもまだ起きている。リリーはシャワーを浴びていて、わたしはシェイクスピアと格闘中。理解するのに大苦戦だ。ローリーの言葉が頭の中でこだまする。電話をかけて、一節を暗唱してもらえないか、頼んでもいいかな。覚えているみたいだから、きっとできる。

ポケットの中でスマホが鳴る。

ローリー・スモールズさんから友達リクエストが届きました。

笑顔になって「承認」をクリックする。すぐにまた別の通知が来る。

ローリー・スモールズさんがあなたに動画を送りました。

画質が粗くて映像が暗いから、かなり目を細めてやっと、シーツがカーテンのようにつるされているのが見える。なんだろうと思っていたら、ローリーが画面に入ってくる。

「なに笑ってんの?」リリーがタオルを巻いた頭をわたしのひじの上に突きだし、首をのばしてくる。

「なんでもない」動画を止めて、スマホをポケットに突っこむ。リリーは寝る支度にかかり、わたしはベッドにあがる。ここならひとりだ、リリーのさぐるような視線から逃れられる。ノートパソコンで動画を立ちあげて全画面表示にする。ローリーが画面に入ってくる、満面の笑みだ。思わず笑顔を返してしまう。すこしおさなく見えるから、何年か前の動画なんだろう。

ローリーがうつったまま映像が一時停止し、再び動きだすと場面が変わっていて、タイツをはいて古風なフリルの襟をつけ、手には本物そっくりの短剣を握りしめている。ぎこちない感じで、ずっとからだは横むきのまま、片目だけをカメラにむけている。カーテンのまんなかに立ち位置を取ると、話しはじめる。

「**やったぞ。なにか音がしなかったか？**」

ローリーがからだを一八〇度まわして、それまで隠そうとしていたものが現れる。顔のもう半分に、きれいに化粧をしている――アイメイクはドラァグクィーン並みの鮮やかなピーコックブルー、ゴールドのハイライトに、まっ赤な口紅。ブロンドのウィッグが頭の半分を覆い、こちら側の脚はタイツではなく舞踏会用の丈の長いドレス姿。マクベス夫人だ。

ただびっくりしているうちに、ローリーが画面にむかってウインクし、次のセリフが始まる。

「**フクロウの鳴き声と、コオロギの声だけよ。あなた、なにかおっしゃった？**」またくるりとむきを変え、こんどはマクベス。

「**いつだ？**」

からだがくるくると動くので、セリフがよりドラマチックになる――間髪をいれないやりとりのはずが、ぎくしゃくともたつきながら話すので、言葉のひとつひとつに緊張感が増し、いっそう悲劇を感じる。

「**いまよ**」

「降りてくるときにか？」

「ええ」

「静かに！　次の間に寝ているのはだれだ？」

「ドナルベインね」

「なんと情けない」

場面は続き、ローリーはよどみなく語っていく。わたしはすっかり魅了された。セリフを完璧に理解して、堂々と、せいいっぱい演じているさまは、演劇界のベテランのようだ。

芝居がかったお辞儀でその場面を終わらせ、こんどは正面をむく。半分だけのメイク、ぴっちりしたタイツとドレスがすべてうつっている。まんなかからきっちり半分に分かれている――ひとりの少年にふたつのからだ。

わたしは笑って、拍手喝采する。このみごとな演技にどう反応したらいいだろう。メッセンジャーアプリを立ちあげて、返信する。


ほんとだ！　シェイクスピアは演じたほうがずっといい。

手伝ってくれて、ほんとにありがとう。またね。

最後をキスのxで終わらせるか迷って、それはやりすぎだとあきらめる。

すぐに返事が来る。


気に入ってもらえてよかった。


ローリーが打っているあいだは、灰色の点々が表示される。

「なにをそんなに浮かれてんの?」リリーは楽なパジャマを着て、髪にタオルはもう巻いていない。

「ほら。これ見てよ」ローリーのマクベスの動画を見せる。リリーは目を細めて画面を見る。

「これモンゴメリ校のジャケット?」妹は背景にうつっている服に気づいて眉をひそめる。

「学校で会ったことないけどな」

リリーと同じ学校に通っていたのを忘れていた。「ローリーっていうんだ。二年前まで行ってたって。父さんの店で配達員として働きはじめたところ。仕事はできそう」急に、ローリーのことを妹に話したくなくなる。

「ふうん」妹は共用の机にどんと座り、ノートパソコンを取りだすと、マシンガン並みの勢いでキーをたたいていく。「この人だね」学校のウェブサイトにローリーのプロフィールが現れる。

写真をまじまじと見てしまう。学校でのローリーは、濃紺の制服を着て、歯には矯正具が見えている。鼻が鳴り、口をおさえて笑いをこらえる。

リリーはノートパソコンを自分のほうにもどして、画面をじっと見ている。「卒業年が載ってない。中退とかしたの？」

「しばらく休学してるって言ってたよ。もうすぐ卒業すると思う」どうして必死にかばってしまうんだろう。「ほら、大学進学には、アルバイト経験があったほうがいいし」ケネディ先生との会話を思いうかべる。

「**中華料理店**での経験？」リリーの眉がぐっとあがる。「マジで、アンナも、なんであの店で時間をむだにしてるのか、意味わかんないんだけど」

エリート主義の、ばかにした調子の声。中国人の親がわが子をよその子と比べるときや、コニーが父親の景気のいい貿易会社の話をするときと同じだ。

「父さんには手伝いがいるんだよ」

妹が反論してくる。「ううん、そんなことない。店は平気だよ」

「あんたはそう言うでしょうよ。自分以外のことに興味ないんだから」わたしからけんかを売る。自分勝手で悪い子だというのは、中国系の家族にとってはとてつもない侮辱の言葉だ。

でも、リリーは挑発に乗らない。「アンナ、わたしは去年、父さんの店の納税申告を手伝ってるの。経営は問題ない。父さんはひとりでお金を貯めこんで、わたしたちに一生懸命やれって教えて、贅沢《ぜいたく》はさせない。それが移民の両親のやり方なんだよ」

「ならうちはなんでこんなに貧乏なの？　なんでいまでもアッシュフィールドのこんなみすぼらしいとこに住んでるわけ？」

リリーはなにも言わずに自分のベッドに行く。でも、それからわたしを見てひとこと。「母さんみたいなこと言うんだね」リリーが電気を消して、わたしたちは暗闇に放りだされる。

妹の言葉に凍りつく。わたしはまちがっていた。**母さんみたい**という言葉こそが、わが家では究極の侮辱なのだ。

十

休みのあいだはずっと、店で過ごすことになりそうだ。筋肉が鍛えられているのか、からだの痛みも減ってくる。手には包丁の柄が当たるところにタコができて、アージェフやユアンじいと同じくらい、作業も早くなってきている。父さんはあいかわらず家に帰ってこない。店の案を練っていると言うけれど、窓もない事務室の小さな簡易ベッドで寝たりしないで、家で考えたらいいのに。

ちょっと明るい話としては、ローリーが毎晩、店からうちまで送ってくれている。わたしのスマホに入っているテイテイのアルバムは、一曲残らず歌いつくした。いまはディオンヌ・ワーウィックを聞いている、ローリーのおすすめだ。わたしはそういう「懐メロ」系はちゃんと聞いたことがなかったけれど、ローリーはすごくはまっている。女性の力強いバラードが好きらしくて、そのあたりはわたしも同じだ。

それに、ほんとうに正直に言うと、彼といて楽しいのはそういうときだけではない。

「それで、新学期は楽しみ？」ローリーがきいてくる。ランチタイムが終わったところで、ふたりで広い食堂に座り、サヤエンドウのすじを取っている。雨模様だからか、ランチはお客さんがすくなかった。チェンさんは、勝手に母親代わりを買ってでて、ローリーとわたしに店の掃除と雑用を押しつける（ローリーはそのぶんの給料まではもらっていないし、わたしはタダ働きなのに）。トイレをみがいて、窓の外側をふく。そのあと、チェンさんはサヤエンドウが入ったとてつもなく大きな袋を持ってきて、それがいま目の前の回転テーブルに鎮座し、その横ですじの山が大きくなっていく。ローリーは、すじを取ったのをまだ取っていないほうの袋に投げこんではわたしに分けなおさせているのに、どうやら気づいていないらしい。

「まあね、マーレイ先生はもうかんべんだけど」思いきりいやそうな顔で答える。

「きっと先生はきみの新しい小論文を気に入るよ。ローリー・スモールズが保証する」
二、三日前に書きなおしが終わって、ローリーに見せた。主張をもっと明確にして、だらだらと続く文を減らすようにと、的確なアドバイスをくれた。非公認家庭教師になってくれてほんとうに助かる。
「それ、書いてくれない？　もう死ぬほど引用してるけど、それもぜったい使える」

「この主題でぼくに発表するならね。『ローリー・スモールズはなんといってもバダス《bad-ass》の英語教授』」

「わかりました、バダス《最高》先生。ホイットマンについてはいかがでしょう?」あのいまいましい『草の葉』のテキストが、第一学期最後の日からずっとかばんの底にある。

「世界一の変人だったって事実のほかに?」ローリーはくいっと眉を動かす。サヤエンドウを投げつけると、すじをひとつかみ投げかえしてくる。サヤエンドウ合戦になりそうだ。

「えへん」チェンさんはわたしたちを見張るべく、このうえなく厳しい目つきでカウンターに腰かけている。じろりとにらんで警告だ。

ローリーが、これは内緒というように、前かがみになる。「けど、ほんとうだよ。『**歓迎すべきはあらゆる器官と資質だ、わたしのも、そして心が温かく高潔なすべての人のもだ、一インチも、あるいは一インチのほんの一部も恥ずべきところはない、ほかと比べて親しみに欠けるところなどありはしない**』」椅子に座りなおすと、腕を組んで、得意げな顔になる。「真の変人だろ」

わたしはまっ赤になりながら噴きだす。おなかの中がちくちくする、ローリーのそばにいるといつも、どんどんそうなっていく。おなかに蝶《ちょう》がいる〔どきどきする、という意味の言いまわし〕わけではないけれど、なにかが起きている。

もしかして、わたしはホイットマンを楽しみにしたほうがいいのかも!

チェンさんがまた咳ばらいして、わたしたちはサヤエンドウのすじ取りにもどる。何度かわたしの指がローリーの指をかすめて、静電気みたいな感覚が起きる。ローリーはすごく気さくで、よく笑って、わたしはからかわれているのかどうかもわからない。しかも、それでもいいと思っている自分がいる。

一日の営業が終わって、父さんに事務室に呼ばれる。「見せたいものがある」目の前に書類を置く、なにかの契約書だ。いちばん上の行を読む。

ジェイド・パレス経営責任者、ロジャー・チウ、ゴールデン・ユニコーン・ツアーズ経営責任者、ボブ・ラウ間の業務提携契約書

「父さん！」興奮して胸がはちきれそう。「これってわたしが思ってるやつ？ 観光バスと提携するの？」

「おまえの案考えてるぞ、アンナ。あちこち電話かけて、ボブと知りあった。ボブさん、バスツアー十七年やってる。いい人。正直。提携の話気に入ってくれて、契約結んだ」誇らしそうに書類をぽんとたたく。

わたしは歓声をあげて飛びはねる。「うわあ、サイコーだね！ ぜったいいけると思ってた。父さん、これはすごいよ」

父さんは、もちろん、いつだって用心深い。「まずは試験的に」そして広東語で話を続ける。「ブリスベンからの観光バスを週末にこっちによこしてくれる。観光客用には新しいメニューを出してみるのがいいと思ってる。なにか案はあるか？」

「ランチビュッフェはどう？ 安くてかんたんな料理をいくつか作って、料金はひとり二十ドル、食べ放題にするの。餃子《ぎょうざ》に春巻き、炒飯に炒め物。観光バスならスケジュールどおりに動くから、お客さんは長居しないし」
「ランチビュッフェか」父さんは考えをめぐらせている。「いいな」ここは英語だ。

こんどは誇らしくて胸がはちきれそう。父さんがわたしのアイデアを真剣に考えてくれている。「メニューを考えるの手伝うよ」

「もう遅い。帰りなさい」そう言いながらも笑顔だ。「次の週末、いっしょに考えられる」

こらえきれず、父さんに思いきり抱きつく。父さんは短くそれに応えると、わたしの肩をぽんとたたく。「帰って、休みなさい」

ローリーが待つ食堂に、はねながら入っていくと、「もう帰れる？」ときいてくる。

「もちろん！」わくわくしすぎて、隠す気にもならない。

「じゃあ失礼します、チウさん」ローリーが事務室の父さんにむかって声をかける。ローリーは父さんに対してはまだかなりていねいな態度を取っている。そしてローリーの挨拶の声に、わたしのおなかの中で、いつか蝶になって羽ばたくちっちゃな青虫たちがはいまわりだす。

「それで、この子はなにをはしゃいでいるのかな？」車に乗ると、ローリーがきいてくる。わたしは父さんの観光バスの計画を話して聞かせる。

「へえ、それは願ってもない話だね。きみのアイデア？」

「まあ、リムがそんな話をしてるのをちょっと聞いて」と白状する。「でもぜったいうまくいくと思ったから」

「サイコーだと思うよ。よくやったよ、アンナ。感服だ」

ローリーにほめられて、舞いあがってしまう。運転する姿をちらっと横目で見る。髪は汗でくしゃくしゃだし、中華料理のにおいが車の革のシートにできたひび割れのひとつひとつに入りこんでいる気がする。**それでもやっぱり、わたしのおなかでは青虫たちがくるくる踊ってい**
る。

「お祝いしなきゃ！」わたしは急に思いたつ。

ローリーが片眉をあげて驚く。「もう遅くない？　十時半過ぎだよ」

「いいでしょ。今日で休みも終わりなんだし」ローリーが妙な顔になる。しまった、学校に行ってないんだった。「なにか楽しいことしたくない？」とにかくきいてみる。

ローリーの眉がさらにあがる。「なにか考えがあるの？」

おなかの中の青虫が完全な蝶へと姿を変える。**どきっ**。

すこしだまって、どんな選択肢があるかを考える。**楽しいこと**を考えるなんて久しぶりだ。ずっと前、親友のエミリーがまだシドニーにいたころは、週末にはタピオカティーを飲みに行ったり、映画を見に行ったりした。ふつうのティーンがよくするみたいに、おたがいの家に行ったりパーティに行ったりはしなかったけれど。でもエミリーがいなくなってから、わたしの週末はほぼお楽しみなしになった。母さんの調子がいいときに、家族でなにかするだけだ。

「やりたいことがわかった」心を決める。

「うん？」声に好奇心がにじんでいる。なにか楽しそうな、みんながやりそうなことをしようと言うって思ってるんだろうな、パーティをさがそうとか、ビールを買おうとかコンサートに行こうとか。話に乗ってくれるかわからないけれど、とにかく言ってみる。

「点心がね、いちばん好き。小籠包はもう格別」たちまち目に浮かんでくる、肉汁がたっぷりの、薄い皮に包まれたおいしそうな姿。

ローリーは噴きだして、げらげら笑う。恥ずかしくなって、よだれがわいてるのがばれないよう必死になる。「え、本気？」とローリーがあらためて言っても、もう遅い。

「うん。まあ」自分をかばうように腕を組む。「おかしい？」

ローリーの笑いはおさまってきても、目はまだおもしろがって光っている。

「もういい。いまのはなし」窓に寄りかかって、車から身投げできるかなってちょっと考えたりする。「まっすぐ家に連れてって」

「いいや、すごくいい！　アンナ・バナナ、点心愛好家さん！」

急にいやな気持ちになる。「その呼び方やめて」

「どの？」

「『アンナ・バナナ』」サイドミラーをじっとのぞきこむと、光がどんどんうしろに流れていく。

「すごくいやな名前」

「リズムがいいだろ」下手なビートをつけはじめる。「アンナ。バナナ。ボファナ。ミーマイモーママ」わたしはますます渋い顔になる。ローリーの顔からすうっと笑みが消える。「わかった、わかった。ごめん。からかっただけだよ」手をのばしてひざをぽんとたたかれて、さっとからだを引く。

「ごめん、ほんとに」やさしい声で言う。

「それ、いやな気持ちになるあだ名だから。アッシュフィールドに引っ越してきたころ、学校の子たちにそう呼ばれてた、わたしが中国の学校に通ったことがないからって」わたしは説明を始める。「バナナは外側が黄色で、中が白でしょ。アメリカだと『トゥインキー』〔黄色いスポンジに白いクリームが入ったお菓子の名前〕って呼ぶらしいよ。わたしがだめな中国人だって言ってるようなもの」

ローリーは首をかしげる。「待ってよ、**だめな**中国人ってどういう意味?」

「わたしの標準中国語はめちゃくちゃ。広東語だって香港の子どもより下手。漢字を読んだり書いたりできない。ゆえに、だめな中国人」

「ありえないよ。ぼくをだめな白人って言うのと同じだろ」

「そうかもよ!」声を大にして言う。「ローリーは卵かもね」

「卵はいい意味だと思ってたよ。いい卵《グッドエッグ》って、いいやつってことだろ」

わたしは首を左右にふる。「わたしたちにとっては、外側が白で、中が黄色の人を指すの。アジアかぶれってこと」

ローリーが考えこむ。「それって全部、その、なんていうか、差別的？」

顔が引きつる。「そんな感じ。たぶん」

自分でも一度や二度は考えたことがあったけれど、みんななにも考えずにそういう言葉を投げてくる。父さんの世代がＡＢＣｓ、オーストラリア生まれの中国人《Australian Born Chinese》や、ゾシン《外国生まれ》というわが子に対する呼称を嘆いているのに、その子たちは学校でフォブ《新参の移民》、フレッシーズ《新入り》、ウィーブ《アニメオタク》、ウェスタンエッグ《アジアかぶれ》といった言葉を使っている。

「ほんと、バカみたい」ぼそっと言う。**ほんとうに**ばかみたいだ。そもそも、こういうのが中国人**らしい**ふるまいだとか、そうしない人は中国人じゃないとか思うこと自体が差別だ。わかってはいるけれど、自分があのあだ名で呼ばれるのはいやでたまらない。

ゴスフォードの学校では、クラスの子たちも、先生たちでさえも、わたしならアジアに関する話は説明できるでしょうという顔でこっちをむいた。どうして中国の人たちは道路につばを吐くの（やっちゃだめ、汚いから）とか、あの団体旅行客、なにをしゃべってるかわかるの（わからない）、とか。じつのところ、わたしだってみんなと同じように思っていた。でも母さんにたずねてみたら、すらすらと答えが返ってきた。あれは中国本土の人たちで、下品で行儀が悪くて、そういう人たちがつばを吐いているんだ、と。そんな話を聞くと、よけいにわけがわからなくなった。だって、こんどは母さんが自分と同じ人種を差別しているんだから。

ありがたいことに、ローリーはそれ以上きいてこない。いまのところは。

「それで、点心はどこで食べる？」

点心と聞いて、ぱっと気分が明るくなる。点心は社会を平等にしてくれるすばらしい食べ物だ。世界じゅういろんなところに肉を生地で包んだ似たような食べ物があって、作り方が長い年月受けつがれている。それも点心が大好きな理由のひとつだ。それに、とにかくおいしい！

「リバプール・ロードのシャンハイ・ナイトがいいな。シドニーでいちばんの小籠包を出してる、保証するよ」

ローリーがくすくす笑う。「リバプール・ロードだね」一瞬の間をおいて言いたす。「アンナ・グレープフルーツ」

わたしはちょっとだけ笑顔になる。


週末の夜、アッシュフィールドはたいてい活気があってにぎやかだ。この時間はかなり静かだけれど、午前二時まで営業している店もいくつかある。繁華街の夜、というこの雰囲気が大好き。タピオカティーや点心、むさ苦しいカラオケ店もあって、グループで一時間二十ドルはらえば、心ゆくまで歌っていられる。最近では学校の子はみんなバーウッドに行っている、そっちのほうがいまっぽくて、レストランも流行に乗っているからだ。でもわたしは、昔ながらの雰囲気があるリバプール・ロードがすごく気に入っている。

シャンハイ・ナイトがあるあたりは、百メートルほどのあいだに似たような店がひしめきあっているけれど、そこが好きなのは、アッシュフィールドに引っ越してきてから、家族（父さん抜き）で最初に行った店だからだ。母さんは、やっと中国語でホール係と話せてうれしそうだった。めちゃめちゃな、まちがいだらけの標準中国語だったけれど。蒸したのも焼いたのも、全種類の点心を注文した。それに魚料理も野菜料理も。母さんは炒飯も頼んでくれた。「白人むけ」のメニューなのに。

車を停めて店まで歩いていくあいだに、「貸店舗」の看板がかかった小さな店をいくつも通りすぎる。いまにもローリーがこっちをむいて、やっぱり行くところがあったって言いだすんじゃないかとばかり考えてしまう。

「もう帰りたかったらいいからね。いっしょに来てもらわなくたって平気だし」どうしてもいやな言い方になってしまう。かさぶたを自分ではがすようなものなのに。ただの同情だとわかってがっかりしたくないからだ。もしかして父さんがお金を渡して頼んだのかもしれないし。

ローリーは肩をすくめる。「楽しみだよ。点心がきらいな人なんていないよ?」

ありがたいことに、店はまだ開いている。それもまた、この場所の好きなところだ——いつだって歓迎してくれる。どうぞくつろいで、と。

髪を低い位置でポニーテールにした中年の女性ホール係が、ビニールクロスのかかったテーブルを指さして、温かいお茶を取りにもどる。湯のみ茶碗は欠けているし、ナプキンはぺらぺら、それにうちにあるのと同じメラミン樹脂製の箸を出している。

ローリーがお茶を注ごうとすると、茶色い液体が茶碗のまわりにこぼれまくる。「なんだよこれ」とぼやく。あふれるほどお茶が入ったポットをテーブルに置いて、メニューを見る。

「それで、なにがおいしい、アンナ・チェリー？」

低い声で、もう、と抗議する。「わたしの名前にずっとフルーツを足してくつもり？」

「ご名答、アンナ・プラム」

もう、ともう一度言う。でもこんどはメニューで顔を隠しているから、笑ってるのは見られていない。**青虫たちが**。目の前の単語に集中しないと。中国語とローマ字表記が並んでいる、本題に入ろう。

「みんな小籠包を頼むよ。それからウォティア、これは焼き餃子。それに麺とか？」考えこむ。

「どのくらいおなかがすいてる？」

「ぺこぺこ」

「了解、それじゃ炒め物も頼もう。牛肉は食べられる？」

「もちろん」

手をふってホール係を呼んで注文する。英語で答えてくれるのがありがたい、下手ななまりでつっかえながら話さなくていい。そうさせられる店もある、なにか売りつけたがっているときはとくに——中国人の顔を見ると、親しい関係になりましょうと言わんばかりに、わたしのいわゆる「母語」で声をかけてくる。

ホール係がはなれると、ローリーはゆっくり店内を見まわす。「レトロだ。かっこいい。気どってない。気に入った」お茶の入った茶碗を持ちあげるから、わたしも持ちあげて乾杯する。

「それで、父さんのとこで働いて、どう？」

「大満足だよ！　みんな好きだ。アージェフなんかほんとサイコー。中国にいたときは、もうちょっとでレーシング・カーのドライバーになれたって知ってた？」

これは初耳だ。「なにがあったの？」

ローリーは肩をすくめる。「さあね。アージェフだし、ぼくをからかっただけかも」

「ありそう」わたしもうなずく。

料理が運ばれてくる、できたてで熱々だ。ローリーが口の中をやけどしないように、小籠包の食べ方を教える。「皮をかじって小さく穴を開けて、最初に汁をすするの」説明しながら小籠包を持ちあげ、ちりれんげにのせてすこし酢をたらす。皮の内側から蒸気があがり、めがねの下のほうがくもる。

ローリーは見よう見まねでがんばるけれど、ひとかみが大きすぎて汁があごまでたれ、シャツに落ちてしまう。あんまり笑わないようにこらえながら、ナプキンを手渡す。

「初心者のミス、かな？」ローリーは言い訳っぽい笑みを見せる。「もったいなかった、この小籠包は絶品だよ」

「そうでしょ」わたしは口いっぱいに麺をほおばる。

「まじめな話、これをジェイド・パレスで作ったら？」

わたしもそう思ったことはある。「これは上海料理だから、父さんは作り方を知らない。それに、ゴスフォードで好かれるかもわからないし。うちでいちばん人気はレモンチキンだから」

「中国版ケンタッキー？」

「そんな感じ」もうひとつ、小籠包をそろそろとちりれんげにのせ、皮をやぶらないように気をつける。

「ほんとにかわいそうだね。こんなにおいしいものを知らずにいるなんてさ」それからふたりともだまって一心に食べる。口は食べるだけでせいいっぱい、あんまりおいしくて、相手にどう見えているのかも気にならない。

お皿の上が茶色の油とソースだけになり、わたしは椅子にもたれ、うれしくて大きく息をつく。

「それで、アンナ・キンカン、きみのお父さんはどうしてわざわざゴスフォードで店をやってるわけ？」

さぐるような質問はあんまりうれしくない。テーブルのふちを握って、緊張をやわらげる。

「前はゴスフォードに住んでたの、でも母さんが都会に引っ越したがったから」なんとか軽く、すらすらと言う。「父さんは店を売りたくなくて、そのままやってる」

「なるほど」考えこんでいる。「だけど、かなり遠いよね。事務室にベッドを置いてるんだろ？」

「うん。うちにはあんまり帰ってこない」ローリーは同情するようにうなずく。あわれみと気遣いを感じてきまりが悪くなり、話題を変える。「そっちは？　ずっとゴスフォードに住んでるの？」

「だいたいね。しばらく家族で街に住んだこともあったけど。すこしだけ学校に通ったけどうまくいかなくて、もどったんだ」こんどはローリーがわたしの視線を避けている。

リリーが学校のウェブサイトで写真を見せてくれたことを思い出す。「どうしてもどったの？」

重たいため息が返ってくる。「いくつか……学校で問題を起こして……それではなれるはめに」リリーが中退がどうこうと言っていたけれど、言わずにおく。**もっとなにかがあるんだ。**

ローリーが唇をかみしめて、次の言葉をじっくり考えているのがわかる。

「しばらく入院してたんだ」静かな声だ。

心臓の音がおそろしく大きく、道路工事並みになる。「どうして？」

ローリーが深く息を吸う。「ぼくは……自殺しようとして、うつ状態で入院させられた」

長い沈黙がふたりのあいだにたれこめる。この新しい情報を整理しようと、脳がフル回転する。

「そ、そう。え？」それがやっと出てきた言葉。

「んっ」ローリーは弾けるように言って箸を取る。手に一本ずつ、これからドラムをたたきでもするように持つ。

「なんで？　なんで、その……」気遣う言葉も、説得力のある言葉も出てこない。「なに、なにがあったの？」

ローリーは肩をすくめる。「ストレス。ストレス過多、明らかに。十二年生のときで、ぼくは水泳とサッカーのチームに入ってた。学校ではムカつくことばっかり。女の子がいたんだ。で、いなくなった。わけがわからなかった」そこですこしだまる。

「父さんが街へ引っ越すことにしたとき、とにかくいやだった。親にはできる子だって言われてたけど、学校では浮いてる気がしてた、友だちも多くなかったし、すべてにストレスを感じていらいらしてた。でもさ、それは十代ならふつうだよね？」

わたしはうなずく。**十代ならふつう**。「けど、そうじゃなかったの？」

ローリーはうなずく。「覚えてるのはただ……もう耐えられないって思ってた。つまり……ぼくの問題がみんなより深刻って思ってたわけじゃないけど……ただ……みじめだった。四六時中」

いま、そう感じているように見える。ふいに、ローリーの手を取って、そっと両手で包んであげたい衝動にかられる。

「なにがあったの?」もう一度きく。

「眠れない日が何週間も続いた。自分がだめになっていくように思えて、コーチにはどなられて、練習もサボるようになった。それで、ある日急に、できなくなった、これ以上やりたくないと思ったんだ。なんていうか……気力がなくなったみたいな。授業に出るのをやめて、泳ぐのもやめた。どうでもよくなった。なにかをする元気はもうなかった。ベッドにこもったり、ドライブに行ったりした。当てもなく車を走らせた。そこらじゅう。運転に気力はいらなかったからね」

話を止めて、大きく息をつく。質問は求められていない。

どうやって?

「その場所の記事を読んだんだ。電車のトンネルの上だ。フェンスをのぼって越えると、そこからトンネルを見渡せる。ある女の子が、二、三年前に実行した。タイミングを合わせればいいだけだ」

「時刻表は覚えてた。トンネルの上に行って、そのときを待った。電車が自分の下を通過するのを、一週間くらい眺めてた。同じ時間に、毎日。地面の振動が脚まで伝わって、からだがふるえた。久しぶりに、なにかを強く感じた」

「ある日、そこにあがると、自分がやるつもりになってると気づいた。いちばん高いとこまで行って、身を乗りだした。重力で下に引っぱられるのを感じた、ほんのすこしの重さのバランスでとどまってた、くだる直前のジェットコースターみたいに」

唇が痛い。かみしめているからだ、でもあごがくっついて動かない。

「けど、電車は来なかった。遅れてたのか、運行中止か、それともなにかあったのか。いまも知らない。どうすればいいかわからなかった。ほんとうはやりたくなかったのかなと思った。できなかったから。それからようやく、頭のどこかで気づいたんだ、こんなのはまったくの無茶だって」ここでローリーはすこし笑った、いまでも信じられないというように。

「だから家に帰って、姉さんに話したんだ、自分がしようと思ってたこととか、自分がどこかおかしい気がすることとか。姉さんが親に話して、家族で話しあって、ぼくは病院に行かなきゃいけないって結論が出た」

わたしはかたまっていた。気がつくと息も止めていた。なにを言えばいいのかわからない。ここまで率直な話を受けとめる心構えはなかった。誠実。ローリーがこんなに正直に話してくれるとは思っていなかった。

胸の内でなにかがふるえている。張りさけそうなくらいに。

「それからどうなったの？」小さな声できく。

「病院に行った。そこは最悪で、もっと気持ちがつらくなった。でもいろんな薬を試すうちに、だんだん気分が落ち着いてきた。病院にはたぶん三週間くらいいて、家にもどった。そのあとまた薬が増えて、セラピーも受けた。いまもつらい、でもあのころほどじゃない。あれから二年経ってる。まだいくつか薬を飲んでるし、セラピーも受けてるけど、ほとんどふつうになったって言えると思う、ふつうがなにを意味するとしてもね」そこで話をやめて、こっちを見る。わたしの反応をたしかめようとしているんだ。

「うわあ」それがわたしの反応。どちらもしばらくなにも言わず、わたしは箸を握ったままのローリーをじっと見る。ローリーはいつも、気さくで穏やかで気楽そうに見える。こんなのは想像もつかなかった。

　でも、ものごとは常に見た目どおりではない、よね。

「えっと――話してくれてありがとう」そっと言う。それがわたしに言える、いちばん正直な気持ち。

「こっちこそ」ローリーはぎこちなく、苦笑いしながら、あたりを見まわして首のうしろをなでる。「ぼくのセラピストのシンディは、さらけだして話すのがいいって言うんだ。信頼できる相手になら、だけどね」

わたしを信頼してくれている。薄い小籠包の皮がおなかの中からぎゅっと引っぱってくる感じがする。**自分**の秘密を話せるほど、わたしは彼を信頼しているのかな。

「それから、決まった日課《ルーティーン》を持つのはいいって、あんまりストレスのかからないやつで」話が続く。

「だから父さんの仕事に応募したの？」

ローリーはうなずく。「そうなんだ。最初は母さんも父さんも学校にもどってみるべきだって考えたんだけど、そんなのぼくには論外だし、シンディもそう言った。だから去年、家族でゴスフォードにもどろうと決めたんだ、ぼくが仕事とか、なにかルーティーンを持つことに目をむけられるから。たいへんだったよ、知らない人に会って、面接を受けて。不安のきっかけになりそうなことばかりだった。母さんが窓に貼られたあの求人を見て、こういうのもいいんじゃないかって考えたんだ。あれこれきかれないから……その、過去のことをさ。かんたんな面接だったし」すましたふうに笑ってみせる。

わたしは息をのむ。「もっと厳しくするべきだったね」

「きみがお手やわらかにしてくれて助かったよ」そう言って距離をつめてくると、たがいの指先がふれる。

わたしはまっ赤になる、小籠包の皮が青虫に食べられている。

ローリーがすこし顔をこちらに寄せて、小声で言う。「出ようか?」

会計をすませる。というか、ローリーがはらう。わたしもはらうと言ったけれど。もうずいぶん遅い時間だ、でもまだ家に帰りたくない。ローリーも同じ気持ちなのがわかる。車にむかいながら、ローリーが手をつないでくる。指が長い、手のひらはいい感じにごつごつしている。からめた指の感触が、満腹で温まったおなかに火を灯す。青虫や蝶よりずっと心地よい。

「アンナ?」聞きなれた声がして、幸せな想いに包まれた場所から一気に引きもどされる。あわててふり返る。

　リリーがぽかんと口を開けて、道のまんなかからこっちを見ている。ばっちりおしゃれして、ショートパンツにハーフトップ、エナメル革のサンダルをはいている。いっしょにいるふたりは知らない女の子だ。

　ローリーの手をダイナマイトみたいに放りだしたけれど、妹は近づいてくる。「なにしてんの？」わたしは小声で言う。「家でマイケルをみてるはずでしょ！」

「寝てるもん。一回くらい友だちと出かけようって決めたの」リリーは腕を組んで、例によってぎゅっと眉をつりあげる。よく見ると化粧をしていて、チークのラメが、薄暗い通りの灯りでちらちら反射する。

　腹が立ってくる。「あの子をそんなふうにひとりぼっちにしないでよ。なんでそんなに自分勝手になれるの？」

「**ひとりぼっち**じゃないし、母さんがいるんだから」妹がにらむ。道のまんなかで騒いでしまっている。でも、怒りが勝って、気にしていられない。

「母さんは面倒なんかみられる状態じゃないでしょ。リリー、そんな無責任だなんてほんと信じられない」

「無責任？」妹は腕をふりまわし、足を踏みならす。「そっちでしょ、休みのあいだじゅうわたしたちを母さんと置いていったのは！」

「わたしは父さんの手伝いで店に行ってたの。だからうちの食卓には食べ物があって、いま着てる服も買えるんでしょ」横柄な親みたいな言い方だ、でも**だれかが**ここでおとなにならないと。

ところがリリーがそうはさせてくれない。「へえ、そう？　わたしには、**デート**してるように見えるけど」妹はさっと背をむけ、怒って行ってしまう。

妹の言葉に頬を打たれた気分だ。ローリーのぬくもりがまだ指に残っているのに、からだはふるえていて、両わきでこぶしをきつく握りしめる。大きく息を吸いこむ。道のまんなかで泣きくずれてしまいそう。

妹の友だちふたりが小声で話しながらあとを追っていくのがぼんやりと見え、ローリーがそばに来る。大きな手にやさしく肩を抱かれる。「だいじょうぶ、アンナ？」

苦笑いして、なんとか涙を食いとめようとする。「さっきはほんとにごめん」めがねを取って目元をぬぐう。「わたし――」

「あのさ」ローリーにくるりとからだをまわされ、強引にむき合わされる。「だいじょうぶ。わかってるよ。ものごとは見た目どおりじゃない。だいじょうぶ」

そのまなざし、新月のように深い色をやどした丸い目、これは本心だ。

「ほら」両手でわたしの手を、鳥の巣みたいにすっぽり包みこむ。「家まで送るよ」

ローリーとわたしはさよならを言って、ぎこちないハグをする。説明したい、謝りたい、うちで起きていることを全部話したい。たくさん打ちあけてくれたんだから、せめて好意で返さないと。

「また次の週末にね」だしぬけにそう言って、階段を駆けのぼる。ローリーの顔にはっきりと浮かぶ残念そうな表情は、見なかったことにする。

アパートはしんと寝静まっている。まず、マイケルの様子をみる。ぐっすり寝入っている。古ぼけたペンギンのぬいぐるみが床に落ちているのを拾いあげる。このペンギンは、最初はわたしので、そのあとリリーのものだった。いまでは片目がなくなって、タグも読めない。わたしはタックスと呼んでいたけれど、マイケルはハービーがいいと言って、名前を変えた。タックスあらためハービーをマイケルの腕の中にもどすと、マイケルはぎゅっと抱いてエビみたいに丸くなる。鈍い、胸を刺すような痛みをまた感じて、弟のこめかみにキスをし、起こさないようにする。

母さんの部屋は静かだ。中には入らずに、ドアに耳を押しつける。寝息は規則正しい。**ローリーだって、ベッドから出られなかったって言ってた。**ふと、母さんも治療やセラピーを受けてみたらどうかなと思ったけれど、考えない――考えられない、いまは。とにかく母さんが出てきてくれますように。

自分の部屋にむかう足が重い。ドア越しにすすり泣く声が聞こえる。**リリーは帰ってるんだ。**

どっと安心する。

妹はベッドにいて、むこうをむいている。わたしが部屋に入った瞬間、泣き声が止んだ。

「リリー」返事はない。荷物を置いて、そろそろと妹のベッドにあがる。からだをこわばらせた妹は、わたしがとなりに寝ても身動きもしない。そっと名前を呼ぶ。「リリー。ごめん」

返事なし。自分の腕を枕にして、リリーの小さな枕に顔を寄せる。小さいころ、リリーは怖いことがあっても、意地を張ってわたしのベッドには入ってこなかった。そのくせ自分のベッドに来てと言いはるから、わたしにはとっくに小さくなっていた幼児用ベッドで、ふたりでくっつき合って寝たものだった。いつもいばっているわがままな子。手をのばして妹のさらさらの髪をなでる。

「リリー、ほんとにごめん。リリーの言うとおりだった。わたしがずるかったよね。休みのあいだじゅうずっとひとりでマイケルの世話をさせたのは不公平だった。わたしも家にいるべきだった」

妹のからだからすこし力が抜けるのを感じる。まだこっちをむかないけれど、はなれてもいかない。しばらくそのまま横になっていて、リリーは寝たのかなと思いはじめたころ、こっちにからだの重みをあずけてきた。わたしは横にずれて、妹に場所を空ける。

「こんなのいやだ」リリーがようやくそう言って、頭をわたしの腕に置く。こんなにからだをくっつけるのは、すごく久しぶり。そう思うと悲しくなって、わたしも妹にもたれかかる。

「わかってる。わたしもいや」

「母さんはいつ起きてくると思う？」

「わからない。もうすぐ、って思いたい」いつも頭の隅にある思いがもどってくる。

もし起きてこなかったら？

ふたりともまただまる。ほとんど眠りかけたところで、リリーが眠そうな声でわたしの名前を呼んでいるのに気づく。

「アンナ？」

「なに？」

「気をつけなよ」

「どういう意味？」

そのあとは、いびきだけになる。

十一

　頭が重くむくんでいるように感じる。新学期が始まるというのに、いやな夢を見たからだ。夢の中で、クラスじゅうからシェイクスピアのことでばかにされていた。あまりにもリアルで、まだマーレイ先生の声が頭の中に響いている。なんとかふりはらって、ふらつきながら部屋を出る。リリーはまだ小さくいびきをかいている。

ところが、シェイクスピアも学校も夢も、いっぺんに吹きとんだ。

母さんがキッチンに立っている。**母さんがベッドから出ている。**

うれしくて胸がはずむ。母さんはまだ寝起きのままで、父さんが着古したシャツに、色あせたパジャマのズボンという格好だ、でも起きあがって、ベッドから出ている。ふるえる手で、お茶をいれようとやかんに水をためている。

「母さん」にっこりしながら、思いきり母さんの腕に飛びこみたい衝動をおさえる。「ずいぶん早いね？」

　母さんがわたしをじっと見る目は半開き、まだ眠気でまぶたが重そうだ。「起きてお茶を飲もうと思って」そう言って咳ばらいする。声を出すのが久しぶりだからか、しゃがれている。

　おなかの中がひっくり返りそう。母さんが起きて動いているなんて、うれしくてたまらない。目の前の母さんは弱々しくて小さい、いまにもばらばらに壊れてしまいそうだ。それでも、母さんは起きている。**これはいいしるし。すてきな日だ。**

「母さん、わたしがいれるよ。朝ごはんは食べる？　シリアルがあるけど」

　母さんは首を横にふる。「シリアルは、イッヘイが多いから。中国茶にして」母さんの視線を感じながら、プーアール茶の茶葉を小さくひとすくいする。「あんまり濃くしないで」

「だいじょうぶだよ、母さん。好きな濃さはわかってるから」さすがわたし、と思いながら、沸騰したお湯をティーポットに注ぐ。お茶をいれるのは得意だし、母さんが起きてお茶を楽しめるときにはいれてあげたい。甘い大地の香りが部屋いっぱいに漂って、わたしはそれを思いきり吸いこむ。

「はい、どうぞ」とにかく手をゆらさないように気をつけながら、磁器の茶碗を母さんに渡す。母さんがすこしすする。

「んん。いい香り」手をのばして、わたしの目にかかる髪をはらう。わたしは父さんに似て、十一歳でもう母さんの背を抜いた。リリーは母さんに似て小柄で、いまやっとわたしの肩くらいだ。

「やさしい子、お母さんを気にかけてくれて。ハオスン《親孝行》。このところうんと疲れててごめんね」とあくびをしてみせる。「どうしても動けない。ぜんぜん力が出なくて」

「だいじょうぶだよ、母さん。休みたいならゆっくりしてて」口ではそう言っても、やっぱりつらい。またベッドにもどってほしくはない。

「今週末は、もしかしたら」母さんが広東語で言う。「家族でなにかできるかもしれない。飲茶《やむちゃ》に行って、蒸し春巻きを食べるとか。好きだったでしょ？」

つるつるした皮の味を感じる。でも、そこで思い出す。「どうかな。父さんを手伝わなきゃいけないかも。店が忙しくて」

見るからにがっかりした母さんの様子に、わたしは赤ちゃんウサギでも撃ってしまったような気になる。「でも、リリーやマイケルと行けるでしょ？　ふたりとも飲茶が好きだし」

母さんはどうしようという顔だ。でも次の言葉が出る前に、小さな姿が部屋に駆けこんでくる。

「ママ！　ママ！」マイケルが母さんの腕に飛びこむ。

「しー。そんな大きな声出さないの」母さんはマイケルをぎゅっと抱きしめて、頭のてっぺんにキスをする。わたしはただぼうっとふたりを見つめる。マイケルはクリスマスと旧正月がいっぺんに来たような喜びようだ。

「きょうはママがぼくをがっこうにおくってくれるの？」マイケルがきく。「やすみまえにかいたえを、みせたいんだ。いっとうだったんだよ」

わたしはにっこりする。男の子は、母親に恥ずかしげもなく自慢するものだ。

「わあ。それはすごいね」母さんは大げさに喜んでみせるものの、まだ疲れた顔だ。

迷っている母さんに、助け舟を出す。「マイケル、母さんはまだとっても疲れてるから。もっと休まないと。でもリリーとわたしがいつもみたいに送っていけるからね」母さんがほっとした顔になる。

「お姉ちゃんを起こしてきて」マイケルに言うと、ロケットみたいに飛んでいく。母さんは静かにお茶をする。

あとになって、母さんの部屋のドアの前を通ると、影はもうなかった。代わりにいろんな色がすじになって並んでいて、文字どおり、廊下に虹がかかっている。

顔がほころぶ。**いいしるしだ。**

わたしたちを見送りながら、母さんはシャワーを浴びてすこし掃除をするかもと言う。すぐにまた疲れてしまうんじゃないかと心配になって、むりしないでねと伝える。マイケルはきげん良くバス停にむかって行くのに、リリーはずっと浮かない顔だ。

「どうしたの？」マイケルに聞こえないようにたずねる。「母さんはベッドから出たんだよ。

すぐに元気になるよ。きっとだいじょうぶ」

「でも、そうかな?」妹は腕と足をいっぺんに組む。からだじゅうでふきげんを表現するのは、うちの妹だけだ。「だって、ベッドから出てきたからって、良くなったわけじゃない」

リリーはとにかく悲観的な子だ。心配性で完璧主義な性格のおかげで、こっちのほうが気が滅入るときも多い。

「母さんは良くなってる。出られたってことは、もうつらくないってことでしょ。それはいいことだよ」

妹の険しい顔は変わらない。「だって、母さんがつらいときだけがサイアクな状況ってわけじゃないでしょ」

胸のどこかがちくっとしたけれど、それはわきに押しやる。このすばらしくすてきな日を、台無しにされたくないから。

十二

五月

状況はまちがいなく良くなっている。母さんがベッドにこもるのをやめてから、もうひと月。料理も掃除もするし、マイケルの送り迎えもしている。安くて新鮮な食材を買いに市場に行ったり、カブラマッタやハーストヴィルのあたりまで行ってみたりも。

そしてなによりうれしいのは、**いちばんうれしい**のは、父さんがまた家に帰ってくるようになって、ときにはかなり遅めの晩ごはんを家族そろって食べられる日があることだ。わたしは父さんとダイニングテーブルでビュッフェのメニューを考えて、リリーはわたしたちの部屋で勉強する。

わたしはいまも週末はジェイド・パレスに通っている。父さんは観光バスのランチを担当する料理人をひとり雇った。それにローリーを、平日の案内係と観光バスのテーブル担当のサポートとしても雇った。父さんが家に帰ってくるようになってひとつだけ残念なのは、わたしの送り迎えをするのが父さんで、もうローリーじゃないことだ。

ローリーのことを考えるとあいかわらず、蝶がどこからか飛びだしてくる。あの夜はアッシュフィールドで気まずく別れたとはいえ、最近はなにかがちがう。わたしが目のはしでローリーの視線に気づいても、むこうは目をそらさない。そんなふうにされると、どうしていいかわからなくて、ほわっとして、きゅんとなる。

ローリーがキッチンですれちがいざまにウインクして、わたしの腰にさわってきたことがある。すかさずチェンさんが親代わりモードになって、わたしをわきへ引っぱり、望まない妊娠と無責任な若者についてお説教をたれた。

「若い子たち、頭おかしい。しょっちゅう見る、シングルマザーと赤ん坊。すごく若い。人生終わり。将来まっ暗！　一生、棒にふりたい？」

「ううん。まさか」恥ずかしくて顔から火が出そう。わたしがもっと礼儀知らずでぜんぜん中国人らしくなければ、おせっかいはやめて、と言えるのに。**カレシいるかっていつもきいてくるくせに、いざできたらあわてるわけ？**

もうひとつの悩みは、ローリーの気持ちがわからないことだ。ほとんど毎晩チャットはしていても、どうでもいい話ばかり。でもそこにも**なにか**意味はあるよね。はだかを見せてと言われたことはない。かつての親友エミリーによれば、男の子のほうに気があれば、言ってくるらしい。もちろん目安は**それだけ**ではないはず、でも、この手のしるしはぜんぜん読みとれない。

男の子のことになると、いまでも絶望的だ。


そして、第二学期に入って数週間が過ぎたころ、しるしが変わりはじめた。

このあいだまで、母さんは疲れてベッドから出られもしなかったのに、いまは気力がありあまっている感じだ。ほとんど毎晩、母さんがキッチンで掃除をしたり、お皿を重ねたりする音が聞こえてくる。母さんもなるべく音をたてないようにはしているけれど。最初は、食器がこすれる音は小さなウィンドチャイムくらいだった。それが一週間も経つと、シンバルでもたたいているような音になった。そのうえ、ときどき母さんのひとりごとまで聞こえてくる。

「使いものにならない。ぜんぜんだめ。全部だめ。捨ててしまわないと」

リリーにはなにも聞こえないのか、聞こえないふりなのか。二段ベッドの上で、古いディーゼルエンジン並みのいびきをかいている。朝になってそれを言うと、肩をすくめてこう言う。

「耳栓すれば」

化学のだいじな試験を控えた夜、わたしはぜんぜん寝つけなかった。母さんの低い声と毒のある言葉が頭の中でうず巻いて、化学式や反応式とごちゃ混ぜになる。ベッドから出て様子をみに行く。

「母さん、だいじょうぶ？　もう遅いよ」わたしも勉強で気が立っていらいらしている。

母さんは母さんで、急に現れたわたしにびっくりしている。「うんと静かにやってるのに。どうして起きちゃうの」

「なに話してたの、母さん？」

「なにも。ここを掃除してただけ。すごく汚い。わからない？　ああ、汚い」ぼろ布をつかんで、ありもしないカウンターの上のごみをはらいだす。「ほら、なまけてないで。お母さんを手伝って、ここをきれいにして」

「母さん。明日の朝でいいよ。もう寝たら？　わたしも明日試験だから」

「もう、勝手な子。お母さんは役立たずだと思ってるんでしょ、ふたりみたいにりっぱな教育を受けてないから」とつぜんの言いがかりだ。あることすら知らなかったスイッチを押してしまった。「だからわたしをごみくずみたいに扱うの？」

「母さん、お願い。もう遅いよ。わたしもリリーも明日手伝うから」

わたしの言葉は無視だ。「お母さんはここを片づけなきゃいけない。そうしないと近所でばかにされるから」またぶつぶつひとりごとを言って、一心に掃除をする。

母さんには好きにさせてベッドにもどっても、眠れない。お皿ががちゃがちゃ鳴る音と、母さんのひとりごとが聞こえる。こんなことやめてよ。**なんでいまなの？**

全部頭からしめだそう。試験があるから寝ないとまずい。深呼吸して、瞑想《めいそう》しようとしてみても、鼓動は速いままだ。脳は眠れない時間をかちかちと時限爆弾のようにカウントしている。

こんな生活耐えられない。

ふと思いたって、スマホを取ってローリーにメッセージを送る。

起きてる?? 眠れないよ。😥

速攻で返事が来る。

アンナ・ストロベリーからお誘いメールだ。😱

笑いながら返事を打つ。

うわ、期待してたんだ。

うん。#ごめんじゃないけどごめん。

一瞬あいて、また来る。

どうした?

問題はどこにあるのか、考えてみる。シンクに水が流れる音と、それよりも大きな母さんのひとりごとが聞こえる。

ちょっときいてもいい?

いいよ。

前にね……すごく……つらかったってとき、
その……どうやって……そこから抜けだせた??

しばらく間があいて、あの点々が表示される。かなり経ってようやく返事が来る。

むりだった。入院してセラピーを受けて、
薬も山ほど飲んで、それでやっと、
気分がマシになりだした。

でも、いまは平気だよね。

またしばらく間があく。吹きだしが出たと思ったら消える。また吹きだしが出る。また消える。

ローリー？

吹きだしが表示されて、ようやく返事が入る。

急に良くなったわけじゃない。
すこしずつ、前に進んでる。

その言葉に、考えこんでしまう。母さんは広東語で悪態をついている。ふとんを頭まで引っぱりあげると、スマホの青白い光にやさしく包みこまれる。

でも、平気そうに**見える**よ。

外の音がますます大きくなって、ぎゅっと目をつぶる。

平気なときもある。でも、あんまり平気じゃないときもある。

ぼくはなにがきっかけになるかわかってるから。状態がかなりまずくなったときの策を練ってある。

まあ……それがふつうってことに、慣れた感じかな。

たいへんそう。

楽じゃないよ。

足音が近づいて、部屋のドアがいきなり開く。スマホを切って、ぎゅっと目をつぶる。聞こえるのは、母さんの荒い息づかいと、上から響くリリーの小さないびきだけ。

はてしなく長い時間に感じる。

ようやく、母さんがドアを閉めて、そろそろと自分の部屋にもどる足音が聞こえる。ゆっくり息を吐きだすと、心臓はまるで、暗闇を走るヌーの群れのような音をたてている。


朝、キッチンはピカピカになっているのに、母さんの姿がない。がっかりだ——心のどこかで、母さんはまた引きこもり生活に入ったんだと感じる。いや、疲れているだけかも。わからない。わたしもベッドにもどりたい。目を開けているのもやっとだし、脳みそは濡れてくっついた新聞みたいだ。おまけに、今朝はマイケルとリリーの出だしも悪い。

「アンナ！　パンが凍ってる」

「アンナ！　くつしたがない」

「アンナ！」

母さんの様子をみたり、お茶をいれてあげたりする時間はない。バスに乗りおくれるわけにはいかない。「もう行かなきゃ！」大声で言う。「リリー、マイケルを送ってって」

「はあ!?」洗面所から顔を出したリリーは、ブラシの静電気で髪が逆立っている。「なんでわたし？」

「アンナ、くつしたがまだみつからない」マイケルが部屋のドアのむこうで泣きべそをかいている。わたしは両手のこぶしを握りしめる。あと十分でいいから時間がほしい。

自分の中のなにかが切れる。「はかなくていい。靴下なんか。もう知らない！」薄い木製のドア越しにどなる。

ドアのむこうがしんとなる。ミストシャワーを浴びたように、ふっと冷静さがもどる。この大騒ぎを受けながして、騒音は糸くず玉みたいに丸めてはじき飛ばそう。**深呼吸だ。**

気持ちがすこし落ち着く。もう胃がむかむかもしていない、頭はまだぼんやりしているけれど。**それでじゅうぶん。**

家を出ようとしたら、弟のか細い声がまた聞こえてくる。「がっこうにはだれがむかえにきてくれるの？」

わたしの背中で、玄関のドアががちゃんと閉まる。

試験はさんざんだ。元素記号と原子番号が頭の中でぐるぐるまわって、化学反応式は古代エジプトの象形文字並みに解読不能。

ケネディ先生の失望の声が聞こえるようだ。**自分の力を発揮できてないわよ。**力を発揮するには、どのくらいの睡眠が必要なんだろう。

放課後は居残りになってしまい、マイケルの学校までバスで行ったらまにあわない。なけなしの五ドル札を何枚か出し、タクシーをつかまえて急ぐ。

タクシーはきらいだ。せまい金属の箱に知らない人と閉じこめられて、なにか話さなくちゃと考えるだけですごく疲れる。母さんは怖い話ばかりするし。ヘンタイの運転手が若い女の子を連れさって、考えたくもないようなことをするんだから、とか。制服で乗るのもいやだ、仕事やだいじな会議の予定でタクシーを使うりっぱなおとなのふりもできないから。でも時間がないし、マイケルはわたしを頼りにしているし、しかたないよね?

さいわい、乗りこんだタクシーの運転手は、マイクつきヘッドホンでずっと外国語でしゃべっている。ほっとしてドアにもたれかかり、露骨にならないよう気をつけながら、シフトレバーの奥にあるメーターの数字があがっていくのを見つめる。渋滞にはまったり、迂回《うかい》させられたりしたら、お金が足りなくなるかもしれない。

でも、遅れもせずなにごとも起きず、到着する。お金を渡してタクシーから飛びだし、かばんが腰までさがる。全速力で道路を渡る、終業時間にまにあっているだろうか。

そんな心配はいらなかった。正面入り口まで来ると、見慣れた小さな姿が校門にむかって大またで歩いているのが目に入る。うれしくなって、足をはやめて近づく。

「母さん!」大きな声で呼びかける。

ふりむいたその顔に、踏みだした足が凍りつく。その顔は、にらむという表現ではとても足りない。夜明け前に起こしたときや、スマホの充電器をわたしが壊したと気づいたときに、リリーが見せる表情と同じだ。

母さんは**とてつもなく**怒っている。

「アンナ、どこから来たの？」いかにも疑っている感じでも、声は落ち着いている。

歩調をゆるめて母さんの横に並び、言葉を選ぶ。なにを話すか、なにを確認するか、爆弾の信管を取りのぞく手順のように。「バスで来た」とうそを言う。「母さん、起きたんだね。調子は良くなった？」

「気分はいいに決まってるでしょう。なにを言ってるの」声がかすれて、目は不安げにあちこちさまよっている。緊張が見てとれる。

迎えのおとなたちは事務室の前にかたまって、ほとんどがぼんやりスマホをいじりながら、子どもが教室から出てくるのを待っている。母さんはほかの母親たちを見ようとはせず、まるでライオンの檻《おり》に入れられたウサギのようだ。

気をそらして、落ち着かせてあげたい。「今日試験だったんだ、でもうまくいかなかった。あんまり寝てないから」

母さんは聞いていない、ただ目をきょろきょろと動かしている。「もう、アンナ。すごく黒いです。黒すぎます！　良くないです。中国人でしょう。中国人、もっと色白いです」母さんが大きな声で、英語で言う。

顔がかっと熱くなって、あたりを見まわす。声が聞こえるほど近くに人はいなくて助かった。それとも、みんな聞こえないふりをしているだけだろうか。

「母さん、そんなこと言っちゃだめ」声をひそめて広東語で言う。いやになるし、すごく恥ずかしい。わたしの肌はもともと母さんやリリーより色が濃い。マイケルもかなり日焼けしているけれど、男の子だから母さんはなにも言わない。わたしにだけ、いつも美白クリームを突きつけてくる。

めちゃくちゃな英語で母さんは続ける。「事実です。なにがいけないですか、事実言って。うそばっかりついて意地悪、良くないです。いつも事実言いましょう。正直、いいです」

正直。そんな言葉、大きらい。だって、ほんとうの気持ちなんて言えるわけがない、母さんの娘でいたいなら。

終業の音楽が流れてきて、それ以上言いかえすのはやめる。親たちはスマホをしまって目をこらす。ゆっくりと順番に、教室のドアが開いて、小さなからだが転がりでてくる。ワークシートやプリントをノートのあいだからひらひら落としながら、校庭を全力で走りぬけるうちに、児童から子どもにもどっていく。

お迎えはすばやい——ほとんどの親は時間をむだにせず、わが子をみつけると、小さなアニーやティミーの腕をしっかりつかんで、おしゃべりしながら車や横断歩道にむかって行く。

マイケルのクラスはまだ出てこなくて、母さんが不安になってきている。口をきつく閉じて、親から親へと視線を走らせる。母さんがなにを思っているのかはわからない。人混みも知らない人も苦手だ。黒髪の女の人がこっちをちらちら見ているものの、知り合いではなさそうだ。

「こんにちは、ケイトのお母さん」母さんが手をふっても、その人は応えない。母さんがもう一度手をふっていると、髪をふたつに結んだ女の子がその人にぴょんぴょんと駆けよって、小さな腕で首に抱きつく。

母さんは顔をゆがめてその光景を見ている。わたしもがっくりだ。母さんはいやな気持ちになっている――軽んじられるのが大きらいだから、これはかんたんには忘れない。

「ママー！」マイケルが帽子を背中に落としながら、まっすぐに走ってくる。顔いっぱいの大きくて明るい笑み、バットマンを呼ぶために夜空に輝くあのシンボルになれそうだ。母さんはまだ黒髪の女性と娘から目をはなさないものの、もう怖い顔はしていない。しゃがんで息子を手まねきする。わたしはちょっとげんなりだけれど、ふたりはぎゅっと抱きあう。マイケルの腕がぽきんと折れないか心配になる。

「ママがむかえにきてくれるとおもわなかったよ。リリーが、アンナがくるっていってたから」

母さんはなにも言わずにわたしを見る。「お母さんはね、疲れてただけ、それだけ。疲れてたら、みんなお昼寝するでしょ？」

マイケルがいやそうな顔になる。「ぼく、おひるねきらい」

「ほら、お母さんはもう若くないし、がんばって家の掃除をしなきゃならないでしょ。だから、いい子にして、掃除を手伝ってね、そしたらこんどはそんなにくたびれないから。いい？」

「ごめんね、ママ！　つぎはもっとてつだう、やくそくするよ」マイケルは真剣に答える。

わたしはからだの両わきでこぶしを握って、歯ぎしりする。母さんが疲れているのは、家じゅうを掃除するからでしょ、夜中に、いっぺんに。

でも、罪悪感を抱かせるのも母さん流のしつけのうちで、それで親孝行が最優先と思わせる。いまのわたしは娘としての務めを忘れてしまいそうだ。必死で自分をおさえないと、言いかえすか、後悔するようなことを言ってしまう。

「おいで、ボウボウ《かわいい子》」父さんが店の宣伝用に配っているポケットティッシュを一枚出して、息子の顔をふく。マイケルはからだをくねらせながらも、母さんにかまってもらえてうれしそうだ。母さんは目の前に息子を立たせ、かわいくてたまらないという顔で眺めおろし、足元で目をとめる。「あれ！　靴下は!?」

しまった。今朝は大急ぎで出たんだった。胃が引きつる。

マイケルは身もふたもない。「アンナがいらないっていったんだよ」そう言って下唇を突きだし、かわいくむくれたって、わたしの弁護にはならない。案の定、母さんはこっちをむいてにらむ。

「アンナ！」

「靴下がみつからなくて、遅れそうだったし……」もっと言いたい衝動をおさえる、「**母さんが部屋から出てきてくれないからでしょ**」と。こういうことだ、いくらきかれたってぜったい本音なんか言えない。

母さんは大きく舌打ちしてマイケルのほうをむくと、首をふりながら広東語でぶつぶつ言う。「ヤウモウガウチョ《ふざけてるの》？　靴下なしなんて、なにを考えてるわけ？　汚いったらない」もう一度マイケルの顔をふいてから言う。「お姉ちゃんはちょっとおばかさんだねえ」

せいいっぱいやってるよ。その言葉はのどまで出かけてとどまる。わいてくる怒りを懸命に押しもどす。**母さんが悪いんじゃない**、そう自分に言いきかせる。母さんはまともに考えられなくて、自分がなにを言っているかわかってないんだから。

　それでも、突きはなされたと思ってしまう。心が折れる。

「チウさん、アンナ」ホロウェイ先生だ、デザートローズ柄の鮮やかな青のスカーフを巻いている。「いらしてくださってうれしいです、チウさん。マイケルはほんとうに自慢の息子さんでしょう」

「この子、賞、とりました」母さんの英語はぶつぶつ切れている。短い単語に、怒ったような怖い顔。気分のせいなのか、それとも六歳児レベルの単語しか使えなくていらいらしているのか、どっちなんだろう。

　ホロウェイ先生はにっこりする。「ええ、そうです。マイケルはとても才能があります。アンナからアートプログラムのことは聞かれてますよね？」

　母さんがぐるっとわたしのほうをむく。「プログラム？　知りません、プログラム、なんにも」

ふたりから視線を受けて、わたしはちぢみあがりながらぼそっと言う。「話すきっかけがなくて」

「ああ、いいのよ」ホロウェイ先生は青少年の芸術奨学金、ダイバーシティプログラムの話を続ける。母さんはうなずきながら、話をちゃんと理解している顔になり、わたしはとなりで神妙に聞く。マイケルはいつのまにかはなれて遊んでいる。わたしもそっちに行きたくてたまらない。ここに立って情けなく愛想笑いしているんじゃなくて。

「チウさん、マイケルをそのプログラムに推薦したいと思っています、同意していただければなんですが」ホロウェイ先生はじっと母さんの目を見て、同意を引きだそうとしているようだ。

「あなた、図書の先生？　ですか？　マイケルを教える先生とはちがうですか？」

ホロウェイ先生は、スカーフをきゅっと引いて姿勢をただす。「まあ、学校の全生徒を教えていますが、でもそうですね、マイケルの担任ではありません」

「わたしの息子、勉強できてますか？　いい成績？」

「はい、担任からよくやっていると聞いています。とても頭のいい子だと」

「算数の宿題、引き算のやり方わからない、言いました。プリントわたしに見せました、まちがいばかり」

「ああ、引き算が苦手な子は多いんです。マイケルはちゃんとできていると思いますよ」

母さんは渋い顔になる。「マイケル、いい子です。とてもがんばります。うちのアンナ、この子もがんばります、でもときどき忘れます。信じられますか、マイケルに靴下いらないと、言いました！」

ふたりの視線を感じる。顔が燃えるようで、足元のコンクリートの目地を夢中で見ているふりをする。

ホロウェイ先生は気まずそうに笑う。「あら、彼女はとてもいいお姉さんですよ。マイケルはよくお姉さんの話をしてくれて」

うれしくて胸がはちきれそう。

「はい、マイケル、とても姉が好きです」母さんは淡々と言う。その声はまさか**やきもち**？「マイケルがプログラムに行くべきと、思いません。算数良くないです。引き算できないです。芸術はあの子、なまけさせます」

わたしはびっくりして顔をあげ、息をのむ。ホロウェイ先生もあっけにとられている。明らかに予想外の返事だ。「えっと、ですが、チウさん。た、たしかに――」先生もすぐには言葉が出てこない。

「芸術いらない。まず勉強。芸術おじいさんになってから、引退したら」母さんは息子にむき直る。「マイケル、おいで。荷物持って。もう帰ります」

「チウさん、待ってください」ホロウェイ先生は必死だ。「このプログラムへの参加がどんなに名誉なことか、まだお話ししてなかったですね。それから、費用はかからないとお伝えしましたっけ?」ホロウェイ先生は、魔法の言葉を言えたとばかりに、何度もうなずいている。

母さんにはなんの効果もない。「マイケル、来て、来て」

「ママ、みて!」マイケルは、さっきから地面のコンクリートに熱心に描いていた絵を指さす。路上アート用チョークを使ったらしく、棒人間の家族かなにかかと思ったら、ちがう――わたしのちいさな弟は、ほんの二、三分のあいだに、卵のカラに入ったひよこを細部までていねいに描いていた。

「わあ!」と声が出る。弟のそばに寄って、ひるまず陽気に声をかける。「すっごく上手。本物みたい」

ホロウェイ先生は勢いよくうなずいているものの、だまっている。母さんはなにも気づかないかのように、マイケルに手をのばす。「行きましょう」

わたしは立ちどまって、マイケルの絵をスマホで写真に撮る。母さんたちはもう校門まで行っている。先生と目が合ったけれど、呆然《ぼうぜん》としていて、傷ついてさえ見える。ピンク色の口紅はほとんど取れて、ぎゅっと結んだ唇のしわの中にだけ色が寄っている。

わたしになにができる? 小さく肩をすくめ、「ごめんなさい」と口の形だけで伝えて、ふたりを追いかける。

バス停で三人で座って待つ。なかなかバスが来なくて、母さんはひざにのせたハンドバッグをぎゅっと握っている。そうしないと足が生えて逃げるとでもいうように。

「ワンティウバオドングーゲウンヒスイルー」

広東語っぽい言葉が聞こえてくる、でも広東語ではない。声のするほうをむくと、おばあさんがよろよろと歩いてくる。髪はきっちりお団子にまとめてある。口紅を塗って、目元にはコール墨できれいにラインが引いてある。

「リンムーンミートンヒーイウジク。ミーティウシュオンティウヒーシップジュン」たぶん心臓に効く中国の生薬についてぶつぶつ言っている、その程度しかわからない。

母さんがいやそうな顔になる。「ソーポー《頭のおかしい女》よ、ひとりでしゃべってる。知らん顔しなさい」わたしたちのため、という言い方だ。

見ていると、おばあさんはわたしたちが座っているベンチのはじに腰かけ、まだわあわあと効能の話をして、市場で商品を売りあるいてでもいるようだ。「ピングアディウシンジョンハウ」小さいバッグからティッシュを出して、鼻をかむ。

「不思議な人。自分がやってることもわかってないのに、髪はあんなにきっちりまとめて、お化粧もきれいにしてる」母さんはじっと考えこむ。「ピエロみたいには描かないんだ」

とても聞いていられなくなり、咳ばらいをして母さんの注意を引く。「母さん。あのさ……父さんにもきいてみたほうがいいと思わない？　マイケルのアートプログラムのことだけど」

この状況を、わたしが持っている唯一の手札でおさめたい。牛を引っぱって木にのぼらせようとするくらい無駄骨だとしても。心の奥では、父さんは母さんの意見に従うだけだとわかっている。店のこと以外はなんでも妻に任せきりで、母さん自身のからだの話でさえそうなのだから。でも、父さんを持ちだせば、母さんは考えなおしてくれるかもしれない。

本音は言わないでおく。これは一生に一度のチャンスだよ、とは。マイケルの才能は飛びぬけているし、引き算だってそのうちにわかるようになるよ、とも。

母さんはだまったままだ。道の反対側にバスが停まって、何人か降りてくる。こちら側のバスはぜんぜん来ない。母さんはわたしの話を無視する。

「マイケル」母さんは頭をさげて、息子の耳にささやく。「話があるんだけど。いい?」声をひそめて内緒話だ、ちゃんと聞いておかないと。

弟はうなずくものの、目は画面にむいている。母さんが自分のスマホでゲームをさせるなんて。

「マイケル、あのケイトっていう女の子とは、もう遊ばないで。わかった? あの子のお母さんはいやな人だから、気どってて。挨拶もしない。礼儀がなってない。失礼な母親は失礼な娘を育てるからね、わかった?」

わたしはかばんのチャックをいじる。マイケルの友だちならわたしは全員知っている、ケイトは友だちじゃない。あの子の名前を母さんが知っていたのは、幼稚園の劇でふたりともフクロウ役だったからだ。それでもやっぱり、ケイトには申し訳なく思う。ありもしない友情を禁止されたんだから。

「マイケル、聞いてるの？」

「うん、ママ。しーっ。このステージをクリアするんだから」

十三

六月

チェンさんが厨房に顔をのぞかせる。「最初のバス、あと七十五分で来るよ。アージェフ、醤油《しょうゆ》は？」

「いま出す。できた」アージェフがボトルのふたを次々に閉めて、お盆にのせる。「そんなにかっかしてると爆竹みたいに破裂するぞ」

今日は土曜、観光バスが初めてやって来るから、厨房はぴりぴりしながらも活気にあふれている。父さんとわたしは夜明け前に起きだして、刻んだりかきまわしたりと、下ごしらえをしていた。大きな鍋に入ったスープが煮立つころ、リムとアージェフが出勤してきた。十時半には全員がフル稼働で、大量の炒め物や、生姜と小玉ねぎの醤油焼きそばなどを次から次へと作っていく。

チェンさんがなにも言わずに醤油のお盆を持って出ていくと、厨房は静かになり、リズミカルに切ったり刻んだり、ジュージュー焼いたりする音だけが響く。もう指の感覚がない、だからといって手は止めず、葉巻みたいに細い春巻きを巻いていく。しばらくすると、大きなトレイ何枚ぶんもできあがり、整列して戦場にむかうベージュ色の小さな戦士のような春巻きたちを、ぼこぼこと泡立つフライヤーに沈めていく。

七十五分はあっというまで、ほどなくして、キッチンのカウンターのむこうでテーブルが次々に埋まりはじめる。ローリーはグラスに水を注いで、愛嬌たっぷりに接客している。ローリーが給仕しているテーブルで楽しげな笑い声があがると、なんだかおなかがぎゅっとしめつけられる。

「いよいよだぞ！」火にかけた中華鍋の音に負けない声で父さんが言う。「最初の料理を出せ」父さんは額の汗をぬぐって、わたしと目を合わせる。わたしは小さくうなずき返す。**さあ、始まりだ。**

わたしは春巻きのトレイを持ち、うしろからアージェフがオイスターソース焼きそばを運んでくる。

すべての料理をきっちり、時間どおりに出していく。作戦ではまず麺や春巻きといった、原価の低い炭水化物や野菜でお客さんのおなかを満たし、それからタンパク質の料理を出す。ズワイガニや魚の料理は扱わない代わりに、ラム肉炒めや牛肉の豆鼓《とうち》炒めを出す。リムはパイナップルと鶏肉の塩味炒飯をぱぱっと仕上げ、これは大好評で、みんなおかわりを取りに行く。チェンさんとローリー、それにふたりのホール係がテーブルからテーブルへと飛びまわって、グラスに水を満たし、コーラやレモネードの缶をいくつも運んでいく。

そうしてきっちり四十五分後、一瞬で食堂はからになり、トイレに入っていた最後のお客さんたちも、バスにもどるようながされる。

「どうだ?」父さんは落ち着かない様子で、チェンさんがレジのボタンをたたくのをじっと見ている。

「お客さんは四十五人、ひとり二十ドル。たった四十五分で!」チェンさんが声を張りあげる。

「しかも、まだ十二時にもなってない」

父さんとわたしは叫び声をあげ、父さんがまさかのハイタッチをする。

「うまくいってる」わたしと同じくらいはしゃいだ気持ちが、父さんの目にも表れている。

「ほんとうにうまくいってる!」

でも、いつまでも浮かれている時間はない。みんなすぐに準備にもどる。およそ一時間後には次のバスが到着して、またそっくり同じサービスをする。こんどは小型バスで、お客さんは十六人だけ。でも何人かはビュッフェよりもディナーメニューから注文したいと言うので、わたしは春巻きを作りながらバーベキューポークも焼いていく。今回のほうがすこし長くかかったものの、一時間が経つころには最後のテーブルの会計もすんで、重くなったバスがほとんどからっぽの駐車場から出ていく。

座るどころかおでこの汗をぬぐうひまもない。それでも、気力がみなぎってくる。生きている、ここが自分の居場所だと思えるのがすごくうれしい。

この店はわたしの一部。それに、わたしはここで成長している。

「さあ、終わり」チェンさんが**営業中**のプレートを裏返して**営業終了**に変え、ランチタイムが終わる。

「おーい、やったなあ！」アージェフがガッツポーズをして、父さんはまたハイタッチをしてくる。わたしは頬が痛いほどにっこりしてしまう。目でローリーをさがす。ローリーがにこっと笑ってウインクするから、青虫たちが目をさます。

父さんが手をぱんとたたく。「よし、そこまで。ディナータイムの準備がある。仕事にもどれ！」

ディナーが終わると、父さんは残って今日の売り上げを計算したいと言う。わくわくしている目だ。若返って見える。また元気になって……うれしそう。父さんの幸せを取りあげたりしたくない。

それに、ローリーが送ってくれても**ぜんぜん**かまわないと、どこかで思っている自分がいる。

車に乗りこんだとたん、わたしはすごい勢いで話しだす。「うそみたい！　あのランチの人数見た？　父さんはぜったいすっごくうれしいよね」

ローリーが笑う。「**自分がだろ**、すっごくうれしいのは」気づいたら、ローリーのごつごつした指の関節がわたしの頬に軽く当たっている。「かわいい」

顔が赤という赤に染まって、青虫たちがおなかの中で動きまわる。車の中に電気が通ったようで、右腕全体に、となりの席の彼を感じる。ちょっとからだを寄せるとひじが当たる、でもどちらも引っこめない。

自分がホットプレートにのったバターよりも早くとけていく。すっかり。**こういうことなんだ**。臆病な気持ちも絶望的だと思う気持ちも、ふいに消える。気づいたときには、からだがエイリアンに乗っとられたみたいに勝手に動きだしていた。

そして、**わたしから**彼にキスをする。

むこうにとっては予想外。最初はこわばっていた唇が、ゆるんで開く。なにをやっているんだろうと思いながら、自分がちょうどいいと感じる強さで押しつける。ローリーもそっと押しかえしてくる。ローリーは塩のきいたおいしい点心の味がする。

青虫たちが蝶に変わる。

すこしして顔をはなす。ローリーがにっこり笑うと、瞳が際立って、きれいに輝く琥珀《こはく》のよう。わたしはなんだかくらくら、どきどきして、わけがわからなくなっている。

わたしのファーストキス。

一瞬で記憶に焼きつく。

でも、それで終わりじゃない。ローリーがわたしのたっぷりした髪に指をからめて引きよせる。わたしは笑ってからだを近づけると、まぶたをふるわせながら閉じ、次のキスにそなえる。

信じられない！　わたしが車の中でいちゃいちゃしてる。ふつうのティーンみたいに。

バスン！　フロントガラスになにかが当たって、どっと男たちの笑い声が聞こえてくる。目を開けると、わたしが作った春巻きの中身がひとつぶん、ガラスじゅうに飛びちって、銃弾が貫通したあとのよう。外を見ると、目がくらみそうな黄色のジープが横づけしている。金髪の頭が運転席の窓から突きだして叫ぶ。

「おい！　おい、スモールズ！」

ローリーはとなりで石のようにかたまったまま、その車から目をはなせないでいる。金髪の男は窓を開けろとわたしに手ぶりで示す。もう一度ローリーを見ても、なにも言ってくれない。どうしようもなくなって、ゆっくりとハンドルをまわして窓を開ける。叫び声やわめき声が大きくなって、その興奮を顔に感じる。

「なんでしょう……か？」リリーのふてぶてしい皮肉口調をまねて、胸の奥にふくれあがる恐怖を隠す。

「よおよお、ニーハオ彼女」にやにや笑われて、からだをはいあがってくる嫌悪感をやりすごす。「あんたの彼氏と話したいんだけどな」

それでもローリーはなにも言わない。わたしは両手のこぶしで座席をぎゅっと押す。「話したくないみたいです。それにここはわたしの父さんの店だから、もう行ったほうがいいです、そうしないと警察を呼んでもらうことになるので」

車に乗った男たちが笑う。「元気のいい子がいるぞ。アジア人はおとなしいんじゃなかったか?」

「この子にかまうな!」ローリーがいきなり車から飛びだそうとして、シートベルトでつまずきかける。わたしもあわててドアの鍵を開ける。

「まあまあ、落ち着け、スモールズ」金髪の男が両手をあげて降参のふりをしたところで、ローリーが車から降りる。「乗ってろよ、怒らせるつもりじゃなかったんだ」後部座席でにやにや笑っている仲間に、意味ありげな視線を送る。「元気だったか、ローリー? なんか気持ちを打ちあけたいんだろ? ちょっと聞いてくれよ、ってか?」

「とっとと行け、ゲイリー」

「ローリー」わたしも車から降りてみると、うしろにあとふたり乗っているようだ。ローリーはじっと立ってにらみつけ、腕には血管が浮きでている。こんな様子は初めてだ。

「おっと、危ない。怒るなよ、スモールズ。おまえ、なにをするかわからないもんなあ?」ゲイリーはわたしを見てからローリーに視線をもどす。「さっ、行こうぜ。どのみちパーティに行くとこだったしな」またわたしと目を合わせて、唇をなめてみせる。たまらなくいやな感じがからだじゅうにまとわりつく。「おまえも来るか、ローリー?」

　ローリーはぱっとこぶしを握ったものの、なにも答えない。

「負け犬が」ゲイリーがあざける。「おい、こんど自殺したくなったら、頼むからちゃんとやり遂げてくれよ」仲間の笑い声が、エンジンをふかす音にまぎれていく。ジープがゆっくりと駐車場から出て、ゲイリーは手をひらひらとふりながら遠ざかる。

「ずっと愛してるぜ、スモールズ」

「ローリー」からだじゅうの血がたぎって、頭の中では大波を蹴ちらしている。それでも怒りをおさえるのは、となりでローリーがトラックに轢《ひ》かれたような顔になっているからだ。いや、ちがう、飼い犬がトラックに轢かれて、その犬のからだが自分に飛んできたような顔だ。

「ローリー?」返事はない。「だいじょうぶ?」肩に手をかける。

　急にはっとした顔になる。「**ぼくは**だいじょうぶ、**きみは**だいじょうぶ?」なんだか声が大きい。

「わたし、わたしは平気だよ」手を引っこめる、どうすればいいかわからない。ローリーはその場でゆらゆら足踏みしている、左へ右へ、髪をつかみながら。

「よかった。それならよかった」まだ声を張りあげている。「ぼくらはなんともない、じゃあ、行こう」

「待って……」でも、ローリーはもう車に乗りこんでいる。

送らなくていいと言ってみる、まっすぐ家に帰ったほうがいい、わたしは父さんを待つからと。でもかたくなに「ぼくらはなんともない」と言いはる。妙にそわそわしているようで不安をぬぐえないし、わたしも腹が立っていて、やたらとおかしなことを考えてしまう。

「話、聞こうか？」ときいてみる。

ローリーはまだ押しだまっている。

「前の学校の知り合い？」

やっとうなずいた。「シドニーに行く前の。小学校からいっしょのやつら」ローリーは学校でいじめられていたんだろうか。

「げっ、いやなやつばっかりだね」矛先を変えて、空気を軽くしようとしてみる。

ローリーはふさぎこんで見える。「いっしょにつるんでたときもあったんだ。うちが引っ越して転校してからも、母親同士が同じオンラインの読書クラブかなんかに入ってて」

「へえ。いじめられたの？」

ちょっと肩をすくめる。「ゴスフォードにもどったあと、うつや病院のことを聞いてほしかったんだ。でもあいつらはそれをとびきりおもしろいネタだと思ったみたいで。だから、ぼくがあれこれ話して以来……あんな感じで」顔がくもる。

「つらいね」わたしの顔もくもる。「でもほんとムカつくやつら、ローリーとはぜんぜんちがう」

ローリーの目は穏やかだけれど、あまりに虚《うつ》ろでぞっとする。「そうだね」そう言うと、また道路に視線をもどす。

あとは家に着くまで、ふたりともなにも言わない。

車を降りながら考える。なにか言ってあげたい。なにかしてあげたい。だって、ムカつくやつらは別として、今日はビュッフェだったたし、それにあのキスも。

こんなふうになるはずじゃなかった。

でもドアを閉めた瞬間、ローリーは車を私道から出して、走りだしてしまった。そしてわたしはひとり、夜の中に立ちつくす。

十四

「話にならん。オージーの若造は、どいつもこいつも怠け者で文句ばっかりだ。働き方ってものを知らない」足音も荒く厨房に入ってきた父さんは、携帯電話を手にしている。わたしをじろりとにらむ。「アンナ、よく聞け。新しい求人広告を貼れ。新規の配達員募集。中国人限定と書け」

「なに？　ローリーはどうしたの？」うろたえて声がうわずる。

「電話あった、今日は行かない、と」父さんの顔はまっ赤だ。「メンタルヘルスデー必要ですと。話にならん。なんなんだメンタルヘルスデーって？　新しい祝日？　話にならん」

からだじゅうが冷たくなる。送ってもらったあと、ローリーに何度かメッセージを送ったけれど、返事は来ていない。今日もいくつかくだらないＧＩＦ画像を送ったのに（ひとつは空飛ぶブリトーだと思う）、反応はなし。ゲイリーたちとの一件でわたしも動揺しているし、ローリーの気持ちは想像するしかない。

そして仕事にも来ない。

わたしはがっかりして、腹が立って、なんだか裏切られたような気にもなってくる。でもゆうべは頭がまっ白になったような顔で、わたしを玄関に置いていった。だから、とにかく心配だ。

「メンタルヘルスデーはだいじだよ」もごもごと言ってみる。「学校ではしょっちゅう話に出るよ。それで休んでる子も何人かいるし」ビヨンドブルーとかヘッドスペースとかの、メンタルヘルスケアに取り組む団体の人を招いた学校の集会を思いかえす。「それに、雇用主が従業員にそういう日を認めないといけないっていう法律ができたと思うよ」あとで事実確認すればいい、父さんはこの手の細かい話にはうといはず。

父さんはかぶりをふってぼやく。「メンタルヘルスデー。産休、育休。この国じゃなんにも話が進まんわけだ。連邦議会見てみろ。動物園のサルだ」

わたしのうしろで、アージェフがからからと笑う。父さんは香港の情勢に文句を言うのと同じくらい、この国の議会の質疑応答に関してもやたらと熱くなる。

「ロウバン、今日は休ませてやりましょう。配達はわしが代われるし、アンナは十二分にわしの持ち場をまわせます」

心がはねる。日曜は、アージェフが蒸し物やスープなど、中華鍋をふる必要のないメニューのほとんどを担当している。これは思いきった提案だ、父さんはこれまでわたしにフライヤー以外を担当させてくれたことはない。

案の定、父さんはむりだろうという顔だ。「それじゃ、だれがフライヤーをやる？」

「わたしが両方できる」急いで言う。ぜったいぜったい、**ぜったいに**、ローリーにクビになってほしくない。

父さんはわたしからアージェフへと視線を移し、もう一度わたしを見て、息を吐く。

「みんなで**わたしの**メンタルヘルス崩壊させるつもりだな」

わたしが口を**ありがとう**と動かすと、アージェフはにっこりして、自分のベンチに来るよう身ぶりで示す。仕事はたくさんある、準備を急がないと。でもちょっと止まってスマホをチェックする。

まだローリーからの返事はない。

もう一度メッセージを送りたい、メンタルヘルスデーをどう過ごしているかと。話し相手はいらないか、と。なんでも。あのキスが忘れられないからじゃない。

会いたいと書きたい、でも、それはきっと重い。

指はキーボードの上をさまようものの、言葉が浮かばない。やっとのことで、こう打つ。

だいじょうぶ？ x

そして準備にもどる。

スマホが小さく鳴って、目がさめる。

やあ。今日はちょっとキツかった、メッセージありがとう。

ローリーからの返事だ。青虫たちが目をさまし、うれしくてほっとして、胸がいっぱいになる。

つらいね。😰

ほんとイヤなやつらだったし。
気にしちゃだめだよ。

そうしたいけど。

長い間があく。長文が来るかと思ったら、ちがった。

今日セラピーを受けてきた。

よかった！　気分はマシになった？

がんばってる。ゲイリーたちと出くわしたことを話した。

もともとどうしようもないやつらだけど、前はつるんだりしてた。でも入院とかいろいろあってから、友だちなんかじゃなかったって気づいたんだ。

最低なやつらだ。

でも、いまだに気になる。あいつらになにも言わなきゃよかったよ。

マジで最低なやつらだよ！

自分のこと全部正直に話したんだし、それはすごいことだよ！

そんなに自分を責めないで。

あいつらに惑わされる自分にいらいらする。

もう忘れなよ。
ローリーはサイコー！

思いっきり陽気で楽天的な言葉を打つ。ローリーに笑顔とかの明るい絵文字をなんとかして打たせたい。話してくれたのはものすごくうれしい。でも、ふさぎこんでいるのが伝わってきて、スマホから飛びだして抱きしめたくなる。ぐいっと引きよせて、その胸にすっぽりおさまりたい。

休んだの、お父さん怒ってた？

ちょっとだけね。でもアージェフとわたしでカバーしたから、だいじょうぶだと思う。

わたし、蒸し器を担当したよ。😊

行けなくてごめん。

だいじょうぶ！　気分が良くなってほしいだけ。

なってきてる。

わたしは眉を寄せて、ほんとうに言いたいことを言うべきか考える。もう一度考える前に、指が打ちはじめている。

会いたい。

ぼくも会いたいよ。

心底ほっとする。正直のスイッチが入って、言葉を選ぶのをやめる。

あのあと、もうわたしのこと好きじゃなくなったかと思った。😥

ありえない。
きみはすごいよ、アンナ・ストロベリー。😊x

やった。笑顔の絵文字。やっと、いいしるし。

十五

七月

また学校が休暇に入って、わたしはほとんど毎日店に出ている。つまり、ローリーといつもいっしょにいる。つまり、ほかに行きたい場所なんてない。

「アンナ！」アージェフのするどい声。「ぼんやりするな。冷蔵室からキャベツを出してきてくれるか？」

われに返って、握っていた包丁を置き、大きな冷蔵室にむかう。ドアを開けたとたん、中に引っぱりこまれ、叫びそうになる。

「やあ、彼女」

大きな笑顔にくしゃっとした髪が完璧。わたしの腰に腕をまわすその手の大きさに、自分が細くて小さくて女の子っぽいと感じる。

「どうも、彼氏」

毎日画像《ミーム》やふざけたメッセージを送りあって、いつも夜中まで電話で話している。店の営業中も、ローリーはこっそりウインクしたり、きゅんとする笑顔を見せたりしていた。

そしていま、窮屈《きゅうくつ》な冷蔵室にふたり。

「調子はどう？」

「最高《ピーチィ》」くすっと笑う。冷蔵室に空間はすくなくて、冷風がかかると肌がふれあっているのがいっそうよくわかる。

「じゃ、アンナ・ピーチィだ」

ますます近づいて、リードをとってくる。口元がふっとゆるんで見えて、わたしもゆるめる。唇を強く押しつけあう。キスをするといまだにちょっと妙な気分、でもやっぱりうきうきする。ふたりともうまくなってきている気がする。ローリーの唇は苦い薬草みたいな味、わたしたちが病気になると母さんが煎じてくれるあれだ。でもいやじゃない。

ローリーの指がわたしのうなじのおくれ毛にからむと、からだの奥からなにかにぐっと引かれるのを感じる。キスに夢中になり、その力がすこし強くなって、たぐり寄せられるように前のめりに、より早く、もっとむこうへと倒れこんでいく。彼の唇がわたしの唇の上で軽く動いて、子猫にふみふみされているみたい。

冷蔵室のドアがいきなり大きく開く。ふたりであわててはなれても、もう遅い。アージェフの息をのんだ顔、老眼鏡が首にぶらさがっている。

しばらく、だれも動かない。

ようやく、アージェフが大きく首をふって息をつく。「キャベツは持ってきてくれよ」

ローリーとふたり、ばつが悪くてにやっとする。

次の朝、マイケルとリリーはたがいにけしかけているのか、食べかけの口の中身を見せあっている。妹の写真を撮っておきたくてたまらない、顔の半分以上が口になったところを。ぜったいあとで使える。

土曜日の朝、母さんは食材を買いに出かけた。父さんは中国語の新聞を読んでいて、カスタードクリームが口のはしにくっついている。わたしは壁の時計に目をやる。「そろそろ出ようよ、渋滞にはまらないように」

「今日は家にいなさい」父さんが静かな声で言う。「宿題が心配だよ、アンナ。もうすぐ学校が始まるだろう」

不安のとばりがおりてくる。「学校は平気だよ。手伝いたいの」ここは食いさがらないと。ビュッフェが本格的に始まってからもうひと月以上。週末の営業は急に人気が出て、父さんが人を増やしても、まだまだほとんどの日が大忙しだ。

「おまえが心配なんだ。店にばかりいちゃだめだ。勉強がそっちのけだろう。気を散らすものが多すぎる」父さんは唇をぎゅっと結んで、いろいろ知っているぞという顔になる。

はっと息をのむ。そういうことだ。

アージェフがわたしとローリーとのことを話したんだ。

それなら父さんにちゃんと説明したい。ローリーはすごくいい人で、学校の宿題も手伝ってくれている、と。でも父さんの顔つきで、それはやめる。**とても説得なんかできない**。かわいそうな父さん。フグみたいに目が飛びだしている。どこからどう見ても疲れきっている。ビュッフェの成功を最初は喜んでいたけれど、からだに負担がかかっているんだ。

「わかった、父さん」うつむいて、がっくりとうなだれる。

父さんが満足げにうなずいている。もしかしたら、もう店にもどしてもらえないかもしれない。最悪な気分だ。ロミオとジュリエットは二度と会えなかったな、と思う。それがわたしとローリーを待ちうけている運命なのかな。

「アンナ、これみて」マイケルの声。そっちをむく。見せられたのがべたべたでどろどろの、かみかけのエッグタルトでも、気がまぎれるのはありがたい。弟は笑って飲みこむ。

「ふうん、そう?」わたしもパイナップルパンを大きくかじり取ったら口に入りきらなくて、ぐちゃぐちゃかんで、じっとりして生ぬるいべたべたが歯茎にもはさまってきたところでぱっと見せる。

「うわ。アンナ、きったない」リリーがからだをよじって大笑いする。横目でちらっと見ると、父さんはくくっと笑いながらもちょっと悲しげだ。

「さてと」父さんがお茶の残った湯のみを置く。「そろそろ店に行く」いってきますのハグやキスはしないけれど、マイケルの前では足を止めて髪をくしゃっとなでる。「いい子にするんだぞ」

父さんが出かけて、空気がどんより重くなる。食器を片づけながら、ローリーになんとメッセージを送ろうかと考える。店に行けないなら、定期的に会うのはほぼむりだ。蝶たちがみんな、胃酸の海でおぼれている。

ふさぎこんだままキッチンで朝食の片づけをしていたら、両腕に荷物をさげて、母さんが帰ってきた。「アンナ。父さんはもう行ったの？　なんでおまえは行かないの？」

「父さんが、その、今日は行かなくていいって」明るく言う。ほんとうは泣きそう。

「ああ、アンナ、良かった。家にいてちょうだい。きちんとした若い女性に、食堂はふさわしくないから」気落ちしているふうに見えないようにしているのに、母さんはそばに来て横から抱きしめる。安定感のある母さんにもたれかかると、温かさが胸にしみる。

「今日は母さんと家にいてね、いい？」

うなずくと母さんがはなれる。

リリーがノートを手に持ったまま部屋から出てきて、「トイレットペーパー買ってきた？」ときながらカウンターに置かれたバッグの中身を物色する。

「そうだ。みんなで出かけようか」だしぬけに母さんが言う。「家族そろって」

リリーと**うそでしょ**と目で会話する。「宿題を仕上げなきゃいけないんだけど。もうすぐ第三学期が始まるし」リリーが言う。

「わたしも」あわてて同調する。

「なに言ってるの、この前みんなでなにかをしたのはいつだった？　家族みんなで過ごす時間がいちばん大切なんだから」

返事がみつからない。**なんとかしてよ**、とリリーの顔がわめいている。

「水族館はどう？」母さんが言う。

ふたりがなにも言えないうちに、マイケルが椅子から飛びおりる。「すいぞくかん！　あたらしいペンギンのショーがあるんだよ。ぼくパンフレットもってる！」

「へえ、それは楽しそう！　リリー、ペンギンのぬいぐるみを覚えてる？　小さいころに持ってたでしょ。タックスって名前をつけてた」

リリーはうんざりという顔だ。「それはアンナでしょ、母さん」

わたしも渋い顔になる。たしかにあのペンギンはもともとわたしのものだった、でもリリーのほうがずっとかわいがっていた。「でもタックス《タキシード》って名前をつけて、黒い布の切れはしを首に巻いて蝶ネクタイをさせたのはリリーでしょ」

妹はさらに目をむく。「自分はおもちゃをぜんぜんだいじにしなかったもんね、いつも最初にもらうくせに」妹と言いあっても勝ち目はない。

「あったよ！」部屋から出てきたマイケルは、片手にパンフレット、わきにもなにかを抱えている。「この子もいたよ」古ぼけたグレーと黒のかたまりを持ちあげる。

リリーとわたしの声がそろう。

「タックス！」

ダーリング・ハーバーはベビーカーを押す家族連れや観光客でいっぱいで、服装もさまざま、Tシャツと短パンにビーチサンダルの人もいれば、薄手のセーターや、風になびくサリーの人もいる。冬のまっただなかでも、シドニーの日差しは容赦ない。太陽の熱はわたしのたっぷりした黒髪にからみついて、頭のてっぺんがさわると熱い。

母さんは、もちろん濃い紫色の傘をさして日光から身を守っている。リリーとわたしも前にはそうさせられていた。オーストラリアのきつい日差しはからだに毒だからと言われても、恥ずかしくてたまらなかった。母さんは、傘はなんとかあきらめてくれたけれど、肌のメラニンの量についてあれこれ言うのはやめない。

入場待ちの長い列に並ぶ。水族館の入り口までは細長い日陰の中だ。マイケルはおとなしく立って、手には母さんのスマホを持ち、かなり古びて見えるタックスを両腕で抱えている。リリーはノートを手に、公式や定理を暗記している。わたしも妹と同じくらいまじめに勉強に取り組めたらよかったのに。手をひさしにして、行列の長さを目測する。考えてみるとおかしい。こんなにおおぜいがみんな、朝起きて、水族館に行くのは名案と思ったんだろうか。
スマホが鳴る。

やあ、今日は来る??

ローリーだ。胸がぎゅっとなる。

今日は行けない。家族で過ごす日で。

なにしてるの?

水族館に来てる。

イルカの絵文字は入れないでおく、あんまり子どもっぽくならないように。

楽しそうだね。

食べられなければね。

そんなまさか。

「アンナ、電話をそんなに近づけちゃだめ。放射線で目が見えなくなるから」母さんはいまだにテレビから電磁波がいっぱい出ていると思っている。みんなで新しい技術は安全だと何度も説明しているのに、母さんが忘れるのか信じていないのかはわからない。

リリーとマイケルもそれぞれ画面に見入っていて、鼻が液晶にくっつきそうだ。それを言ってもしかたがないから、スマホをポケットに押しこんで前を見る。

ようやく列の先頭に来てチケットを買う。

「百十五ドル七十二セントです」カウンターのむこうの若い女性が言う。金額を聞いて気分が落ちこむ、父さんのつらそうな顔が目に浮かぶ。半日で使うには多すぎるお金だ。

「心配しないで。母さんからのご褒美《ほうび》。勉強をがんばって、いい子でいてね」母さんはウエストポーチから百ドル札を二枚取りだす。

マイケルは目をきらきらさせている。わたしも感謝の笑顔を作ってみせたものの、居心地が悪くてたまらない。

「勝手にここに決めたくせに」リリーがぶつぶつ言っても、母さんは聞いていない。妹の言うとおりだし、気持ちがますますささくれる。**でもわたしたちは家族みたいに出かけてるんだから。**

ふつうの家族みたいに。

「笑って」入り口のカメラマンに不意打ちされて、フラッシュに目がくらむ。「すばらしい」こっちを見もせずにそう言うと、館内に誘導する。作りものの海の青黒い暗闇にすっぽり包まれる。

こんなに人が多くても、そこにいるうちに不思議な魅力にのみこまれていく。ガラスのトンネルを歩いていくと、まわりに歯をむきだした獰猛《どうもう》なサメたちが見えて、ぞっとしながらも幻想的な感じをおぼえる。マイケルはクラゲをじっと見ている。ただうっとりと、蛍光ピンクの光の中で、眉があがり、口はうっすら開いている。なにを思っているんだろう。どんな色を使おうか、どんな線で描こうかと、あれこれ考えているのかな。子どもはそんなふうに考えるだけでは芸術の世界に入れない。才能のある子には、道を用意してやらないと。

仄暗《ほのぐら》い中でそっととなりに寄る。「すっごくかっこいいよね」

弟がうなずく。「ポリ袋みたいだけど、ぜんぜんしわくちゃじゃないよね」

「アートプログラムに行ける方法をみつけてあげるからね」だしぬけに言う。「約束する」

弟は肩をすくめる。「どっちでもいいよ。ホロウェイせんせいには、いまはおんがくをならってるんだ。タケでふえをつくってるの」

笑うしかない。ホロウェイ先生はクビになるのがちっとも怖くないらしい。

「急いで！」リリーがぬっと横に現れて、わたしの袖を引っぱる。「ペンギンショーが始まるよ」

階段状の観覧席に座る。名演技が見られるにちがいない。あかりが落ちると、タキシードを着たような小さなスターたちがとことこ出てきて、パステルカラーのライトがゆらめき、カメラのシャッター音が響く。一羽ずつ、水しぶきをあげて飛びこむ姿は、オリンピックの競泳選手がスタート台から飛びこむようだ。リリーはノートをしまいこんで、ペンギンたちの水中での鮮やかな動きに見入っている。母さんは鼻歌まじりでにこにこして、マイケルと同じくらい目を明るく輝かせている。スターたちが礼をすると、母さんがだれよりも大きく手をたたく。ふりむいてまた笑顔になると、顔にも首にも目尻にもしわができ、髪には白髪がちらほら見える。でもその姿の奥に、楽しげに笑う、かつての小学生が見えてくる。

母さんはどんな子どもだったんだろう、とよく思う。気分の浮き沈みはあったのかな、いまと同じに。怒ってばかりだったのかな、楽しかったのかな。なんにでもふたつの面がある。どんな思考にも、どんなしぐさにも、いい面とだめな面とがある。香港にいたころの母さんの写真はどれも、考えこんでいるようなむずかしい顔だった。でもほんの一枚か二枚、輝くように笑っているのもある。

今日がそんな日でうれしい。

「すごくかわいい！」母さんが歓声をあげる。「ペンギンがあんなに優雅だなんて知らなかった」

ショーが終わるとあかりがもどり、飼育員が現れて魚をあげていく。良くできたご褒美だ。観客は水槽のまわりに集まって、小声で話しながらパパラッチのようにスマホを掲げている。

「写真を撮って。来て、来て、アンナ」母さんは水槽のそばでポーズをとって、ぎこちないかすかな笑みを浮かべる。

「笑って、母さん。歯を見せて」白い歯が見えたのは百万分の一秒くらいだ、でもそれでじゅうぶん。完璧。母さんは晴れやかな顔でうれしそうに水槽を指さして、まるで広告写真のよう。

「うわあ、すごい。あっちに赤ちゃんがいるっぽいよ。見て」リリーが水槽のむこうのはしをぱっと指さす。

「えっ？　どこ？」母さんがいきなり身を乗りだすから、注意するひまもない。ごつん。「いたっ！」おでこを押さえ、目を細めて口をすぼめ、レモンをなめたような顔になる。

はっと口に手を当てる。「母さん！　気をつけて。ガラスがあるんだから」急いでそばに寄り、泣き笑いする。ガラスの壁をこんと軽くたたく。あかりを落とした展示、どこまでも白いペンギンの氷の王国、ショーの魔力。全部が作りものなのを、つい忘れてしまう。

「ああ痛い。赤ちゃんが見たくてたまらなかったから」母さんが子どもみたいなふくれっつらになり、わたしは笑いをかみ殺せなくて、母さんの腕をよしよしというようにさする。

すてきな日だ。今日はすてきな一日。わたしの母さんが、ずっと笑顔で明るい。この瞬間を覚えておかないと。いざというときに、スローモーションで思い出を再生できるように。

出口にむかう途中で、ギフトショップに立ちよる。大きなコウテイペンギンが目にとまる。まっ白なおなかと黄色い斑紋。

「タックスも彼女がほしいよね」古くてぼろぼろのタックスをマイケルから受けとって、ふたつのペンギンを両手で持ち、水中アクロバットみたいに並んで踊らせる。

リリーが渋い顔になる。「タックスは古くて汚いよ。どんな女の子がいっしょにいたがるわけ？」

「美しくて思いやりのあるすてきな子が、紳士でかしこい相手をさがしてる」うちのくたびれた愛しいぬいぐるみを胸に抱きかかえて、妹の手厳しい批評から守る。「愛は若者と美しい者だけの特権じゃない、ってね」

「それがローリーに夢中な理由？」リリーがさらりと皮肉を言って、上唇を軽くつりあげる。

「**ちがうし！**」必要以上に声が大きくなって力が入り、リリーがしたり顔になる。顔がどうしようもなくほてり、あわてて元凶のペンギンの女の子をもどすと、タックスを連れて大またで外にむかう。

妹がうしろでくっくっと笑っている。わたしを笑っているとしても、気にしない。とにかく、家族がいっしょにいるんだから。

十六

八月

「ここでなにするの？」

またひとつ、ふつうでいるための驚天動地の記録更新をしようと、ローリーとわたしは「正式なデート」を計画した。父さんに店に来るなと言われて以来、あまり会えていない。メッセージやチャットではよく話していても、ほんとうのカップルという実感がない。そもそもカップルに見えるようなことをしていない。つまり、みんながうわさ話をしたり週末の予定を話しあったりしている横で、おたがいのひざの上に座ったり、缶ジュース一本をいっしょに飲んだりはしない。

ローリーから土曜の夜にどこかに行かないかと誘われて、正直うれしかった。ジェイド・パレスではその日大きな宴会が入ったから、父さんがデリバリーを中止して、ローリーにその晩休みをくれたのだ。

いまはイースタンサバーブのムーア・パークにある、エンターテインメント・クオーターに来ている。このあたりには一度だけ、子どものころにボンダイビーチに来たことがある。母さんは、女性がトップレスで日光浴をするオーストラリア人の意識にヒステリックになった。それ以来、一度も来ていない。

ローリーが緊張した様子でプリントアウトした紙を渡してくる。チケットの文字を読む。**ローラーダービー**。

「ほんとに？」頭がついていかない。『ローラーガールズ・ダイアリー』という映画なら見たことがある、女の子たちがローラースケートの試合で押しあったりあざを作ったりという話だ。でも実際にやっているとは思わなかった。

「ちょっと楽しそうだと思ってさ」もっと理由がある感じだ、でもむりにはきかない。

ローリーに手を引かれて列に並ぶ。「友だちと出かける」のはすごく久しぶりだ。学校と、母さんと店のことで、わたしの毎日はいっぱいいっぱいだから。久しく忘れていた、期待と興奮がこみあげてくる。

「うそっ、来られたんだ！　休めないと思った！」ブロンドの髪を短い三つ編みにした魅力的な女の人が、ローリーに駆けよって抱きつく。ちょっとむっとしたけれど、ローリーはハグを返して両腕で親しげに抱きしめている。メリハリのあるボディに短い黒のタンクトップといういでたちだ。

「休みがもらえたんだ」ローリーがわたしのほうをむく。「この子はガールフレンドのアンナ。アンナ、姉さんのステイシーだ」

まったく予想していなかった言葉がふたつ。**ガールフレンド**。**姉さん**。それでようやく、ローリーの緊張の謎が解ける。**この人がお姉さん、ええっ！**　お姉さんの話はほとんど聞いていなかった、病院に行く前に最初に相談した相手ということだけだ。背すじをのばして表情を作る。愛想が良くてちゃんとした、いいガールフレンドに見えるように。「はじめまして」笑いながら、歯が見える割合も意識する。

「うわあ、アンナだ！　やっと！　会えてほんとにうれしい、すごくいろいろ聞いてたから」ステイシーは気どりがなくてきれいで、たちまち好きになる。

一気に緊張が解けて、あれこれ取りつくろうのもやめる。「わたしもお会いできてうれしいです」おずおずと手を差しだす。

「うわあ。おいで、ほら」ステイシーはぐっと踏みだしてわたしをハグする。好きなにおいだ、石けんと塩の香り。腕をほどくと、こんどは弟をじろじろと見る。

「**ほんとに**ここに来て平気？」うきうきした様子からまじめに心配する顔に変わる。

「平気だよ、約束する。百パーセントね」

「わかった、もう一回ハグして」ふたりは短く、でもしっかりと抱きあう。「ダリアが仲間と来てるから、さがして。またそっちでね。会えてサイコーにうれしい」両手をふりながら走っていく。そこで初めて全身に目をやると、短パンにぶあついひざ当てをつけている。

「お姉さん……チームのメンバーなの？」

ローリーが誇らしげににっこりする。「そう。試合に出はじめて三年になる。去年は国じゅうを遠征してた。あざだらけで帰ってくるたびに、母さんは心臓が止まりそうになってるよ。それでも姉さんはこのスポーツに夢中なんだ」

「へえ」いままで知らなかったローリーの一面だ。楽しそうだし興奮している。すごくいい感じ。「お姉さんはサイコーな人みたいだね」

「正直に言うと、ちょっと緊張してたんだ。ガールフレンドと出かけることなんて……」だんだん小さくなる声に、わたしはうなずく。むしろ光栄なのに。それに、**ガールフレンド**という言葉がからだじゅうに電気を走らせる。

　自分から手をつかんで指をからめる。列が前に進んでようやく中に入る。ホーダーン・パビリオンは巨大なホールで、床はつやつやに磨かれている。スタジアムには客席が設置してあるけれど、だれもそこに座っていない。みんな、白いテープで楕円形《だえんけい》に囲まれた「リング」のまわりをうろついている。トラックは平坦で、オレンジ色のコーンがいくつか点々と置いてある。怖いとか妥協を許さないとかいう感じはなくて、映画で見たのとはぜんぜんちがう。

　ダリアをみつけて、ステイシーのガールフレンドだと知る。友だちが何人かいっしょにいて、みんな透明のプラスチックカップでビールを飲んでいる。

ローリーが手ぶりで示す。「きみもほしい？」小さくうなずく。お酒を飲んだことはない。でもこれがわたしの望む**ふつうのティーン**だよね。

照明が暗くなって、ようやく何人かが観客席にむかう。わたしたちはトラックに近い床に空いたところをみつけて座る。ビールをひと口すすってみる――気が抜けてちょっとぬるい、と思う、でもそんなに悪くない。こんどはごくりと飲んで、人間観察をする。観客の大半は大学生くらいで、もうすこし上もちらほら、とにかくいろんな人たちが集まっている。ゴシックロックやエモーショナルロック、それかディープなオルタナティブロックの雰囲気になるのかと思っていたら、どちらかというと流行に乗ったカジュアルでかっこいい感じだ。つぶれたりひどく酔っぱらったりした人はいないし、自撮りしている人はそこそこいるものの、みんな楽しみの範囲でやっている。

「楽しんでる？」ローリーの声で思考がとぎれる。うしろから両肩に手を置いてくるから、あごをあげて顔を見あげる。ウインクと笑顔が返ってくる。もたれかかってビールをすする。

「さあみんな、準備はいいか」開始のアナウンスに観客から歓声があがり、ポップな曲が流れだす。二列で現れた選手たちが大歓声の中を進み、スポットライトが追う。ビジター側はキャンベラからの遠征で、サポーターが熱狂的に拍手を送る。シドニーチームは、紹介を受けてやや直線的なフォーメーションですべりだし、ターンしたりコーンをくるっとまわったり、とりたてて凝った動きでもないのに、観客はオリンピック並みの声援を送る。ステイシーがわたしをみつけて、派手なフルフェースのヘルメットの下からウインクしてくれる。わたしも笑顔を返す。ほんとにサイコーだ。

司会者がチームを紹介して、ルール（みたいなもの）を説明する。ホイッスルが鳴っていっせいにスタート。なんとかついていこうと、押しあいながらトラックに沿ってまわるのを目で追う。いくつか小競り合いがあり、二、三人が線の外に出て、ペナルティを科される。速いけれど、目がまわるほどではないし、だれも歯が飛んだり目にあざができたりしない、でもすさまじいエネルギーで力強い。わたしもみんなといっしょに大声で騒ぎ、こっちのチームに点が入ったと思うときは飛びはねて叫びまくる。

ステイシーは小柄ですばやくてすごくうまい。最高に集中している顔つきだ。ローリーの同じ表情を見たことがある。

前半戦が終わって同点。ステイシーはわたしたちのグループのところまですべってきて、ガールフレンドの胸に飛びこむ。

「かっこよかったよ、ベイビー」ダリアが言う。

「お疲れ、姉さん」ローリーが言って、ふたりはハイタッチをする。

「ほんとに、ほんとにすてきでした」わたしも興奮した言い方になる。ステイシーは輝くような笑顔でダリアのビールをひと口飲むと、わたしの手首をぎゅっとつかんで引っぱった。とっさのことに、されるがままになる。

「トイレ。すぐもどるから」ステイシーはふりむきながらそうどなって、わたしをホールから連れだす。

ステイシーは人混みのなかを慣れた様子で抜けていく。「あれはシェリルでこっちがレイチェル。レイチェルはキャプテンで、チームに入って十五年」褐色の肌にタトゥーの入った、まだヘルメットをかぶっている人を指さす。「彼女は試合での傷痕がいちばん多い、メンバー全員ぶんを合わせたよりもっとね」ステイシーにまだしっかり手首をつかまれていて、指の腹が当たっている部分が脈打っているのを感じる。どこに行くんだろうと思っていたら、「女子更衣室」と書いてあるドアを押しあけた。

「おしっこしてくる」お姉さんはそう言ってやっと腕をはなし、トイレに入る。

「それで弟が言ってたけど、ゴスフォードに住んでたんだって?」ドアのむこうから大きな声できいてくる。

「えっと、はい。六年くらい前に」鏡のほうにむいてもおしっこが便器に当たる音が聞こえて気まずい。

「ふうん」ステイシーは、わたしとちがって、どう見てもこの状況にぜんぜん戸惑っていない。ここまで来るのに見かけた女の人たちは、全裸やら半裸やらで、おっぱいやらなにやらが丸出しなのも気にせず、ぶらぶら歩きながらおしゃべりしていた。学校で女子が体育のあとにタオルで隠して着替えるのとは大ちがいだ。

わたしも肩の力を抜こう。「いまはアッシュフィールドに住んでます」

「わあ、いいね！　あのへん大好き」ごうごうと水の流れる音に負けない、舞いあがった声が聞こえてくる。ドアがばっと開いて、鏡越しに目が合う。「ダリアが小籠包がいらばんおいしい店に連れてってくれて。あー、なんて名前だったっけ」

こんどはわたしが興奮する番。「シャンハイ・ナイト？」

「そう！　そこ！」うれしそうに目を輝かせる。「肉汁たっぷりのまんまるいやつ。食べたことない味だった」

「ローリーを連れてったんです。気に入ってました」ちょっとうれしくなる。いいガールフレンドだって、お姉さんに証明したいから。

「うそ、それサイコーだよ。ローリーはすぐに大騒ぎするのに。ほら、ちょっと落ち着けば、みたいな？」

これには驚いた。「わたしにはいつも冷静な感じです」正直に言う。

「そう、まあ、いろいろあったからね」お姉さんはすこしだまって手を洗い、石けんの泡が排水溝に流れおちていく。「正直に言っていい？」

わたしはうなずく。

「きみはあの子がいままでつるんできたタイプとぜんぜんちがう。それがすごくいい！」鏡にうつるわたしの顔が落ちこんで、お姉さんがたたみかける。「ねえ、ほんとにいいことだから。久しぶりによく話すようになった。リラックスして楽しそう。同じ年ごろの子とはぜったいにつきあおうとしなかったのに。きみのおかげ」

「わたしにとってもそうです、彼が……たくさん助けてくれて」

ステイシーがうなずく。「やさしい子だからね。思いやりがあって。また傷つくんじゃないか、心配で。どんなにがまんしてたか、気づけなくて……ほんとはどう思ってるのか、ぜんぜん話してくれなかったから」

視線を落として、急にトーンがさがる。「わたしがもっと力になるべきだった。わたしのせいだってずっと思ってる」

「お姉さんのせいじゃありません」あわてて言う。「知らなかったんですから」

いきなり、ぎゅっと抱きしめられる。「なにがいちばんあの子のためになるんだろう。とにかくいつも考えてる」

気がつけばわたしもお姉さんに腕をまわしていた。汗でべたべたするからだに、どうしてかよけいに親しみを感じる。「わたしも考えてます」

姿勢をもどしたお姉さんは、サッカーの競技場を明るく照らせるほどの笑顔になっている。

「もどろっか」そう言って、またわたしの手を取る。

わたしたちがグループにもどると、ローリーはすこしほっとしたような顔になる。「おかえり」

「うん」会えたのがうれしくて胸に飛びこむ。

「この子、気に入った」ステイシーは弟に言って、わたしにウインクする。「ヘマしないでよ」

「しないよ」ローリーがわたしを横から引きよせ、お姉さんは去っていく。「平気？」心配そうな顔だ。「なにかきついこと言われた？」

「すてきなお姉さんだね」出会いはちょっとびっくりだったけれど、でも安心した。ローリーの根っからの素直さがどこから来ているのかわかった。本音の話や悩み、心配ごと、感じていることを聞くと、すっきりする。

もしかしたらいつか、わたしも話せるかもしれない。

顔が赤くなった気がして、めがねを押しあげる。からだの中があったかくてふわふわしている。ビールのせいかもしれないけれど。

笛が鳴って後半戦が始まる。こんどはさっきよりも動きがおとなしく、歓声もおさえぎみだ。わたしのカップがからになっている。ふらふらしている感じはしないのに、からだが焼きマシュマロになったみたい。こんなに笑ったのはいつ以来か、思い出せないくらい久しぶりに楽しい。ローリーはうしろから腕をまわして、あごをわたしの頭にのせる。

最後の最後で相手チームが優位に立つ。ぎりぎりで逆転を狙ったステイシーが、思いきりはじき飛ばされる。笛が吹かれて試合終了。キャンベラチームは雄叫びをあげて、勝利のハイタッチ。残念だし観客もすこし気落ちしているけれど、だれもが楽しかったという顔だ。

ステイシーが怒りながらもどってきて、ダリアが抱きとめる、汗も丸ごと。

「勝てたはずなのに」ステイシーがふくれっつらになる。

「次がある、ベイビー。よくやったよ」

「すごく良かったよ」ローリーも加勢する。

ステイシーの目つきがふっと変わる。「調子はどう？　平気？」また心配そうな顔だ。姉の不滅の愛がそこにある。

「やさしい姉に、約束するよ」ローリーが言う。そのあと交わしたふたりの視線には、秘密の意味があるんだろう。ステイシーはほっとしながらも、まだどこか心配そうな顔だ。ローリーがあごで腕を指す。「傷はどう？」

お姉さんの目に光がもどる。「ああ、もうサイコー。母さんにみつかっちゃうな」右腕をねじって、上腕三頭筋にできた大きな赤いミミズ腫れをこちらに見せる。

「で、どこに行く？　ニュータウンのパブはどうだ？」仲間のひとりがきく。「おまえらも来るか？」わたしたちにむかって片方の眉をあげる。

わたしは顔を上にむけてローリーを見る。半分目が閉じていてかわいい、髪がおでこにはりついている。**任せるよ**、というようにローリーは肩をすくめる。ステイシーは下唇をかんでいて、わたしにどういう答えを期待しているのかがわからない。

からだが重く感じる。たぶんビールのせい、それとも丸一日ぶんの疲れだろうか。

「家に帰ったほうがよさそうです」

十七

ヘイ、カノジョ。

わたしはスマホにむかってにっこりする。ローリーだ。ローラーダービーからこんな調子で、ロミオとジュリエットみたいにすっかりラブラブだ。あのあとはなんにもなかった。車で送ってもらって、分別のある控えめなキスをしただけ。でもなにかが変わった。あんまり会えなくてもそばに存在を感じる、一日じゅうずっと。それがあったかくて満たされて、すごく……安心する。

いまならわかる。ラブソングのうそっぽい歌詞も。詩につづられる歯の浮くような言葉も。どれも意味があるんだ、と。だってわたしにはローリーがいるから。

母さんは家ではやっぱりおかしい。また掃除ばかりしてあまり寝ていない。でもそれでいいのかも。だって、少々の不眠症ではだれも傷つけたりしないよね？

メッセージに視線をもどす。なんて返事をしよう。**ヘイ　イケメン、**じゃダサいかな？

「静かにいちゃついてもらえます？　勉強してるんですけど」リリーが背後から文句を言う。やれやれという顔をしても、妹には見えない。「それは失礼いたしました。**いちゃついては**おりませんけどね」

「どうでもいいけど」ひと呼吸おいて続ける。「ローリーによろしく言っといて」

こんどはふりむいて舌を突きだしても、妹は顔をあげない。


妹がよろしくって。

こちらこそって言っといて。

こんどアイスでもおごるよって。

「わたし寝るから」リリーの宣言がわざとらしい。大げさな身ぶりで部屋の電気を消して、頭までふとんを引っぱりあげている。
大きく息をつく。ベッドサイドのランプをつけておいたからって、問題集に取り組むわけでもない。

もうやめないと。リリーは明日テストだから。

えええ。

そしてもうひとこと。

今週はほんとうにさみしかった。

その言葉にすっかりとろけてしまう。もう蝶じゃなくて、べたべたぐにょぐにょの青虫グミだ。返事を書くのに苦労する。打つ指がふるえている。

わたしもさみしかった。

おやすみ　アンナ・アップル。

まぶしいあかりが暗闇と眠りとをたち切る。夢を見ているのかも、どうだろう、もしかしてこの世界にいま生まれてきたんだろうか。でも、あかりがついているからには起きないと。

「起きなさい！　ふたりとも！　かわいそうなお母さんが起きてるのに、よく寝ていられるね？　なんて恩知らずなの！　起きてすこしは敬意をはらいなさい」

声が出そうになるのをおさえながら、なんとか目をさまそうとする。**いったい何時？**　窓の外はまっ暗で、まだ朝ではない。ちらっとスマホを見たいけれどがまんだ、トラブルを招きたくはない。

「起きなさい、ふたりとも」

「起きてるよ」声がかすれている、でも咳ばらいはしない。聞こえているはずだから。

「起きなさい！　いますぐ！」母さんがベッドの上段に手をのばし、リリーを起こそうとゆさぶっている。どきどきしてくる、でも反抗はしない。止めない。ただからだを起こして、両手で耳を押さえる。**昨日はいい一日で終わっていたのに。**

リリーがうめいて上のマットレスがきしみ、母さんがさらに強くゆさぶる。かわいそうなリリーは眠りが深くて起きるのに時間がかかり、それが母さんの怒りを増幅させる。

「いますぐ起きなさい。おまえはベッドですやすや寝て、なんの苦労もしないでお母さんを苦しめる。恩知らずの、甘ったれ。起きてお母さんに返事しなさい、いますぐ」

母さんが夜中に部屋に乱入してくるのは初めてではない。これが最後でもないだろう。

「母さん、リリーは明日テストだから」声が弱々しい、これじゃあ追いつめられた獲物の命乞いだ。**こんなの無意味**だ。

「テスト？　この子は勉強する必要ない。学校は忘れなさい。行かなくていい。リリー、お母さんやアンナよりも自分がずっとかしこいと思ってるの？　奨学金でりっぱな学校に行って、学のないかわいそうなお母さんよりいっぱい知ってるから？　ねえ」

　リリーが泣きだす。

　でも泣くのは起きた証拠だから、母さんは手を引っこめる。ベッドがきしむ、妹は泣きながら起きあがろうとしているらしい。手をのばして、わたしはここにいるよと伝えたい、でも姉妹で結束してみせるのは得策ではない。

　火に油を注ぐだけだ。

「どうしてふたりのあいだでは英語でしか話さないの？　先生たちがお母さんよりえらいと思ってるの？　タインーヘインオー《わたしをばかにして》」

　わたしはうなだれながら首をふる。「ちがうよ、母さん」

「母さん、いま朝の三時二十分だよ」リリーはスマホを見ている。「明日テストがあるの。お願い」

「だから？　テストがあるからえらいの？　わたしは母親、敬意をはらわれて当然でしょう」

　母さんがまた手のひらをあげて前のめりになる。ベッドのばねがきしむ、リリーが逃げているんだ。何度かくぐもった音がして、叫び声も一度、母さんが毛布の上からたたいたらしい。

「母さん、モウダーガウラー《たたかないで》」妹を守るのはむずかしい、でもやらないと。母さんの寝巻きをつかんで引きはなす。

「おまえたちはいつもぐるになって。ふたりしてお母さんに逆らう。どうしようもない、甘ったれた子どもたち」母さんはわたしに腕をふりまわしている、でもたたきはしない。わたしのほうが強いとわかっているからだ、そしてわたしがぜったいやり返さないのも知っている。

「わたしは前世でなにをやらかしてこんなにひどい子たちを与えられたんだろうね？　どの神さまを怒らせたの？　どんな悪いことをした？」ものすごく怒っていても、大声を出していないのには理由がある。どれだけ逆上しようと、マイケルは起こしたくないからだ。

　こんどは母さんが涙を流し、腕を顔に当てて声をおさえている。わたしはそっとそばに寄って、けがをしたトラに近づくように、両手を前に差しだす。母さんは叫んで、わたしの机で手に当たったものをつかみ、壁に投げつける。

ガシャン。目の前で、大切にしていたブルートゥースのヘッドホンが割れ、床に落ちてプラスチックの破片がとび散る。自分の一部まで砕ける気がしても、怒りも苦しみもおさえこむ。**ふつうのヘッドホンを使えばいい**、そう自分に言いきかせる。**大したことじゃない**。

　それでも、ノートパソコンとスマホが手の届かない場所にあるのをさっと確認して、心を落ち着けてから母さんに視線をもどす。

「母さん、ドインージー《ごめんなさい》。ンオチョ《わたしが悪い》。ンオンーインゴイガムモウヨーン《こんな役立たずじゃいけなかった》。自分の母親をこんなに怒らせちゃいけないのに」と一気に言う。

こんな言葉はかんたんに出てくる、やさしくなだめる、ほとんど歌うような言葉。ちゃんと誠実で信頼できる言葉に聞こえるように、生まれてから十六年、磨きをかけてきた。とはいえ必ずうまくいく保証はない。母さんはもっとわたしを突きはなして、うそつきだと責めるときもある。それでもこういう言葉は母さんの良心に響くはずだ、母さんの人生では親孝行と敬意がいちばん大切なのだから。

リリーはわたしがそうやってなだめるのを心底きらう。ばかにして、ときにはわめくことさえあった。そんなのやめて、まちがってるよ、と。でもゆっくりと、時が経つにつれて、この戦略がうまくいくと理解した。そして自分ではぜったいできないくせに、わたしにはさせる。母さんの怒りの矛先をわたしにむけさせる。

今回は、自分を卑下《ひげ》したのが効いている。母さんは泣きながら椅子に座りこむ。わたしがそのくたびれた手を取ってさすっても、されるがままだ。ハグはしない、いまはまだ。「だいじょうぶだよ」母さんに語りかける。「もうだいじょうぶ。ごめんなさい。だいじょうぶだから」

こんどは母さんが手をのばし、声をあげて泣く。これでおしまい。母さんの力強い腕に抱きしめられて、涙がわたしの頬を伝う。どちらも泣きじゃくって、ふたりして迷子にでもなったようだ。

母さんが腕をほどいてわたしの目をのぞきこむ。「アンナ。おまえはいい娘。お母さんもごめんね」わたしは唇をぎゅっと結んでうなずく。涙で視界がぼやけていても、母さんのつらそうな笑顔は見まちがいようがない。母さんが親指でわたしの涙をぬぐう。怒りが消えて、母さんのほんとうの苦しさが見える。

いつだって、母さん自身が自分のかんしゃくでいちばん苦しんでいる。

母さんは立ちあがってリリーに近寄る。妹の片腕に手をのばす。「明日のテストがんばってね、いい？　おまえはかしこい子だから」腕をぎゅっと握ってから、部屋を出ていく。母さんの足音が自分の部屋に入るのが聞こえてから、電気を消してドアを閉める。

「リリー、だいじょうぶ？」暗闇の中できく。

リリーはまだ泣いていて、ぐずぐずと鼻をすする音がする。わたしはベッドの上段にあがって、妹の細いからだをそっと抱く。髪がわたしのひざに、ふわふわの黒い雲のように広がる。

「しーっ。だいじょうぶだから」静かに泣く妹を抱え、やさしくゆらし、背中をとんとんとたたいてやる。

「なんで母さんはこんななの？」リリーも小声で言う。「全部ぶちこわす」

「あれはほんとの母さんじゃない。あんなふうになってるときは、母さんじゃないから」小さく円を描くように肩をさすって、妹のにおいを吸いこむ。ココナッツだ。

「ひどくなってるよ。前は物を壊したりしなかったもん」

それがまったくの真実というわけでもない。母さんはいままでにもかっとなってコップやお皿を投げることがあった。でも根が倹約家だから、高価な物は壊していない。マイケルを起こさないのと同じように——まだ怒りを制御できているかは、そこを見ればわかる。

リリーの言うとおりだ。今回はひどかった、でもそのあとは落ち着いて見えた。**それならだいじょうぶかも？**

「混乱してただけだよ。母さんがどうなるかはわかってるでしょ」気にしないようにしよう。

「こんなの耐えられない。あんまりだよ」

ドアをそっとたたく音がする。リリーとわたしが身をこわばらせていると、ドアがゆっくり開く。

父さんの大きな姿がドアの幅いっぱいに現れる。

「父さん」わたしは起きあがって、あかりに目を細める。リリーはふとんにくるまったままだ。父さんは、からだを半分だけ部屋に入れて、どうしようか決めかねている。

わたしは唇をかむ。**父さんに**だいじょうぶだって言ってほしい。母さんと話して理性を取りもどさせるって、もう二度とこんなことは起こらないって、約束してほしい。わたしたちを守るって、母さんの発作が起きる悪いしるしを避ける方法を教えるって、言ってほしい。だって父さんはおとなだから。わたしたちの父さんなんだから。答えを知ってなきゃいけない。

でも、父さんは重いため息をついて言う。「これでみんな眠れるな」そしてドアを閉める。

わたしは暗闇でちぢこまり、妹にくっつく。ふたりともなにも言わず、そのうちリリーの小さないびきが聞こえてくる。

父さんはまちがっている。わたしはぜんぜん眠れない。すっかり目がさめたまま、ひとりで暗闇を見つめる。


翌朝、甘い砂糖とスパイスの香りがしてくる。

母さんが陽気に鼻歌をうたっている。穏やかな笑みを浮かべて、なにごともなかったかのように朝ごはんに蒸し饅頭《まんじゅう》を用意している。わたしは笑顔を返さない。まだむかむかしているのに、足は勝手にキッチンのカウンターにむかう。心は警戒していても、からだが叫ぶ、**だいじょうぶ、これはみんないいしるし**、と。

「蓮《はす》の実あんのあんまんよ」母さんが中華鍋用の大きなふたを持ちあげると、湯気がふわっと立ちのぼる。「小さいころ好きだったでしょ。よくヘイマーケットで店の外に並んで、おばさんができたてを袋に入れてくれたの、覚えてる？」

母さんは思い出を語りながら目をあげて、気持ちは立ちのぼる湯気を追っている。わたしはなにも言わずに冷蔵庫から牛乳を出してグラスをさがす。

マイケルがパジャマのままキッチンに入ってくる。中華鍋を見て目を輝かせる。「あんまんがあさごはん？」

「一個の半分だけね」わたしがすぐに返事をする。「朝に砂糖をとりすぎると、気持ち悪くなるから」鍋に手を入れてひとつ取る。紙のはしっこを持てば、やけどはしない。「でもまず急いで着替えてきて。冷まさないといけないから」

「わかった」弟は素足でぺたぺたと音をたてながらタイル張りの廊下を駆けていき、わたしたちの寝室の前で足を止める。「リリー、ヘイサン《起きて》！　あさごはんにあんまんがあるよ」

返事はない。

母さんが鍋のふたをもどしてわたしのとなりに立つ。とても小柄で、わたしの肩をやっと越えるくらいだ。母さんの背丈と比べては、自分が大きくなるのを感じていた。肩より低かったのが、鼻くらいになって、しまいには目線が母さんの頭より上になった。

母さんがわたしの首のうしろに手をまわし、引きよせて片手でハグをする。握力が強い。わたしは背中も手足もこわばらせて、母さんから広がってくる一面の安らぎを受けいれまいとする。

「おまえはいい子、アンナ。いい娘。マーセク《よしよし、》ファーン《いい子》。もう怒ってないから」

母さんの言葉に気持ちが晴れていく。やわらかな羽根に頬をなでられているような心地になる。母さんに平穏と愛情を差しだされ、わたしはまだむかむかして寝不足でまぶたも重いのに、心からほっとしている。

ゆっくり、そろそろと、わたしも抱きしめ返す。母さんはコールドクリームのにおいがする。

腕をほどくと、気持ちは軽く感じるものの、胃がむかむかするような不快感はまだ消えない。母さんの目は濡れて光っているけれど、そこに憎しみの色はない。あれから朝までのあいだになにがあったのかと思うほど、まったくの別人だ。

リリーが部屋から足音も荒く出てきて、キッチンを突風のように通りぬける。ふきげんな顔で、おはようもいってきますも言わず、まっすぐに玄関にむかう。

「待って、リリー」わたしは走って手をのばし、腕をつかむ。顔だけをこちらにむけた妹の目が、すべてを語っている。

裏切り者と。

わたしの手をあっさりとはらうと、そのまま外に出る。重い金属製のドアが勢いよく閉まって壁がふるえる。とり残されたわたしは泣いてしまいそうだ。

手足が動いて、ゾンビのように、からだをキッチンへともどしていく。

「早く食べないと、冷めるから」母さんがキッチンから呼んでいる。

自動操縦のようにからだが勝手に座る。マイケルがとなりに来て、こんどは制服姿だ。

その小さな眉を寄せて、戸惑っている。「なんでリリーはあんなにおこってるの?」

「お姉ちゃんがあんなふうになるのは知ってるでしょ。グワイザイ《いい子ね》、朝ごはんを食べてしまいなさい、冷めるから」母さんがあんまんをそろそろと末っ子の前に置いて、にっこりして見せる。リリーがどうしてきげんが悪いのかにはふれない、なにか言えば自分が娘を怒らせたと認めることになる。マイケルはうれしそうに食べる。わたしも同じようにしようとしても、灰や砂の味しかしない。なんとかして飲みこむ。

父さんが寝室から出てくる。寝不足で目が充血して、顔は引きつっている。あんまんは取らずにお茶を自分で注いで、昨日の新聞に目を通す。

「今晩は帰れないと思う」みんなにむかって言いながら、目は新聞からはなさない。「処理しなきゃならない行政の書類が山ほどあるから」

あんまんのかたまりがふやけてのどにつかえる。父さんと母さんはだまって座ったまま、おたがいを見ない。なにがあったかすら言わない。わたしの父親は、なにも解決しようとしない。ただ逃げるだけだ。

失望は粉っぽい蓮の実あんの味がする。

十八

うまくいきますように。💪🙌

リリーに送ったメッセージは話にならない。いまでも味方だよと伝えたいのに。頭にもやがかかって、手足はからだからぶらさがる重りのようで、ちっとも役に立たない。

地球よ、ぼくによく似たものよ。
きみはそんなにも無表情に、でっぷりとした球形でいるが、

クラスの男子が『草の葉』の一節を朗読している。まあ、読んではいる。ローリーのような演劇の才にあふれる大仰《おおぎょう》な身ぶりはまったく見せない。ロボットのようで、ぎこちなくて、なんの感情も入っていない。

マーレイ先生は今学期もわたしたちをさらなるホイットマンの世界に引きずっていく。書きなおしたマクベスの小論文は、なんとか合格点で返された。ぜんぜん評価されなかった。いろんなことがあって、ローリーにもあんなに見てもらったのに、ただの合格で、上等なチーズの上にピンクのカビをみつけたような気分だ。

あくびをかみ殺してなんとか集中しようと、ホイットマンを台無しにする単調な声に耳をもどす。

というのもあるスポーツマンがぼくに夢中で、ぼくもまた彼に夢中なのだ
だがその彼にむけてぼくの内にある荒々しく恐ろしいなにかがはじけ出るかもしれない、
それをとても言葉にはできない、この歌の中でさえも。

「すばらしいよ。リンカーン、座って」男子は椅子にどさっと座り、役目を終えてほっとしている。「じゃあ、ホイットマンの言いたいことは？　どんなことを示唆しているかな？」

「人はいつも自分の愛するものを傷つける？」ウェイが思いきって言う。感心せずにいられない。ウェイは頭がいいのに、本人はそれを隠そうとしている。コニーが自分よりだれかのほうができるのをとにかく許さないからだ。

「このホイットマンって人はイカれてます」コニーが横からそう言って、女子が何人かくすくすと笑う。ウェイは気まずそうだ。

マーレイ先生が首をかしげる。「興味深い受けとり方だね。もうすこし説明して、ミス・ゾン」

「彼はなにか恐ろしいものがはじけ出そうだと言っています。つまり、だれにでも影の部分やうまくいかない日はありますが、あの詩には、はっきり語っていないなにかがあるように聞こえます。なにか、ストーカー気質みたいな？」

「ホイットマンが双極性障害だったかもしれないという仮説も立てられているからね」マーレイ先生がつけ加える。

「ほらね？　言ったでしょ」コニーが勝ちほこったように腕を組む。ウェイは机に目を伏せて、髪がカーテンのように顔を覆いかくす。

「驚くようなことじゃないです」リンカーンが口をはさむ。「現代のクリエイターやヒーローだって、精神疾患のある人は多いんです。俳優のロビン・ウィリアムズだって。うつだった」

「俳優ならスティーヴン・フライも！」わたしも名前を挙げる。「双極性障害です」

「モデルのケンダル・ジェンナーだってそう」だれかが言う。「自分のインスタで、その話してました」

マーレイ先生は会話を止めず、わたしたちは世界じゅうの有名人の名前を挙げていく。コニーは唇をとがらせて、まだふてぶてしく腕を組んでいる。

ベルが鳴ってみんなが出ていく。ウェイの視線を感じる。なにかききたいことでもあるのかと思って、追いかけようした矢先。

「おーい、ウェイ」コニーがふきげんに腕を組んだまま、頭でドアを指す。「行ける?」

ウェイが首をすくめてあわてて出ていくのを、コニーはにらむように見ている。

わたしは教科書と荷物を集めてロッカーにむかう。ポケットの中でスマホが鳴る。リリーだ。

テスト九十九パーセントだったよ！😱

信じられない、でももちろん信じられる。妹がすごく誇らしい。最悪のコンディションでも、妹はベストが出せる。

すごーーい！！！！！　百パーセント正真正銘の天才だね。😍💯

まだ怒ってるんだからね。だが、賛辞は受けいれよう。😈

十九

九月

ヘイ、カノジョ。😉

からだも心もくたくたで、ローリーのメッセージにはしゃぐ気にもならない。だからしゃれをきかせたりしないで、素直に返信する。

最後の授業が終わったとこ。宿題山ほど出された。😖

外に来て。

外？　なんで？　ロッカーをばたんと閉めて出口にむかう。下校のピークでなかなか動かない人波をぬうように進む。

外に出て、ぽかんとなる。

ローリーが校門の外にいて、ピカピカの黒のオープンカーに、気どったふうでもなく背中をあずけている。パイロットみたいなサングラスをかけて、革のジャケットできめて、バラを一本持っている。

すっごくかっこいい！

いまのわたしはまさに、よだれをたらしている絵文字。

あんまりびっくりして、言葉もなにも出てこない。足がまともに動かなくて、先を急ぐだれかとぶつかりそうになる。

「あの、どこでその車を買ったの？　父さんはそんなに給料はらってないよね」

「誕生日プレゼントなんだ」キスをしようとかがまれても、ぼうっとしたままで反応できない。結果、下唇を突きだしながらバラを差しだしてくる。「いいサプライズになるかなって思って」

やっと感覚がもどってバラを受けとる。「うん。すごくすてき――びっくりだよ。ただ――待って、誕生日っていつだった？」わたしは考えこむ。

「気にしないで」わたしの額に軽くキスをして、助手席のドアを開けに行く。「さあ、乗って」

なんとか乗りこんでシートベルトと格闘しているあいだに、ローリーは反対側へまわる。金具がプラスチックにはまるカチャッという小気味良い音と同時に、バックミラーにちらっとなにかがうつる。

コニー・ゾンがじっと見ている。口があんぐり開いている。思わず頬がゆるんで、その表情を記憶に刻む。

「いい？」ローリーは運転席に座って、両手をハンドルに置いている。髪がサングラスにかかって、かすかな笑顔に心をみだされる。

「最高《ピーチィ》」

「それならよかった、アンナ・ピーチィ」

そして出発。


影がうしろにのびるむきに走っていて、片手をかざして日差しをさえぎる。風が髪に吹きつけて、ポニーテールが太い鞭のように首を打つ。そしてとにかく音がすごい——映画でオープンカーがセクシーに見えるのが不思議なくらいだ。でもたしかに丸みのある革のシートに包まれて座るのは気持ちがいい。

もう何度目かわからないくらい髪をかきわけて、ローリーを横目で見る。『不思議の国のアリス』に出てくるチェシャ猫よりもにやにや顔だ、頭の中に超かっこいいサウンドトラックを流しながら運転しているんだろう。どんな曲なのか——ポップミュージックか、あんまり知られていないインディーズ？　それともいつもの女性のパワーバラード？

「誕生日だって、教えてくれなかったね」風に負けじと大きな声で言う。

「なんだって？」

「だから、誕生日だって知らなかったって言ったの」声がうしろから近づいてくるバイクの轟《ごう》音《おん》にかき消される。

「サイコー、だよね？」ローリーは少年のようなはしゃぎようで、なんとか会話しようとしても意味がない。うなずきながらにっこりしてみせる。ローリーにはわたしもうきうきしていると思ってほしい。

ハーバーブリッジを渡るレーンに入る。見あげると、太い鉄枠が頭上を過ぎていく。

「どこに行くの？」もう一度声をかけてみる。

ローリーが首をふる。「待って、聞こえない」ダッシュボードのボタンを押す。折りたたみ式の布製の屋根が出てきて、左右の窓があがり、密室ができる。

屋根がついて窓が閉まると、空間はこぢんまりと安心感がある。風のうなりもめまぐるしい車の動きも消えて、頭の中は自分と、返事をもらえなかった質問だけになる。

「これでいい？」

とりあえずうなずく。「うん、いい」考えを整理するまもなく、ローリーがいきなりわたしの手を唇に持っていく。指の関節にキスを感じ、思考回路がショートして、また言葉につまる。

温かな唇がかすかにふれていて、すこし荒れたその唇に肌がちくちくする。

「どこにむかってるの？」やっと元の質問までもどったのに、ローリーはわたしの手のひらのしわをなぞっている。

「秘密」いたずらっぽい顔にきゅんとするけれど、はぐらかそうとするのは気に入らない。

「どうして誕生日だって言ってくれなかったの？」手を引っこめる。

彼は深く息を吐く。「きかれなかったから？」正解を当てようとしているような言い方だ。

渋い顔をしてみせる。「誕生日が**ある**のは知ってるよ。ただ教えてくれるって思ってた、それが……今週だったんなら」

ローリーがまたため息をつく。「いま話してる。なんでそんなにこだわるの？」

わたしは腕を組む。「知っておきたかったたって思うだけ」

「わかった。こうしよう」意地悪くにやりとする。「次に誕生日が来るときは、教えるよ」

あきれているのに、笑顔になってしまう。「こっちは真剣なのに」

ローリーが車を停めてエンジンを切る。行き止まりで、ハーバーブリッジの北側にある住宅街の中だ。身を乗りだして、またわたしの手を握る。

「アンナ」声が真剣だ。「自分の誕生日を言わなかったのは、飛びこもうとした日が、あれが、あの日が誕生日だったから」

胸がずしんと重くなる。「ああ」悪役になった気分だ。「そうだったんだ」

「二年前、誕生日のころはどん底だった。それでいまもなんとなく、ぼくにはめでたい日じゃないと思ってしまって」

わたしは困惑する。「誕生日はだいじだよ、ローリー。人生の節目だもん」

ローリーは肩をすくめる。「親たちもそう言うよ。だからこその、こんなびっくりなプレゼント、だと思う」そこまで言って、息をつく。「いつも悪いと思ってるんだ。両親はこんなによくしてくれてるのに、こんなだめ息子で」

「それはちがうよ！」声が大きくなる。「ローリーはすばらしい息子だし、ぜったいご両親に愛されてる」

「わかってる」そう言って顔を伏せる。「親をがっかりさせてるって気がしてさ。盛大にパーティとかしないから」

「パーティを**やってみたら**？　友だちは？」

つらそうに笑う。「どの友だちだよ？　ゲイリーたちのこと？」

「あ……」必死で言葉をさがす。「ほかにもいるかと思って……」

首をふるそのしぐさが心に深く刺さる。その目に孤独が見える。ローリーはいつだって好感が持てるし冷静だ。店のみんなから好かれている、スタッフからもお客さんからも。これはいままで知らなかった一面だ。

手にふれても、こっちを見てくれない。指をわたしの頰まで持ってくると、ようやく顔をあげてくれる。

ふたりの距離をつめて、キスをしてくる。今回はわたしもキスを返すと、かすれたうめき声を漏らしてキスを深めてくる。

雑念をすべてふりはらって唇の感触だけに心をもっていく。大きくて力強い両手がそっとわきをすべり、指が髪にからみつく。わたしも自分のサウンドトラックをさがす。バイオリンの音が強まり、気持ちが高まってくる。

わたしからキスを強め、唇をいっそう押しつける。気持ちを落ち着かせて、かっこいい男の子とただいちゃいちゃしよう、きっとそれでいいんだから。

いつのまにかふたりで後部座席に移っている。舌を肌に感じ、吐息が首すじにかかり、熱く濡れたものがすべり落ちていく。なんだかからだがふるえてきた。どうやら胸のあたりから。

「おっぱいがふるえてる」ローリーが肌に唇を当てたまま、もごもごと言う。たしかに。ブレザーのポケットでスマホが鳴っている。

低バッテリーの通知だろうと、引っぱりだしてみる。ちがう、リリーからの不在着信だ。サイレントモードにしかけたところで、メッセージが届く。

母さんがいなくなった。しかもマイケルを連れてったと思う。

車から降りて、ふるえる指で画面をたたいて妹に折りかえす。呼びだし音一回でリリーが出る。

「どういうこと？　母さんはどこ？　リリーはいまどこ？」頭に浮かぶ先からマシンガンのように言葉をうちだす。

「アンナ、息をして！　深呼吸」いまにも泣きそうな声なのに、リリーは指図してくる。わたしには落ち着いて理性的でいてほしいんだ、姉として。

深々と息を吸いこんで、もう一度言いなおす。「いいよ、なにがあったの？」スマホがビーッと鳴る。バッテリーが切れそうだ。ああ。

「家に帰ったら母さんのスマホがカウンターにあって。マイケルの学校から着信があった」

「なんで学校から電話？」

「いまから言うから！」舌打ちが聞こえて、目をむいた顔が頭に浮かぶ。「母さんのスマホのロックをはずして留守録を聞いたら、事務室のトンプソンさんだったの。どう考えてもマイケルは学校に行ってない」

「ロックをはずしたって言った？」わたしも何回かやってみて、だめだったのに。

「うそでしょ、アンナ！」これでさらに目をむいているはず。「パスワードはアンナの誕生日だよ、なんで知らないわけ!?」

リリーが声をはりあげて、また泣きそうになっている、わたしが集中しないと。「わかった、ごめん。名探偵。つまり、母さんはスマホを置いてった、マイケルは学校に行ってない。病気になった、とかは？」すじの通った説明ができないか、頭をひねる。「もしかしたら病院に行って母さんがスマホを忘れただけとか？」

「アンナ、母さんは一日じゅういないんだよ。不在着信は六回」がっくりする。「父さんにはかけた？」

「かけたけどディナータイムが始まったとこでつながらない」

「スマホのバッテリーが切れそう。とにかく父さんに電話して。わたしは母さんをさがしてみるから、いい？」どこから始めればいいか、見当もつかないけれど。

「アンナ」リリーは声をつまらせているものの、まだ泣きだしてはいない。「お願い帰ってきて」

「できるだけ急ぐから、わかった？」

返事を聞く前にバッテリーが切れる。心臓がばくばくして胸が苦しい、まるで人波にのみこまれたようだ。**息をして、アンナ**。メッセンジャーバッグのストラップをゆるめようと手をのばしたけれど、そもそもからだにバッグはかけてもいない。深く息を吸う、一度、二度。十まで数える。

水滴がひとつぶスマホの画面に落ちて、自分が泣いていると気づく。からだがふるえて息ができない。とつぜん、母さんに連れていかれた結婚式を思い出す。まだ小さいときで、母さんの姿を見失った。わたしはドアにむかう人の波につかまった。蝶番《ちょうつがい》がきしんで、重い木のドアにつぶれそうなほど押しつけられて、知らない人のひざが顔に当たっていた。

「アンナ」うしろから呼ぶ声にふり返る。人影がぼやけていて、目をしばたたく。

「だいじょうぶかい……ぼくに……」ローリーが見おろす、心配でたまらない顔だ。「アンナ、なにがあった?」

ドアの蝶番がはずれて、人の波がどっとなだれこむ。そしてわたしは叫びだす。

二十

叫んだあとは泣きわめき、しゃくりあげる。力強い両腕がわたしの肩を包みこむ。

「ほら、だいじょうぶだから。アンナ、なにがあった？」ローリーがきく。

こんなふうになっても、なにもかもめちゃくちゃになっても、言葉がみつからない。「ちょっと……言えない……」涙がどうしても止まらなくて、あきらめてただつっ立って泣く。

ローリーはわたしを抱きしめて髪をなでる。「しーっ……よしよし。だいじょうぶだから、アンナ。だいじょうぶ」

その言葉を信じたい。だいじょうぶだと思いたくてたまらない。でも、もう疲れた。急に、からだが重くなって、手足の力が抜けて、彼の胸にくずれ落ちる。

赤ん坊のように泣きながら、わたしはローリーになかば引きずられるように車まで連れていかれる。胸が焼けるように熱い。わめきながら息をしようとするから、空気がまともに肺に入ってくれない。

「深く呼吸して。過呼吸になってる。三つ数えてから息を吸うんだ」なんとか言われたとおりにして、そのうち息の吸いすぎがおさまってくる。ローリーは、きれいには見えない水のボトルをどこからか出してくる。生ぬるいし、泣いているせいでぬるっとするけれど、飲む。ローリーがティッシュを差しだす。

「アンナ、なにがあったのか話してよ」

そして、わたしはなにもかも話しはじめる。母さんがベッドから出てこないこと。かんしゃくを起こすこと。リリーのテスト。マイケル。もう全部言える、でもどれも断片的でだしぬけで、支離滅裂だ。話の途中でまた涙が出てきて、泣きじゃくりながら言うと、ぐじゅぐじゅと生クリームがこぼれたような声になる。

「どうすればいいかわからない。母さんの感情をコントロールできない」

ローリーは話を聞くうちに顔がくもって、眉間のしわがどんどん深くなる。ついにはシートにもたれて、両手で髪をかきむしり、低くしゃがれた声を漏らす、たぶん「くそっ」と言っている。

「ごめん」わたしはまたティッシュで鼻をかんで、サイドミラーにうつる自分に目をやる。ぼろぼろだ。目は赤くて腫れぼったいし、顔はぱんぱんに張っている。風で頬がひりひりするのは涙の塩分のせいだ。両手に顔をうずめたい――ひどいありさま、でも涙をふきながら顔を隠すのはむりだ。

「もう謝らないで」ローリーの声に怒りがにじんでいる、いままで聞いたことのないとげとげしさだ。なんだか怖い。

「ごめんなさい。そんなつもりじゃなかった」からだを起こしてまた目元をぬぐい、なんとか涙を止めようとする。「話すべきじゃなかった。ローリーは自分のことだけでもたいへんなのに。大したことじゃないから、平気だから」

「アンナ！」手首をつかまれて、ちょっと痛い。「こんなのおかしいよ！　自分を責めるのはやめろよ。きみのせいじゃないんだから」

「しかたないの」また涙があふれそうになる。「わたしはリリーとマイケルの面倒をみなきゃいけない。お姉ちゃんだから」

ローリーが頭をふる。「こんなに時間があったのに。なんで話してくれなかった？　ぼくは全部話したのに。なんで信じてくれない？」

「**もちろん**信じてる」しゃっくりが出はじめる。「ただ心から素直になれなくて」最後の言葉はしゃっくりといっしょに飛びだす。

ローリーは戸惑っている。「どうして？」

「わ、わたし、なんて言ったらいいのか、ぜんぜんわからなくて」情けない話だけれど、これがいちばんほんとうの気持ちだ。

ローリーがうなだれる横で、わたしはこらえきれずに泣きじゃくり、ちゃんとした説明はもうあきらめる。家に帰らなきゃ、リリーのために帰らなきゃ、母さんをさがして弟をみつけなきゃ。泣くのをやめなきゃ。あれもこれも全部が頭の中をぐるぐる動きまわっているのに、なにも前には進まず、涙と鼻水だけが流れる。

いつのまにか、ローリーは車を発進させていた。また道路にもどっている。うんざりしたような顔だ。

「ごめん、ローリー」つっかえながら言葉をしぼりだす。「誕生日を台無しにするつもりじゃなかった」

笑い声が冷たくて、からだの芯までふるえる。「アンナ、受難者ぶるのはやめて」ちらっとこちらを見る。

どういう意味か考えられるほど頭が働かないから、だまっておく。ようやく息が整ってくる。外に目をやって、車が街からはなれていくのに気づく。

「どこにむかってるの？」リリーに連絡しようにもスマホはバッテリー切れで、ローリーはうちと反対方向に車を走らせている。文句を言いたくても疲れに気力を奪われて、自由がきかない。

ローリーは無言で車を進め、ハンドルをパラシュートの紐みたいに握りしめている。夕日の最後の小さなかけらが水平線のむこうでまたたいて、空が淡いベビーピンクに染まる。

気がつけば、街灯、看板、すべてがうしろに流れる速さも、見慣れたものになっている。そして車はジェイド・パレスの前で停まった。

「どうして店に来たの?」小声できく。

「アンナ、お父さんと話すべきだよ。お父さんがおとなとしてこの状況をなんとかすべきだ。きみじゃない」

わたしは首を左右にふる。「心配かけたくない」

「ぼくも同じだった、アンナ。頭の中にあるなにもかも、自分で対処できると思ってた。親に負担をかけたくなかった。姉さんは姉さんでいろいろあったし。だからなにも話さなかった。自分でできると思ってたから。でもむりだった」深く息を吸う。「お父さんに話さないとだめだ」

ローリーの言葉をじっと考える。「父さんに迷惑はかけられない。店のこと――仕事のことで悩んでるから。それ以上は」

「アンナたちはお父さんの家族じゃないか!」ローリーが声を荒らげる。「**これこそ**がお父さんの仕事だよ」

ハシバミ色の目がわたしをじっと見すえる。一心に、するどく険しく。わたしの中で抵抗心の最後のかけらが割れる。むこうが正しいと、わかっているから。

表には車が何台か停まっている。月曜の夜にしては多い。店の外、赤と青のネオン管のテイクアウトの文字の下に、小さな姿がぽつんと立っているのが目に入る。

「マイケル！」

気づいたらドアを開けていて、ローリーがあわててサイドブレーキをかけ、わたしのシートベルトがはねもどって大きな音をたてる。はじめ、弟はわたしだとはわからず、気づいたとたん、線香花火みたいに顔じゅうが輝く。

「アンナ！」

小さな腕で抱きついてきて、わたしも無我夢中で抱きしめる。ほっとしたのとうれしいのと疲れとで心臓が止まりそうになって、涙も出てくる。マイケルも泣いている。弟はかすかに魚とサラミのにおいがする。

「よかった、無事で」目を閉じて感謝を捧げる、ご先祖さま、神さま、考えつくかぎりの崇《すう》高《こう》な存在すべてに。「どうやってここまで来たの？」

「ママとでんしゃにのった」マイケルが腕をゆるめてわたしを見あげると、下唇がふるえている。「アンナ、ママがなんだかおかしい」

ローリーもそばに来て、三人で店の入り口に目をやる。わたしは弟を抱きあげて腰にのせる。胃がよじれたみたいにおなかがきりきりしてくる。店の中に急ぐ。

月曜の夜にしては混んでいて、客席の半分以上が埋まっている。それなのにだれも料理をかきこんだりしていない。全員の目が奥の壁に釘づけだ。見えるのはチェンさんと父さんとアージェフの三人で、大声をあげながら、なにも持っていない両手を目の前に突きだしている。三人のあいだから、みんなで必死に呼びかけている相手の姿が見えた。

「母さん！」だれかが叫んだ。一瞬ののちに、自分の声だと気づく。マイケルがわたしの首すじに顔を押しつける。

母さんにはわたしの声が聞こえていない。店の水槽のそばに立って、中を指さしている。「魚、ほら。これがいけないです」母さんは水槽にむかって大きく何度も手をふる。「魚です、これが良くないです」

「ロウポー《妻》《よ》」父さんが広東語でなだめる。「やめてくれ、外に出て話そう。お客さんが怖がってる」

「ロウゴーン《夫》《よ》、わたしの話を聞いて。この魚があなたをだましてる。こいつらはスパイだから。ここの魚全部が」目を細めてチェンさんを見る。「あの人。家族からあなたを奪おうとしてる。アバズレが」

チェンさんが息をのむ。アージェフはかぶりをふって床をにらむ。父さんが両手に顔をうずめる。

「ママ」マイケルがからだをよじってわたしの腕から抜けだし、止めるまもなく母さんのほうに駆けていく。

「だめ！」アージェフと父さんを押しのけて追いかけても、マイケルは速い。

「ボウボウ！」母さんが手をのばして両腕で弟を抱きしめる。「怖くないからね。ママが守るから。だれにも傷つけさせたりしない。悪いことはなんにも起きないようにするから」顔をあげてわたしを見る。

「アンナ、ここでなにしてるの？」険しい顔で言う。「あいつらの仲間なの？」

あいつら？ なんの話？ アージェフから父さんへと視線を走らせても、ふたりともわたしと目を合わせようとしない。ためらいながら母さんのほうに足を踏みだす。でも母さんはあとずさって、小さなからだのうしろにマイケルを押しやる。

「わたしたちからはなれて。連れていこうったってだめよ。息子は渡さない」マイケルがいよいよおびえて、はなれようとしても、母さんが腕をしっかり握っている。

「ロウポー、頼むから」父さんがまた懇願する。いまにもぱちんと切れそうに張りつめた声だ。「だれもおまえを傷つけようなんて思ってない。ただ家に帰りたいだけだ」

「母さん？」わたしも小声で言う。

ふいに、となりで気配がする。ポケットに手をつっこんだローリーが、わたしを押しのけて前に出る。「チウさん、ごきげんいかがですか？」ローリーの声はやけに大きくて必要以上に陽気で、妙になれなれしい感じを装っている。

母さんはけげんな顔で、目の前に現れた見知らぬ若者をじろじろと見る。「だれですか？ あなたもスパイ、ですか？」英語で責めたてる。

「まさかっ」語尾をはねさせ、靴のかかとに体重をのせてからだをゆらす。「ぼくはアンナの友だちです」

「わたしの娘、悪いこと覚えてきます。いい親でいるの、とてもたいへんです」

「わかります、チウさん。すごくたいへんでしょうね」同情するようにうなずく。

「とてもたいへん。それにわたし、ひとりでやっていますよ。夫、ぜんぜん家帰りません。わたしと三人の子どもだけ。わたし守っています。悪い人たくさん。わたし、子どもの安全守ります」

父さんは両手で頭を抱えて広東語でうめく。「頼むよ、ここではやめてくれ、お願いだ」わたしは父さんのわきをひじでこづいてだまらせる。

「あなたはすごくがんばってらっしゃいますよ、チウさん。ぼくにはわかります。アンナはこんなにすばらしい、思いやりのあるやさしいお嬢さんですから」

「あの子わたし似てます。大きな心持ってます」母さんが誇らしげに顔を輝かせる。「いつも弟と妹の面倒みています。わたしたくさん助けてくれます」こちらにむいた母さんの視線からは、もう荒々しい非難の色は消えている。「あの子いい娘、わかっています。悪いこと覚えるかもしれません、ときどき、そうでしょう」

ローリーはまたうなずく。「わざとじゃないと思いますよ。まだあなたが教えてあげられます。お嬢さんに道を示してあげるんです」

「もちろん」母さんはぶんぶんと何度もうなずく。「わたしあの子のお母さんです。あの子わたしの娘です。いつも教えます」

ローリーは話をどこに持っていくつもりなんだろう、でもとにかく母さんの注意を引きつけて、母さんはふつうに話している、叫んでいない。食堂じゅうが静まりかえっている。

マイケルがいきなり母さんの手をふりはらってわたしに突進してくる。母さんが面食らって見つめるなか、マイケルがわたしの腕に飛びこむ。「アンナ！　アンナ！　うちにかえりたい！」弟が叫ぶ。両腕をツタのようにわたしに巻きつけ、目をぎゅっと閉じている。「うちにかえりたい。つれてかえって」

「マイケル。グワイザイ《いい子ね》。おいで」母さんが呼んでも、弟は動こうとしない。母さんはかっと目をむいてこちらをにらみつける。そしてわたしからマイケル、マイケルからローリーへと視線を移す。

「ほら、こいつらがあの子の心変えます。目がいけないです、ほら」そう言って水槽を手で示す。「悪い目でわたしたち見ます、わたしたちの考えや心、良くないふうに変えます」

だれもがおびえた視線をむけるなか、母さんが片腕を水槽に突っこむ。つるつるしたオレンジ色の魚を持ちあげると、サバくらいの大きさだ。そしてわたしが手を出すすきもなく、母さんはその魚の両目を指ではさんでぱちんぱちんとつぶしていく。

テーブルで悲鳴があがる。わたしはマイケルをおろして母さんに駆けよる。足がもつれてしまう。サイレンの音が騒ぎを貫いて響き、点滅する救急車のライトが目の前のおぞましい光景に不気味な赤い光を投げかける。

「良くない、ほら」母さんはオレンジ色のふるえる魚体を勝ちほこったように掲げ、細く赤い線がいくつも指を流れおちる。「目が濁っています」

二十一

救急救命士がふたりがかりで母さんをストレッチャーに乗せて、手足を拘束する。抵抗していないのに、とにかく革のベルトでしっかり固定していく。母さんは頭と目をあちこちに忙しく動かし、くっつきあって厨房の入り口から出てきたわたしとマイケルをみつける。マイケルはさっきから目をきつく閉じて、わたしの肩に顔をうずめたままだ。

「マイケル、アンナ、だいじょうぶだから」母さんが広東語で言う。「あの魚は悪さができない。目を取ってやったから。もう安心。怖がらないで、わかった?」わたしに歯を見せて笑いかけ、手首から先だけを小さくふりながら、救急車へと運ばれていく。

母さんの姿が見えなくなったとたん、涙があふれる。からだをふるわせて泣いてしまう。店のお客さんたちがいっせいに立ちあがり、食べかけの料理を置いて、苦い気持ちのままこの夜を終えていく。律儀《りちぎ》に支払いを申しでる人にはチェンさんがことわり、どうかまたいらしてくださいとお願いする。カウンター越しに奥をのぞきこんで、わたしにあわれむような目をむける人もいる。恥ずかしくてからだが熱くなってきても、気にする余力もない。

救急救命士のひとりが父さんに近づく。「ご主人ですか?」

「あっ、英語だめ」父さんが口ごもる。そしてわたしを指す。「娘、この子にきいて」

なにを言ってるんだろう。父さんは英語がかなりできるほうだし、わたしに通訳を頼んだことなんかない。

その人がわたしを見る。「十八歳以上ですか?」

わたしは首を横にふる。

「ふたりとも病院に来てください、手続きが必要なので」

マイケルに目をやると、まだフジツボみたいにわたしにしがみついたままだ。力が抜けていて、二十キロがずしんとのしかかる。「つかれた」弟は小さな声でつぶやき、肩にのった頭が重い。リリーも気にかかる、家でひとりぼっちだ。

「ぼくが連れて帰るよ」ローリーが、わたしの気持ちを読んだように買ってでてくれる。感謝を笑顔で返す。

ふたりでマイケルのチャイルドシートをローリーの車に取りつけているあいだに、父さんはぼうっとしたまま自分の車に乗る。わたしに言われてようやくシートベルトをつけるありさまだ。父さんもわたしもひとこともしゃべらず、ただ救急車のあとを追う。

案内された待合室には、金属製の椅子がたくさん並んでいる。母さんが運びこまれるところは見ていない。父さんは土気色の顔で一点を見つめている。受付で渡された用紙には目もくれないから、わたしがなんとか埋めていく。

やっと、母さんの名前が呼ばれる。「シウリン・チウさん」

パテル先生は若そうで、医学部を出てまもない感じがするものの、かなりきまじめな雰囲気だ。となりの椅子から身を乗りだされると、魂をのぞきこまれている気がしてくる。見つめられて、首をすくめてしまう。「お嬢さんの、アンナ？」インド訛《なま》りはあるけれど、きちんとした英語だ。

こくんとうなずく。

「わかりました、アンナ。お母さんのことを教えてちょうだい。いままでにもこんなことはあった？」

父さんが真横にいてどう言えばいいかは、決まっている。

「いいえ。一度も」これはほんとうだ。母さんが水槽から生きた魚をつかみ取って、おおぜいの知らない人の前で傷つけたことなんかない。

パテル先生はクリップボードになにか書いて、チェックマークをつける。「最近トラウマになるようなことは？　アルコールか薬物の乱用歴は？」

びっくりして首をふる。「いいえ、もちろんありません。母はまったくお酒を飲みません、結婚式でも飲まないくらいです」

「睡眠障害や幻聴は？　なにかお母さんから聞いてない？」

母さんはこのところぜんぜん寝ていない。掃除をしたりわたしたちをどなったりしてばかりだ。でもそういういろいろを説明する言葉がみつからない。父さんが目を見開いている。ほんとうのことは隠してほしいんだ。「わたし、えっと、わたしは——わかりません。たぶん？」

パテル先生はまだ書いている。「なにか特定のストレスを抱えていたとか？」

「ああっ！　アメリカのテロリスト発砲事件」父さんが声を張りあげる。**理解できないふりはおしまい**。「妻ずっとニュース見ています、テロや発砲事件の」ライフルを構えて何発か撃つふりをする。「妻いつもアメリカ行きたがってます。だからこんなに動揺しているかもです。わたし見ないよう言います、動揺しますから」

父さんはこれで解決という顔でうなずいている、道を曲がったらラッシュアワーの渋滞を奇跡的に回避できたときと同じ顔だ。パテル先生は納得しているようには見えない。

「わかりました、チウさん。たしかに、そういう事件が奥さまの精神的な安定をみだす要因にはなり得ます」

「そうです。良くないです。ニュース、恐ろしいこと。見ないよう言います。わたし前に言いました。妻ききません。妻うちに帰る、もう見ない。わたし言います。妻いまうちに帰ります、もう問題ない」

パテル先生が薄い唇をきゅっと結ぶ。「あのですね、チウさん」わたしのことはもう眼中にない。「こちらはすでに検討を進めていて、奥さまは精神科に入院と決まりました。とても運がいいですよ、いま成人病棟は空きがほとんどなくて、未成年の患者さんは全員、小児病棟に移動してもらわざるを得ない状況でしたから。それでも奥さまの精神疾患の状況から、ただちに入院を決めました」

「せ、せい――」わたしは口ごもる。「精神疾患？　どういう意味ですか？」

パテル先生がまた身を乗りだす、でも声はさっきよりもやさしい。「お母さんには妄想の状態が見られます。それが症状のひとつです」

「え、あの、母はだいじょうぶなんでしょうか？」

「心配はいりません。いまは、お母さんには軽い鎮静剤を投与してあって、看護助手がついています。今後は薬を処方していきます、それが効くはず。でもしばらくは厳重な見守りが必要です」

「アンナ、先生はなんだって？」父さんが広東語でわたしにきいてくる。くたびれて、目があわれなほどに腫れぼったい。

「母さんは入院しないといけないって。薬を打ったって」

「ノー、ノー、ノー」父さんは英語で抗議して、また広東語に切りかえる。「先生に言いなさい、ちゃんとできます、と。仕事を休んで家にいてお母さんの面倒をみるから。問題ない。家族で目を光らせておくって」こみあげる涙をのみこんで、わたしは首を横にふる。父さんがそんなわたしを無視して先生にむき直る。「妻ニュース見ない。わたし世話します。わたし言います。妻うちに帰ります。わたしたち家族。わたしたち面倒みます」そしてわたしと自分を指でさす。

「チウさん、残念ですが」パテル先生は模範的な厳格人間だ。「奥さまには入院治療を受けていただいて、慎重に状態を見極めなくてはいけません。状況がわかれば、長期的な治療法を検討できます」

「どのくらい？　どのくらい入院？　一日？　二日？」父さんの目が恐怖で大きくなる。「三日!?」

「すみません、チウさん。現段階ではほんとうにわかりません」

「妻、家族。妻、母親。母親ここいて、だれが子ども世話しますか？」これでもかと目をむいて、予想外に忙しいディナータイムでしか見たことがない顔になっている。父さんは怒ってたたみかける。それでもパテル先生はまったくとりあわない。

「すみません、チウさん。ほんとうに」クリップボードに書きつける先生の手に力がこもっている。「ですがいま、わたしの仕事は奥さまを確実に治療することです」

父さんはなにも言わず、椅子に沈みこむ。すり切れてのびきって、割れた風船のよう。父さんといっしょにわたしの希望もしぼむ。でも悲しんでいるひまはない。パテル先生がわたしの鼻先に一枚の紙を突きだしている。

「この病棟の面会時間とルールは厳格で、ぜったいに従ってもらいます――例外なく」その言葉にぞっとする。「これが今後必要なもののリストです。記載してあるものだけにしてください。いいですか?」

父さんをちらっと見ると、顔もあげずにただぼんやりとどこかに目をやっている。わたしが小さくうなずくと、パテル先生ははげますような顔になる。

「今夜は基本的なものはお貸しできます。次の面会時間は明日、午後二時から四時までだけです。そのときにいろいろ持ってきていただけるといいんですが。できそうですか?」

「はい」声がかすれてうわずって、羽音をたてるコオロギでものみこんだみたいになっている。咳ばらいをして、パテル先生にうっすらほほえむ。

先生は満足そうだ。「よかった。心配しないで、アンナ。お母さんはベストな治療を受けられるから、ぜったいに」誠実な話し方で、元気づけられる気もして、ありがたい。「もうかなり遅いですから。今夜はすこしでも休んでください」先生は立ちあがって、おとな同士のようにわたしと握手をする。父さんが立ちあがらないので、先生はやさしくうなずく。

「父さん」そっと肩をゆする。「帰らなきゃ」

病院を出てから父さんはひとことも話さず、なんの反応も見せずに家に帰りつく。

家に入っても、父さんはまだなにも言わない。リリーがキッチンに立ってカウンターをふいている、眉間にしわを寄せて一心不乱だ。母さんと同じくらいむきになって掃除をしている。

「ローリーとマイケルは？」

「マイケルは寝てる」リリーは手元から顔をあげない。「彼氏は帰った」

「ほら、わたしがやるよ」そう言って、握りしめた手からスポンジを取る。妹はこっちをむいて、赤く泣きはらした目でおどすようににらんでくる。そしてほんのすこし怖がっている。ただ抱きしめたいだけなのに、手をのばした瞬間、妹はからだをかがめて逃げる。「マイケルをみてくるから」

キッチンはもうぴかぴかだ、それでも掃除をしているふりをして、父さんがリビングに姿を消すのを見送る。空気が重い、息苦しいほどよどんでいる。カウンターのはしをつかむと涙がこぼれ落ちる。ひとり静かにすすり泣く。

スポンジをしぼり、涙をふいてから、リリーとマイケルの様子をみに行く。リリーはベッドでマイケルを守るようにからだを丸めている。

たまに忘れてしまうけれど、リリーにも、お姉ちゃんでいないといけないときがあるんだ。

「リリー」小声で呼ぶと妹はこちらをむき、唇に指を当てる。マイケルは疲れきって、ぐっすり眠っている。妹がベッドでからだを起こして、穏やかな寝息をいっしょに聞く。

「母さんはかなりひどかった？」リリーがようやくきいてくる。

うなずくとまた目がちかちかしはじめ、リリーのほうから両腕をまわしてぎゅっと抱きしめてきて、むこうがお姉ちゃんみたいだ。

「マイケルをみてくれてありがとう」妹はうなずいてそのままベッドに残り、眠っている弟を見守る。

わたしはキッチンにもどる。父さんが長椅子にいる。頭を両手で抱え、肩がふるえている。一瞬の間をおいて、泣いているんだと気づく。

十六年生きてきて、父さんが泣いているのは一度も見たことがない。泣けるとも思わなかった。いつだって堅苦しくて、感情が見えない。あまり笑うほうでもないけれど、笑うときにはからだじゅうで、肩も手足もおなかもふるわせて笑う。涙を流しているいまもそうだ――何度もかぶりをふり、背中で息をして、暗い声をふるわせて、悲しそうに泣いている。

わたしはそばに寄って、ためらいながら背中に手を当てる。それでたががはずれて、父さんの泣き声が大きくなる。

「だいじょうぶだよ、父さん。泣かないで。だいじょうぶだから」父さんが店でわたしを安心させるために使っていた言葉が口をついて出るけれど、不器用でぎこちない。泣かないでと言うのは意味がない、沸騰したやかんにピーピー鳴らないでと言うようなものだ。そのままどのくらい時間が経ったのか、やがて父さんの泣き声がすすり泣きまでに落ち着く。

「オーストラリアに着いた次の日からすぐ、おまえのおじさんに働かされたんだ。下準備とグリル担当だった、いまのアンナみたいに。きっちり十二時間仕事をしてやっと家に帰らせてもらえた。二十五年で丸一日以上働かない日なんてなかった、自分の子どもが生まれた日だって。母さんと香港で結婚したときも、新婚旅行はマカオで一泊しただけだ」

必要に迫られないかぎり父さんが休みを取らないのはわかっている、それでもこの話は驚きだ。

「おじさんから香港でお母さんを紹介されたんだ。お母さんは内気だったが頭が切れて、車や家を持っているかなんてきいてこなかった。きいたのは中国にいる家族のことだ、恋しくないかって。店で働くことについてもきかれたな、からだはつらくないのか、米やなんかの大きな袋を持ちあげたり運んだりしなきゃならないんだろうって。驚いたよ、だれも飲食店での荷物運びのことなんて考えもしない、調理のことだけだ。お母さんはほかの女たちとはちがうと思った、あんまりおおぜい知っているわけじゃないが。それでもお母さんは特別だった」

心で笑顔になりながら、父さんの思い出話を聞く。父さんが母さんをとても大切に思っているのはわかっている、でもこんなふうに話してくれるのは初めてだ。いろんな思いがふくらんで混ざりあって、そもそもどうしてここにいるのかを思い出す。

「母さんはだいじょうぶだよ」ありったけの自信をかき集めて言う。「病院が母さんを助けてくれるよ」

「そんなにかんたんじゃないんだ、アンナ」父さんはそう言ってわたしをまっすぐに見つめる。

「頭がおかしくなったら、もう治せないんだ」

二十二

父さんに朝早く起こされる。

「ヘイサン、ヘイサン」起《き》ろ起《き》ろ 電気をつけたり消したりされて、目を開けようにもちかちかする。

「いま何時？」リリーがうめく。

「もう七時だ。お父さんは店に行かなきゃならない。おまえたちは学校に行きなさい」

びっくりだ。ゆうべあんなことがあったのに、もうわたしたちを子ガモみたいに追いたてている。

「ほんとにそれがいいと思ってる？」

「もちろんだ。いろんなことが起きる、それでもやることはやらないと。なまけちゃいけない。お父さんは稼ぐ、おまえたちは学校へ行く。お父さんは仕事をする、おまえたちも自分の仕事をしなさい」

リリーはぶつぶつ言うし、マイケルは起こされて泣いているものの、父さんが怖くて大騒ぎはしない。

みんな朝食の席についてもまだぼうっとしている。父さんはおかゆを大鍋で作っていて、週末のビュッフェの常連客に出せるくらいある。

とろりとしたおかゆを父さんがたっぷりすくって器によそうと、ふちからあふれる。「みんな今日は学校に行きなさい、いいな？　いい子で、ちゃんと勉強しなさい」

「ママはどうしたの？」マイケルが蚊の鳴くような声で言う。「うちにかえってくる？」

「もちろん帰ってくる！　なんでそんなことをきく」広東語でどなる。

「そんなにむきにならなくてもいいのに」リリーは小声で言ったつもりだろうけれど、はっきり聞こえる。

「お母さんはなんともない！」父さんががなる。「どこもおかしくなんかない。お母さんはなんともない。悪ふざけしただけだ」息子に怖い顔をむけ、マイケルの下唇がふるえだす。「泣くんじゃない。男だろう。男は泣かないもんだ」人差し指をふってにらみつけるその顔で、父さんはマイケルを叱りながらゆうべの自分も叱っている。

みんなだまって一生懸命食べ、ちりれんげが器に当たる音だけが聞こえる。父さんの料理は最高だ、でもおかゆは熱いし、味わう余裕もないくらい疲れている。

「早く食べなさい。終わったらみんな学校に行って」父さんはぱんと両手を打ってテーブルを片づけはじめ、高く重ねた器が傾く。

「父さん、わたしがやるよ」わたしははじかれたように立ちあがる。

「いい！　できるから。自分の家族の面倒くらいみられる」きっぱりと言う。でも父さんは器を食器洗い機にうまく入れられず、結局あきらめて、シンクに放っておく。

「学校に行く時間だ。店に行く途中で順番に降ろすから。急ぎなさい」

「父さん」おずおずと切りだす。「母さんの面会に行く？　ゴスフォードの病院に。面会時間はちょうどランチタイムのあとだけど」

父さんが苦い顔になる。「なんでわざわざ？　医者や看護師がお母さんの面倒をみてくれる」

「でもだれかが荷物を届けなきゃ。病院へ」

父さんがわたしにむき直る。

「ヌイ。娘《よ》おまえがお母さんのために病院に行ってくれないと。荷物を持って……お父さんは店を空けられない」

その言い訳にむっとする。さんざん自分の仕事をしろって騒いでおいて、母さんの面倒をみるのは父さんの仕事じゃないわけ？

わたしは肩をすくめて答える。「そうする」

「よし、よし」父さんはうなずく。「あの若者に乗せてもらいなさい。そのぶんも支払うと言っておいてくれ」

若者？　わたしの中のなにかがぷつりと切れる。「名前はローリー」怒った声になる。「名前で呼んだらいいでしょ？　ただの従業員じゃないんだから」

「どういう意味だ？　ローリー。トロイ。アルバート。どうちがう？」

「だってわたしの彼氏だもん」

キッチンがしんと静まる。リリーとマイケルが驚いてふりむく。時計がカチコチうるさい。言ってしまった。もう引きかえせない。こんなふうに伝えるつもりではなかったけれど、こういうことは思いどおりにはいかないものだ。

わたしを見る父さんのおでこに静脈が浮きでている。じっと父さんの目を見る。あえて父さんの出方を待つ、文句を言うのか、もう会うなと言うのか、なんだろう。母さんならこういうときもぴったりの言葉をみつけるのに。

でも、いつもの父さんらしく、ただ首をふって、なにも聞いていないふりだった。

「学校の支度をしなさい」ふたりにそう言って、わたしを見ない。

リリーとマイケルはあわてて従う。わたしは一歩も引かない、でも父さんは目を合わせようとしない。だまっていられると気まずい。気持ちが読めない。

「父さん」結局こちらから話しだす。「ローリーのことだけど……」

「もういい」ひとことどなる。「好きなようにしなさい、アンナ。おまえを止める気力がない」

そう言ってリビングに行ってしまう。

がっくりだ。**父さんにはどうでもいいことなんだ。**

一方で、父さんは正しいとわかってもいる。家族としてほかに優先すべきことがある。父さんがリリーとマイケルを連れて出たあと、わたしはお皿をまとめ、ローリーに病院まで乗せてほしいとメッセージを送る。いまは、母さんのことに集中しないと。

母さんの部屋で必要なものを用意する。壁の影は消えている。読みとるべきしるしはない。この先なにが起きるのか、まったくわからない。

パテル先生にもらったリストを引っぱりだす。紙は二枚ある。一枚目はやるべきことと禁止事項のリストで、ほとんどが禁止事項だ。二枚目は面会規則と、またもやたくさんの禁止事項。

精神科病棟　面会規則

一、面会時間は午後二時から午後四時（月曜日から日曜日）に限ります、ただし土日のみ午前十時から午前十一時も可。

二、面会時は私物をすべて備え付けのロッカーにお預けください。**例外はありません**。

三、入院患者さん用に持参される物品は、事前にスタッフが確認できるようにしてください。食品や雑貨（例：生理用品など）も**すべて**確認の対象となります。

四、以下のものは、本病棟内への持ち込みは一切認められませんので、受付でお預かりします。**例外はありません。**

・タンクトップ
・レギンス
・ひざ上のスカートやショートパンツ
・紐がついた衣類
・コンピューター類
・カメラ
・アイポッド
・CDプレーヤー
・ラジオ
・携帯電話
・靴紐
・ベルト
・鋭利なもの／ガラス類
・かみそり
・紐
・除毛クリーム

・スプレー缶／製品、ヘアスプレーを含む
・アルコール製剤
・固形石けん
・デンタルフロス
・鏡／ガラス製品
・ぬいぐるみ
・宝石類
・現金／財布
・その他の貴重品
・違法薬物／酒類
・ライター／マッチ
・楽器
・棒針／かぎ針／糸
・ドライヤー／ヘアアイロン／その他コードがついているもの
・化粧品
・食塩水

細かい項目をひとつずつ確認すると、なにがどうなってこんなに具体的なのかと思えてくる。アイポッド？　これって何年前の書類？

手に汗をかきながら、持っていくべきもののリストを読みといていく。

入院中の衣類

入院中か。母さんがどのくらい入院するかはきいていない、父さんが三日以上になるだろうと知って騒いだだけだ。**つまりどういうことだった？**　ローリーは三週間入院したと言っていた。うちもそのくらいの準備が必要ってこと？　洗濯設備はあるよね？

引き出しから清潔な白い下着を三組取りだす。ゴムがのびているものの、まだ着られる。もうひと組つめて、それからまたひとつかみ、さらにひと組足す。念のためだ。

続いてシャツとズボン、これは持ち込み禁止のリストといちいち見比べないと選べなくてややこしい。禁止品は必需品の倍ある。紐靴はだめ、紐やベルトもだめまではわかる、でもほかの禁止品はわけがわからない。帽子や頭を覆うものはだめ（宗教的な衣類はのぞく、ただし安全と判断されたもの）。着心地の良さそうなシャツとストレッチの効いたパンツを何着かバッグに放りこんで、洗面所に移動する。

洗面道具のリストはさらに厳しくて、病室にアルコールを含む製品は持ちこめませんという注意書きと、太字の「例外はありません」。この言葉を本気できらいになりはじめている。なお悪いことに、うちにあるシャンプーもコンディショナーも大きすぎる、どれもまとめ買いしたファミリーサイズのボトルだ。ちょっと買い物に寄る時間があれば旅行用サイズのを買えるかもしれない、でもそこはあきらめて、いまあるものをバッグに入れる。

禁止品はほかにもたくさんある――綿棒、つめ切りばさみ、風船（風船って！）、デンタルフロス、かみそり――リストは続く。荷物を十七回も見直してようやく、全部つめこんだダッフルバッグのチャックを閉める。冬物の毛布と枕を追加しよう。母さんはふだんから寒がりだし、病院は寒そうだったから。

部屋を出かけたところで、ピコンと小さな音。母さんのスマホがベッドの横のテーブルにあって、充電ケーブルにつないである。リリーが昨日挿したんだろう。電源を切ろうと近づく――電子機器は当然禁止リストに載っているから。

画面に表示された通知が目に入り、スマホを落としそうになる。

十か、十五件はある。全部ワッツアップだ。メッセージを送信できなかったという通知の山。そして、メッセージはどれもわたし宛。

スマホの容量を空けたくて、ワッツアップのアプリは何か月も前に削除した。母さんにもそう言った、わたしのまわりでは母さんだけが、このアプリで友だちとチャットしたり家族にボイスメッセージを残したりしていたから。メールか電話にしてと頼んであった。でもこれを見るかぎり、母さんはわたしにメッセージを送りつづけていた。そしてもちろんぜんぜん届いていなかった。

自分のスマホを確認して、ワッツアップのアプリを再インストールする。更新に時間がかかりながらも、一件ずつ、母さんからのメッセージが入ってくる。

母さんは今年の初めから送っていた。やたらと長くて要領を得ないメッセージをじっくり読んで、しるしをさがす。シドニーに引っ越してきたころの思い出を語っているのが何件か。何か月も前の、黒い犬の話には、身ぶるいしてしまう。**こんなにあったしるしに、わたしはまったく気づいていなかった。**

そして、ここ二、三日のものを読む。陰口や内緒話、壁ごしに話を聞かれている、電話を盗聴されている。最後の一通は昨日のものだ。まったく意味がとれない。うっと嗚咽《おえつ》が漏れる。母さんはゆうべ、わたしの目の中になにを見ていたんだろう。メッセージが届いてさえいれば。止められた、かもしれない。アプリを削除していなければ、気づけていた。でも母さんは平気そうに見えた。怒ってはいたけれど、平気そうだった。頭の中がどうなっていたのか、ぜんぜんわからなかった。

どうして気づかなかったんだろう？

クラクションが二回、外で鳴りひびく。窓に寄ると、茶色いふわふわの髪がアウディのスポーツカーからのぞいている。ローリーがこっちを見あげて控えめに手をふる。

わたしは母さんの荷物をつめたバッグを肩にかけ、部屋のドアを閉める。

車に乗りこむと、ローリーは不安げで落ち着かない様子だ。昨日、気味の悪い思いをしたせいだろう。なにを言えばいいか、まだわからない、どうやって感謝を伝えたらいいんだろう。**母さんが魚をひどい目にあわせるのをむりやり見せてごめんね、**などという絵文字はない。

ふたりともしばらくだまったままで、車は進んでいく。気まずい空気をなんとかしようと、母さんが送っていたワッツアップのメッセージのことを話す。父さんの前でローリーを彼氏と呼んだのにはふれない。

「そうか。それはつらいね」驚いてはいないし、いやがってもいない。

「お医者さんは精神疾患からくる妄想だって」パテル先生から耐えがたい話をされて、父さんが聞く耳を持たなかったとは言わない。

ローリーの表情がくもる。「妄想はいちばんきつい。お母さん、かわいそうだ」

重いため息が出る。「母さんの頭の中でなにが起きていたのか、わかってたらね」そこで言葉を切って、こんなことをきいてもいいか迷いながら、とにかく言ってみる。「病院ってどうだった？」

ローリーはかなり長いあいだなにも言わず、ただハンドルをとんとんと指でたたいている。

「とにかくひどかった。薬のせいで頭がもうろうとしてるとき以外は、退屈でたまらなかった。

病院にいた人たちは……わからない。いやな気分だよ、けっこうひどい状態になってるのが目に入って、自分はあんなふうにならなくてすむんだろうかって考えるんだから。それとも自分ももうあんなふうなのかなと思ったり」そう言って力なく首をふる。「一瞬だって楽しくなかった」

これ以上知りたくない。許された物だけが入った母さんのバッグの肩紐を指でもてあそぶ。穏やかなローリーでさえ病院をきらうなら、母さんがどうなるかわかったものじゃない。

病院の駐車場はいっぱいで、停める場所がみつからない。ローリーはいらいらして、指でハンドルをたたきながらずっと外を見まわしている。すこしして気づいた。ローリーはここにいるのがいやなんだ。**あたりまえだ、前回ここに来たときは……。**

「いっしょに来てくれなくていいからね」あわててそう声をかける。

顔に色がさして、ほっとしたのがありありとわかる。「ほんとうに？　いいの？……だって……」

よくない、いっしょに来てほしいと言いたい、手をつないで連れていってと言いたい、でも、むりだと顔に書いてある。ここにいるのも、この苦しい場所の入り口に寄っているだけでも、どうやら許容範囲を越えている。

「平気だから」とうそを言う。おなかの中にはもう青虫も楽しげな蝶もいなくて、ただ恐れや不安が深いくぼみになっているだけだ。

「迎えが必要だったら電話して」そう言って手をぎゅっと握ってくる。そしてわたしが降りたとたんに車を出し、すり減った路面に新品のタイヤが音をたてて去っていく。

受付にはだれもいなくて、自分で病棟までの行き方を調べるしかない。大きな掲示板をじっと見あげて、貼りつけ式の文字を追う。

精神科病棟　4階

なんとかエレベーターまで行きつく。ボタンを押してから待ちくたびれたころ、やっとドアが開くと、ラベンダー色のセーターを着た小柄な白髪の女性が乗っている。その人ににっこりしてから、すこしふるえる手で4のボタンを押す。

「ご家族の面会、かしら？」エレベーターの同乗者がきいてくる。

「えっと。そんな感じです。ちょっと様子をみに来ただけで」できるだけ当たりさわりのないように言う。

エレベーターが低い音をたててきしむ。すくなくとも二台のストレッチャーと医療機器が入るように設計されているのはわかる、でもいま、小柄なおばあさんとわたしだけを運ぶのにいい大きさとは思えない。つばを飲みこむ。気づいたらのどがからからだ。自動販売機でコーヒーを買っておけばよかった。

ようやく、エレベーターが大きくゆれて止まり、ドアがガタガタと開く。失礼にならないよう、おばあさんがわきに寄ってくれるのを待ってから、さっと横をすり抜けて、廊下を急ぐ。

「良い一日をね」と、背中に言われる。

精神科病棟はエレベーターとは別の一画にあって、ここの案内版は入り口のよりずっと読みにくい。自分の心臓の音と、ワックスのきいた床に靴がこすれる音が聞こえる。不気味なほど静かで、病室から機械の電子音だけが響いてくる。この音を発している装置は病気で弱ったからだの命を記録しているんだ、と思いいたってぞっとする。なんだかくらくらしてくる。

それでも先に進むと、やっと**精神科病棟**という大きな文字が見えてくる。消毒薬のにおいがきつくなって、鼻の中、鼻毛の根っこにまで染みてくる。よろけるように両開きのドアに近寄る。

びくともしない。

「待たなきゃだめだよ」横から声がする。ワインレッド色のベロアのスウェットスーツを着たおばさんが苦笑いしている。頭上の時計を指さす。「待たなきゃだめだよ。時間には厳しいんだ」

たしかに。時計の針がてっぺんに来るまでまだ三分ある。まわりに目をやると、ほかにも何人かホールをうろうろしていて、ポスターを読んだりスマホを見たり、退屈そうだ。

「あ、はい」愛想よく見えるようにと思いながらにっこりする。

「今日が初めて?」ベロアのおばさんがわたしの重いダッフルバッグをあごで示す。わたしはうなずく。「リストはチェックした? リストにうるさいから」もう一度うなずく。

「それならよかった」おばさんが前かがみになって声を落とす。「面会に来てあげるのはいいよ。入院はきついし、面会ぐらいしか気晴らしがないんだから。それであたしはいつも来てる」

怖くなって顔が引きつる。あとずさりしないよう踏んばる。この人は会話しようとしているだけだ、でも話のすべてに吐き気がこみあげる。

ドアがばんと開いて看護助手がひとり現れる。えび茶色の手術着《スクラブ》を着て、シルバーの太いノーズリングをつけている。その人が話しはじめるより先に、待っていた人たちが中に入ろうと荷物をまとめだす。わたしも重いバッグを肩にかけてあとに続く。

「私物は、携帯も含めてロッカーに入れてください。患者さんの手元に置くものは全部チェックされます」ドアの前まで来ると、ノーズリングが片手をあげる。「だれの面会?」

口がからからだ、でも咳ばらいはしたくない。「えっと、チウです。シウリン・チウ」声がかすれる。

「え?」

二回咳ばらいして言いなおす。「**スー**リン・チュウ」母さんの名前をできるだけ英語風に発音してみる。

わかった、という目になる。「ああ、金魚ね」むっとする。それが母さんのあだ名なんだろうか。吐き気がさらに強くなる。

「バッグの中身は？」ノーズリングがかみつくように言う。

「えっと、洋服とか」蚊の鳴くような声で答える。「シャンプー。あといろいろです」

「バッグ類は病室に置けません。中身を全部出したらロッカーにしまって」

サイアク。バッグのことまで考えていなかった。太い肩紐や金属のバックルがついているから、当然禁止事項リストに入っている。

ベロアのおばさんがレジ袋を渡してくれる。「これだったら中身をチェックされたあと捨てられるから」

「わ、すみません」しゃがんでチャックを開け、母さんの服を床に出し、できるだけきっちり重ねていく。苦労してたたんだ下着やパジャマのズボン、洗面道具をつみあげてから、全部をそろそろと持ちあげて薄っぺらいレジ袋に押しこむ。

「鍵や財布、チェーン、ベルトもだめです」ノーズリングがドアの横に貼られた案内を軽くたたく。長ったらしくて、もうよく知っている、禁止事項のリストだ。わたしが首を横にふると、ノーズリングがメッセンジャーバッグをあごで示す。自分のものも、からっぽになったダッフルバッグに全部突っこむ。ノーズリングはちらっと見てから隅にある金属製ロッカーの列を指す。どうやら自前の南京錠をかけるタイプで、それは持ってきていないから、荷物を空いているロッカーに押しこんで、もどるまで無事なように祈るしかない。

受付を待つ列の最後尾につく。デスクのむこうにいる看護師が、目の前に出された物品をじっくり確認している。首を横にふられているのは、ベロアのおばさんがレジ袋に入れていた、ラップにくるんだケーキだ。

「あの子の娘の誕生日ケーキなんだよ、週末にパーティをしたから」ベロアのおばさんが説明する。

「規則はご存じですよね」その看護師が指でなにかを示している、受付のデスクにもあの「リスト」が貼ってあるにちがいない。「ここに置いておきますから。あとで持って帰ってくださいね」

ベロアのおばさんはため息をついて、目の前のクリップボードに署名する。「スタッフで食べてくれていいです。どうぞ。あの子の面倒をよくみてもらってますから」その声が重苦しい、本心じゃないんだろう。

「次の方」看護師がわたしを手まねきする。洋服の入ったレジ袋を胸にぎゅっと抱えてすこし前に出る。「苗字は？」

「チウです。シウリン・チウ」

名前でわかったらしい看護師の顔がやわらぐ。「ああ、レストランのね」金魚のことはなにも言われなくてうれしい。色あせたスクラブについた名札を見る。**メアリー**。ノーズリングよりもこの人のほうが好きだ。

「娘さん？　ここに来るのは初めて？」メアリー看護師はうしろをむいて書類一式を取りだす。

わたしはうなずく。

「つらいわね」同情がこもっている。「でも心配しないで、わたしたちがお母さんをしっかり看護するから」ペンでクリップボードを軽く打つ。「規則はわかってる？　持ちこめないものとか。読みとばしてないか、確認して」

そしてもう一度、持ち込み禁止品の一覧を見せられる。もう暗記しているかもしれない。いままでとちがうのは、この用紙にはわたしの署名欄があることだ。

「問題ありません」とにかく自信のある声を出す。母さんの看護スタッフに親しい人を作っておくのはいい考えだ。でもメアリー看護師はがんばって作った笑顔には応じてくれず、わたしは点線の上に署名する。

「持ってきたものを見ましょうか」そう言うと、洋服と洗面用品の山を調べはじめる。丹念なチェックを受けるうちに、荷物が多すぎたと気づく。**母さんはどのくらいここにいるんだろう？**　メアリー看護師はせっせと荷物の山を仕分けていき、厚手のウールのセーターを手に取られたときには顔が赤くなる。入院用というよりスキーにぴったりだ。

「母さんは寒がりなんです」説明してみる。メアリー看護師は、ふうんという顔をしながら、セーターを手際よく山に重ねる。

背後から大きなうめき声と湿っぽい音の二重奏が近づいてくる。ガウンをまとった人影が病室から出てきている。白髪がしわだらけの顔にぺったりとはりついて、さっきまでそちらを下にして眠っていたように見え、薄いめがねは傾いている。孫がいるくらいの年格好だ。

おばあさんはガウンを腰までたくしあげて舌を突きだし、こっちにむけてブーッと音を鳴らす。

「はいはい、ドリス。それもう二回目でしょう」メアリー看護師は顔をあげもしない。「もう一回やったらテレビ権はなしになるから」

おばあさんが部屋にもどっていく。吐き気がぶり返して、腹筋に力を入れてこらえる。

「はい。こっちの山はお母さんに渡して」メアリー看護師は小さい服の山に手を置く。ほとんどが母さんの下着で、薄手のシャツとズボンが何枚か、毛布と枕もある。「これは部屋に置いておけるものね。こっちは――」手ぶりで示す先は、大きすぎるシャンプーとコンディショナー、そのほかの洗面用具、適当に選んだ本が何冊か。「ナースステーションで保管してお母さんが必要なときに渡します、お母さんがここに来て頼まなくちゃいけないけど。それからこっちは――」残りの洋服の山には、ウールのセーターと、なんとスキーウェアまで持ってきていた。「帰りに引きとって、持って帰ってね」

またのどが渇いてきて、言葉がぜんぜん出てこないから、うなずいて許可が出た服の山を両腕ですくいあげる。

「次は、中での規則がいくつか」規則は永遠に終わらない。「ほかのご家族も面会してるから、話したり動いたりするときは大きな音にならないようにね。患者さんみなさんに敬意をはらって。もちろんだれに対しても、暴言や身体的な暴力は禁止。それから病室にはぜったいに入らないこと。談話室とキッチンがあって、それぞれテーブルと椅子があるから。いいですか?」

またうなずく。

メアリー看護師がこんどは顔を寄せて、わたしの目をまっすぐに見つめる。「今日が初めてだから、いろいろ目にしてびっくりするかもしれない。お母さんはかなりの量のリチウムと、気分安定薬や統合失調症治療薬をパテル先生に処方されてるから。いまは薬の効き具合を見て量を調整しているところ。だからお母さんはちょっと……ふだんとちがって見えるかもしれない。お母さんらしくないみたいに。でも心配しないで、治療のふつうの経過だから」

「ちがって見える? どうして?」びっくりして足元がふらつく。

「投薬への反応は患者さんによってちがっていて、やけに元気が出ておしゃべりになる人もいれば、反応が鈍る人、感情を外に出す人もいる。すべては適応の問題で、だからお母さんはここで治療を受けるのが肝心なの、気分が良くなって、自宅で症状が出ても対応できるようにね」

「し、症状?」パテル先生がなんと言っていたか、思い出そうとする。

メアリー看護師は、気持ちはわかるというように小声で続ける。「まだあまりわかってないけど、治療しはじめはそういうものだから。時間をかけて、治療や長期的な診療を受けてもらううちに、全体像がもっとつかめてより的確な診断ができるようになります。お母さんに会う前に、なにか質問はある?」

もっときいておきたい、でも脳が停止状態で、いいえと首をふる。メアリー看護師がにっこりする。「いいでしょう、じゃあキッチンで待っていて、だれかにお母さんを呼んでもらうから」

メアリー看護師にお礼を言ってキッチンにむかう。**キッチン**とは名ばかりで、物がほとんどない。お茶をいれるやかんも、電子レンジさえない。あるのは冷水機と、戸棚に紙コップと湿気たようなペーパータオルがひと巻きだけだ。

ほかの家族がもう面会していて、部屋のほとんどを占める大きいテーブルのはしに座っている。ノーズリングが中年の女性のとなりに立っているから、その人が患者なんだろう。女性はぶあついめがねに髪はぐしゃぐしゃだ。面会に来ているのは若い男女で、その人の子どもかもしれないけれど、年が合わないようにも思える。女性が勢いよく立ちあがって叫びはじめ、わたしは必死でそっちに気をむけないようにする。「このアバズレ。ばか女。恥さらし。うすのろ。アバズレ」

ノーズリングは動かず、男女は女性に落ち着くよう声をかけている。さいわい、女性は耳を貸したようだ。頭《こうべ》をたれて深く腰かけ、両腕で自分を抱きしめる。若い女性がやわらかい声で話しかける。男性はわたしが入り口で戸惑っているのに気づいて、恥ずかしそうに肩をすくめる。

いたたまれない。立ち聞きしているような気になって、部屋の外で待とうと出かけたところで、メアリー看護師が呼ぶ声がした。

「そっちですチウさん。ここをまっすぐ行って。そうそう」

気まずさが吹きとんで背すじがぴんとなる。早く母さんに会いたい。母さんをハグしたい、抱きしめたい。金魚の一件は大昔のことのように思える、はるか遠い記憶に。とにかくもう一度母さんの娘にもどりたい。母さんの腕の中で丸まって、安心とぬくもりを感じたい。

でも、部屋に入ってきた女の人は、わたしの母親ではなかった。

二十三

部屋に入ってきた女の人は、母さんの顔をしていて、眉間には同じしわが刻みこまれている、母さんをいつも怒った顔に見せる、あのしわだ。しみのある同じ肌、ふっくらした赤い頬は血色がいいのに乾燥していて、おでこのまわりはタオルでやたらとこするせいですこし皮がむけている。髪も母さんと同じショートボブ、まっ黒に白髪がうねうねと交ざってメッシュのように見える。耳も母さんと同じで、小さな耳たぶにピアスの穴はない。

でも、部屋に歩いて入ってきた女の人からは、母さんの熱情がみじんも感じられない。目は虚ろな半開きで、まぶたに動く気がないかのよう。ゆっくり、もたもたと、つっかえながら歩き、ぎくしゃくとした腕はまるで電池切れ寸前のロボットだ。にこりともしなければ顔をしかめもしない、叫ばないし、叱らない。そしてわたしを見ようともしない。不規則に歩いたり止まったりしながら空いている席まで来て、椅子を引きだす。病院のだぶだぶの入院着を着て、小さなからだに重い海獣を背負っているようにも見える。

その人が椅子に座る。わたしはじっと見つめる。むこうも見つめかえしてくるものの、まばたきひとつしない。

「母さん？」狂犬病にかかった犬を相手にするように、慎重に声をかける。その人は目を細めてしばらくわたしを見てから、なにか言おうとするように口を開けるけれど、それ以上はなにもしない。ただこっちを見て、口をぽかんと開けたその顔は、お祭りの水鉄砲ゲームで、大きく開けた口に水を入れられるのを待っているピエロの人形のよう。

横から母さんを抱きしめる。反応はない。気持ちを必死におさえて、簡易キッチンになにか、なんでもいいからなにかないかさがす。結局冷水機のところまで行って、紙コップに水を入れる。

「母さん。ヤムスイ《水を飲んで》」世話をするモードに切りかえよう、朝のお茶を運ぶように、すこしでもふだんの生活にもっていきたい。片ひざをついて母さんの目をのぞきこむ。母さんもこっちを見ているものの、わたしだとわかっているのか、この状況を理解しているのか、表情からは読みとれない。母さんは反射的に手をのばしてコップを受けとる。両手がひどくふるえていて、水をほとんど入院着にこぼしながら、ひび割れた唇にコップを持っていく。

母さんはなにも、ひとことも言わない。わたしは自分の服の袖で母さんの口のはしをぬぐう。

薬だ。薬のせい、それだけだから。落ち着いて淡々と対応しろと自分に言いきかせても、胸のどきどきが大きくなるのをおさえられない。もちろん、薬のせいに決まっている。頭ではわかっている、でも脳以外の部分が信じようとしない。

むこうの家族が面会を終えて立ちあがる。「すみません」いっしょに出ていこうとするノーズリングを引きとめる。「母は、あの、どうなってるんですか?」

ノーズリングは首をふる。「すみません、担当医と話してもらわないと。わたしはなにもわかりません」

「えっと、じゃあパテル先生は、いらっしゃいますか?」

またノーズリングが首をふる。「いいえ、パテル先生は今日は診察があるから、ここには明日まで来ません」そう言って、部屋を出ていく。

母さんとわたしだけが、キッチンに座っている。母さんは話さないし、なにもしない。ワッツアップのメッセージのことをききたい、水槽の魚のことだって。でも目の前のゾンビのような人とは話したくない。わたしの母親と話がしたい。

どうすればいいかわからなくて、水をつぎ足して渡す。時計ばかり見ては、もしかしたら父さんの気が変わって、やっぱり来ようと思うんじゃないかと期待する。店はここからすぐだし、すこしくらいぬけられるよね?

ノーズリングがわたしたちを迎えにもどってきたときには、母さんとほぼ無言のままコップの水をすすって四十分以上が経っていた。

「さあ、ミス・ピン。部屋にもどる時間ですよ」

だしぬけに母さんが顔をあげ、ノーズリングにむかってにっこり笑う。こんなの、あんまりだ――いままでだれも母さんをミス・ピンなんて呼んだことはない。母さんの名前に**似てさえ**いない。他人にまちがった名前で呼ばれたら反応するのに、自分の娘が話しかけても返事をしないの？

もっとばかげたことに、ノーズリングがこう続ける。「笑顔になりましょうね、ミス・ピン」

すると母さんは歯をむきだし、下唇がぐっとさがって歯ぐきまで見える。「とってもいい笑顔よ、ミス・ピン」

ゾンビの仮面をつけたまま、母さんはうれしそうに看護助手のあとを追い、ろくにさよならも言わずに行ってしまう。

わたしは簡易キッチンに残されて、まったくのひとりぼっちで途方に暮れる。

メアリー看護師がわたしの退出のサインをする。「シモーンから聞いたけど、パテル先生と話したいの？」

シモーン。**ノーズリングか**。わたしがうなずくと、メアリー看護師がクリップボードを取りだす。

「ええとね、パテル先生がここにいるのは土曜の朝十時から午後二時まで。面会時間内に来られれば、話す時間をみつくろってあげられるから」

今日がこんなふうで、またがまんしてここにもどって来られる自信はない。

メアリー看護師にはわたしの考えが読めるらしい。「つらいね、わかる」やさしく言う。「家族にとってはつらい。でもお母さんはあなたがいて、恵まれてる。そんな人ばかりじゃないから。何週間も面会がない人もいる」

こんどは罪悪感にさいなまれながら、メアリー看護師にお礼を言って、荷物を取りにロッカーへむかう。

外に出ると駐車場がすこし空いている。ローリーにメッセージを送ろうか、いっそこのまま店に行こうかとも思う。でもいまは、ゆうべのこともあるし、店にはとても入れそうにない。

とにかくひとりになりたい、だから、ゴスフォードの駅にむかおう。


「三番ホームに到着の電車は当駅が終点です。この電車にはご乗車いただけません」

はっと目がさめる。どうやら眠ってしまったらしい。電車にゆられるうちに、疲れきって意識が遠のいていた。何駅か乗りこしてバーウッドまで来てしまっている。

同じ案内が流れ、電子音声が長々としゃべっているのをぼうっと聞きながら電車を降りる。

案内板を見ると、アッシュフィールド行きの次の電車は二十分後だ。

まったくもう。ウールのセーターとスキーウェアが入った母さんのダッフルバッグを持っているから、空いているベンチに座って待つことにする。スマホを出してみると、バッテリーが切れている。なにか読むものはないかとバッグをあさって、メアリー看護師がくれたぶあついパンフレットを二冊取りだす。

『精神疾患　家族の手引き』。一冊目の表紙では、つらそうな顔をしたティーンが入院着姿で床に座りこみ、頭を抱えている。ローリーもこうだったのかな、痛々しくふさぎこんで、両親は心配でずっとそばにいたのかな。今日の母さんの様子とは、ぜんぜんちがう。

捨てようと、ごみ箱をさがして見まわす。

「ワンティウバオドングーゲウンヒスイルー」

しゃがれた声が耳にとまる、なんだか聞き覚えがある。ふりむくと、むこうのベンチにアジア系のおばあさんが座っている。きちんとお団子に結った髪。一瞬考えて気づく。まちがいなくあの人だ、マイケルの学校のそばのバス停でひとりごとを言っていた、あのおばあさん。髪はきれいにセットしてあるのに今日はメイクをしていないから、あのとき思ったよりもずっと歳かさなのが見てとれる。深いしわが刻まれて、目の下の肉がたるんでいる。

「ルクザフォンガムディウハオハオ」おばあさんは首をふると、ごみ箱のほうに歩いていく。においをかいで中をのぞきこむと、手を突っこんでマクドナルドのハンバーガーを取りだす。もう一度においをかいでから、包装紙をはがしてひと口かじる。

ぞっとしながら見ているわたしの目の前で、おばあさんはハンバーガーを食べると包装紙をバッグにしまう。なにか言葉をかけたい、やめるようにと言いたい。でもおしりがベンチにはりついて動けないでいると、こんどはつぶれた紙コップを拾いあげている。中身がたれて青いブラウスにこぼれる。そしてふりむくと、大きなはっきりした声で話しはじめる。

「ソーダは良くない。カフェイン多すぎる。脳に悪い」

おばあさんの姿が目の前で形を変えていく。まだごみ箱に覆いかぶさっていて、顔はしわくちゃでぼんやりしているけれど、見慣れた顔、するどい目つき。わたしの母親の顔だ、その顔がにんまりしている。

叫びそうになるのをぐっとこらえてベンチから立ちあがる。

「母さん！　なにやってるんだ」大あわてなのか、めちゃくちゃな発音の広東語だ。ベージュのブルゾンを着た髪の薄い男性が駆けよっても、おばあさんはまだごみ箱にかがみこんで中をあさっている。「母さん、ごみをいじるなよ。気持ち悪い」

返事はしないものの、おばあさんは男性にうながされてベンチにもどる。男性はズボンのポケットから使い古しのナプキンを出し、急いでおばあさんの手をぬぐいながら、ずっとぶつぶつ言っている。おばあさんの目は虚ろで、こっちを見てはいない。わたしは立ったままそちらに目をやりつつ、あからさまに見つめないよう気をつける。おばあさんは健康についてあれこれとしゃべり続けていて、声ははっきり聞こえるけれど、だれかにむけて言っているわけでもない。

「カンチョイサイカンゴーンヒッアッ」**セロリは血圧をさげる働きがあります**。母さんもそれに凝っていたころがある。例のクルミと同じだ。おばあさんの息子はなにも言わず、ベンチでおばあさんのとなりに座ってうなだれ、目だけをきょろきょろと動かしている。わたしの視線に気づいて、暗い顔でにらんでくる。わたしはあわてて首をすくめると、バッテリーの切れたスマホに夢中なふりをする。それでもふたりを視界には入れておく。

ふたりはとなりあって座り、おばあさんがたまに大きな声を出したり教えをたれたりする以外は静かだ。いつからか、男性は両手で頭を抱えていて、髪のないところをぐるぐるとなでる円がだんだん小さくなっていく。

立ったまま待っていて足が痛くなってきた、でもふたりはベンチから動かない。男性がまだ何度か、いぶかしげにこちらを見る。わたしはスマホをいじって、まっ暗な画面に見入っているふりをする。

ふたりは静かにじっと座っているけれど、そのうちおばあさんが息子のほうをむいて言う。

「ヨンウトカ《行こう》」

男性がうなずいて従い、おばあさんは立ちあがるものの、息子が差しのべる手は取らない。男性が最後にもう一度こっちに目をくれるので、今回はわたしも見ていないふりをやめる。わずかにうなずいてみせると、むこうも返してくる。

「父さん！　おばあちゃん、いたんだね」階段のてっぺんから女の子の声がする。

この声を知っている。**ウェイだ。**

ウェイは階段を駆けおりておばあさんのもとにむかうと、支えになるように片腕を差しだす。ふたりでゆっくりと階段をあがり、ウェイの早口で歯切れのいい広東語が聞こえてくる。男性はうしろからついていく。その様子だけ見ると、どこにでもいる、お出かけ帰りの家族だ。わたしは目をそらせなくて、三人をじっと見つめる。

階段のてっぺんで、ウェイがようやくまわりに目をむけ、こちらの視線に気づく。わたしだとわかって目を見開き、呆然とした顔になる。でもそのままさっとむきを変えて、駅の奥へと消えていく。

電車がホームに入ってきて、ドアが開く。ためらいながら、ウェイがいたところをじっと見つめる。どうしよう、気がとがめて、混乱してしまう。

発車の音がして、電車に乗りこむ。

二十四

アパートの廊下で炭火のバーベキューのようなにおいがして、うちの中で煙探知機が鳴っている。急いで玄関ドアを開けると、立ちこめる煙がつんと鼻にくる。

「リリー！　マイケル！」ひじで口を覆って咳きこむ。

「だいじょうぶだ。ちょっと煙が出ただけだから。このガスオーブンは扱いがむずかしくてな」聞きなれた男性の声だ。煙っているキッチンに足を踏みいれる。

アージェフがオーブンの扉のそばに立って、ふきんをふっている。

「ジェフおじさん、これ！」リリーが父さんの新聞をみつけてきて、せっせとあおいで煙をはらう。「ふう！　ああ、おかえりアンナ」

「アージェフ。ここでなにしてるの？」

「そんなの決まってるだろう」にやっと笑う。「黒焦げピザが好きだといいんだが」

わたしは笑ってお皿を用意する。

アージェフが晩ごはんに一枚ずつピザを焼いてくれる。マイケルには生地を小さいフリスビーのように空に投げてみせる。アージェフがいてくれるのはうれしい、まあ、キッチンが粉だらけで、片づけにかかる時間が倍にはなるけれど。食事がすんで、リリーは勉強しに部屋へもどる。わたしは宿題に集中できないというか、身が入らないから、『精神疾患　家族の手引き』を取りだして読みはじめ、アージェフはマイケルに引き算を教えている。

アージェフはマイケルを寝かしつけるのも手伝ってくれる。「来てくれてありがとう」いっしょにキッチンでお茶をいれながらお礼を言う。

「当然だ。言っただろう、わしのいちばんの仕事はお父さんの面倒をみることだって。これが手助けになるんなら、喜んでやるとも」

「父さんにちょっと言ったんだ、ローリーが彼氏だって」

アージェフが目を丸くしながら湯のみを手渡してくる。「お父さんはなんて?」

わたしは肩をすくめる。「なにも言わなかった。でも怒ってたと思う」

アージェフがうなずく。「昔かたぎの中国人だからな。お堅いんだ。楽しいことには気がまわらない。あくせく働くばっかりで」父さんにそっくりの顔つきをしてみせるから、お茶がむせてしまう。アージェフが笑う。

「父さんがローリーを殺さないといいんだけど」いまさらながら後悔してしまう。「お父さんにすこし時間をやれ。道理をわきまえた男だし、ローリーはいい子だ。お父さんにもそれがわかるさ」

ローリーがアージェフに認められているのがちょっとうれしい。「帰ったほうがいいよ。もう夜中だし。わたしたちはだいじょうぶだから」

アージェフは肩をすくめる。「お父さんを待つよ」

なんだかいらいらしてくる。「今晩は帰ってこないと思う。母さんのあんなことがあったのに、それでもあの店にいるほうを選ぶんだから。たった二十分店をぬけて病院に母さんに会い行くのもむりって」一日じゅうこらえていた涙があふれそうになって、必死で押しもどす。

「大目に見てやろう。お父さんもつらいんだ」

「うまくいってないのに、ぜんぜん認めようとしない。母さんがつらくてベッドにこもったら、父さんは家に帰らなくなって……」これ以上涙をこらえきれない。

アージェフが大きく息をつく。「アンナ、お父さんからいとこのロンロンの話を聞いたことは？」

「ううん、父さんは中国の家族の話をしない、両親は亡くなってて、自分がひとりっ子だってことだけ聞いてる」

「そうだ、お父さんはひとりっ子で、ロンロンは妹みたいな存在だった。子ども時代を、ロンロンは長いことおまえさんのおばあさんの家で過ごしたんだ、ロンロンの母親はすこし……やわらかい言い方をすると、おつむが足りなかったからだ。人前でひとりごとを言ったり歌ったりして、村じゅうのうわさになっていた」

「非難されてたの？」わたしはむっとする。

「ああ、でもそういうものだったんだ。ロンロンは大きくなると工場で働いてる男と出会って、結婚することになった。お父さんは兄として式に出ることになっていて、すごく喜んでた。それが土壇場《どたんば》になって、結婚はとりやめになったんだ。婚約者の家族が母親のことを知ってな」

「そんなのひどい」

「そうだ、でもそういうものだったんだ。男の家族は悪いものが遺伝するのを心配したんだ。ロンロンは打ちひしがれた。自殺しようとしたのをお父さんが止めた、さいわいにな。結局、ロンロンは寺に入って尼になった。母親とのつながりをすべてたち切って、お父さんとも連絡を絶った。母親は施設に入れられて、娘はいまにいたるまで会いに行ってない」

「でもお母さんは悪くないのに。それにとにかく、結婚したいと思ってるのに、なんで家族を受けいれなかったんだろう」

アージェフはため息をつく。「言っただろう、そういうもんだったんだ。**いまも**そういうもんだ。新聞やテレビを見てみろ。アメリカだって、銃乱射事件を精神疾患のせいにするだろう、銃じゃなくて。かんたんじゃないんだ」

「父さんは、頭がおかしくなったらもう治せないって言うんだよ」言葉の響きが無神経で大きらい。**頭がおかしい**なんて。

「それはまちがってない」

「でも薬もセラピーも、助ける方法もあるよ」病院のぶあついパンフレットを目の前でふってみせる。「なんとかする方法はいろいろある。母さんがいつもあんなにつらそうで苦しんで怒ってる必要なんかない。母さんには助けが必要なんだって、父さんが認めてさえくれたら、必要なサポートを受けさせてくれたら、家族みんなにとっていい方向に変わるよ。でも父さんは頑固でわからずやで自分のことばっかり。ラインアウシオンスー《牛を引っぱって木にのぼらせる》」

わたしがわざわざ広東語で怒ったのをアージェフが笑う。「おまえはかしこい子だ、アンナ」アージェフがつくづくと言う。「お父さんにすこし時間をやれ。しばらくのがまんだ」

リリーが背中を丸めてノートパソコンにむかっている。

「学校はどうだった？」

肩をすくめただけで顔をあげない。小論文を書くか問題を解くかしているのかと思ってのぞいてみると、医療情報のウェブサイトを開いている。厚手の紙で大きな表も作っていて、ひとつひとつの欄がきれいな手書きの文字できちょうめんに埋めつくされている。

「なにしてるの？」

妹はリンクをクリックしてパーソナリティ障害のページを開く。「全部リストアップしたんだ、母さんが部屋にこもったときとか、かんしゃくを起こしたときとか。アンナのほうがいっぱい覚えてるかも？　それぞれがどのくらい続いたかわかったよ。だいたいはメールとか宿題とかをもとに思い出さないといけなかったけど、かなり正確だと思う。これきっと使えるよね」

「だれが使うの？」わけもなく、手をのばしてノートパソコンをばしっと閉じてしまいたくなる。

「お医者さんたちだよ。母さんの症状がわからないと対処できないでしょ」妹は画面にむき直る。「わたしのわかる範囲で言うと、母さんの気分の浮き沈みは、たぶん双極性か極度の不安からきてる。経過の記録が役に立つと思う」

それぞれの欄が色分けしてある。母さんがベッドにこもったときは青で、どなり散らした夜は黄色、緑やピンクも見える。

「こっちはなに？」

妹が緑を指さす。「母さんがつきあいをやめた人たち。ファンさんを覚えてる？　友だちだったのに、いきなりつきあいをやめたでしょ」次はピンク。「母さんが話してたこと。しょっちゅう言ってたやつ。おんなじことを何回も何回も、こんなことされた、あんなことされた、ばかにされた、って。何時間でもその話をして、寝かしてくれなかったでしょ」

またおなかが気持ち悪くなってくる。リリーがこんなに覚えているなんて。全部メモして、問題を解くみたいにすっかり書きだしているなんて。目の前に広げられたこんな記録なんか見たくない。わかりきったことが派手に書きたてられている。**おまえの母親はどこかおかしい、これはふつうじゃない、**と。

この表をずたずたに引きさいてしまいたい。

でももしかして、これはいいアイデアなのかもしれない、リリーが言うように、使えるかもしれない。妹は記録に没頭していて、一心不乱に書いては蛍光色の線を引いていく。色のついている欄のほうが多い。こんなに、こんなに、**こんなに**調子の悪い日が多かったなんて。**調子のいい日はないの？**

「アンナ」リリーが小首をかしげる。「オーナーが気どってるからって母さんが行くのをやめたコンビニ、覚えてる？　トーマス・ストリート沿いだっけ、エリザベス・ストリート沿いだっけ？」

妹の話をなんとか考えようとする。母さんは道を変える、いつものやり方をどんどん変えていく、それを追うのはたいへんだ。**でも母さんが行動を変えたからって、色分けする必要なんかあるの？**

母さんのことを考えると、常軌を逸した言動を思いかえすと、罪悪感がこみあげてたまらない。自分のことしか考えない悪い娘のような。中国人の娘として究極の罪を犯しているような。

ンーハオスン。**親孝行じゃない。**

わたしには、リリーの表作りは手伝えない。もう寝よう。

いつもとちがう、小さな振動音で目がさめる。部屋はまっ暗だ。机に置いたわたしのスマホがゆれている。手に取ると、**知らない番号だ。**

「もしもし？」

「アンナ！　アンナ！」電話のむこうの声はかん高くて力が入っている。**母さんだ。**

「母さん？」涙がこぼれる。「やっと声が聞けた。気分が良くなったんだね」

「ああ、アンナ、すごいの。こんなに元気が出たのは初めて」歌うように話しているけれど、どこか調子はずれだ。「アンナ、さっきお芝居をしたでしょ。アンナを知らないふりして、あの人をだましてやった」

「お芝居？」ベッドに座って眠気をさます。「わたしがそっちにいたとき？　お芝居なんて言ってなかったよ」

「あれはいいお芝居だった。ふたりであの人をうまくだましたね」

「だれを？」

「シモーン。娘だってことを、あの人に知られたくなかったから。しーっ。ふたりだけの秘密よ、いい？」

「母さん」腕で目元をぬぐう。**だから今日病院であんなに様子がおかしかったの？**

「なんでそんなことしたの？」

「あの人に秘密を知られたくないから。あの人は政府のスパイだから。休憩中に電話で話してるのを見たの。患者の秘密を政府に話してた。あの人はぜったいもうすぐクビになる」

母さんの声がうわずっている。言っていることがおかしい。**これが母さんに出ている症状？病院は母さんを良くしてくれていないのかも。悪化しているのかも。**泣き声にならないようにと思うと、胸が激しくふるえる。

「ああ、アンナ、泣いてるみたいだけど。泣かないで。しーっ。だいじょうぶ。お母さんはまた気分が良くなったから。心配ないから。もうお母さんは家に帰れますって言ってちょうだい、ね？」

「むりだよ、母さん。良くならなきゃ」

でも母さんは聞いていない。「ああ、アンナ。ここは大きらい。退屈だし、みんなおかしい。泣きやまない女の人がいてね。すごくつらそう。そんなに悲しまないでって言ってあげても、ずっと泣いてる。アンナ、泣かないで、ね？」

「わかったよ、母さん」泣き声をおさえる。

「アンナ、絵を描いてあげるから、ね？　すてきな鳥たちのいるきれいな絵を描いてあげる。そうだ、アンナ、お母さんびっくりしたの。こんなに完璧な絵を描けたのは初めて。明日渡すからね、ね？　それからいっしょにうちに帰れるね。わかった？」

「わかったよ、母さん」むりやり笑えば泣き声にはならないと気づいたものの、涙は止められない。

「アンナ、明日迎えに来て。会いたい、かわいい子。アンナと、リリーにも」

「わかったよ、母さん」もうささやくような声しか出ない。

「あの人がわたしの名前を呼んでる。ひどい看護師。あの人に秘密を話しちゃだめよ、わかった？　アンナが娘だって知られちゃいけないの。友だちだって言いなさい。ううん、お母さんの妹だって言って、わかった？」

それ以上言葉をしぼりだせなくてうなずく、母さんには見えないけれど。

「もう切るね。ここの電話は盗聴されてるから」じゃあねとも言わず、いきなり電話が切れる。泣き声が胸から一気にわきだす。ふとんに顔を押しつけて、わあわあと泣きわめく。

「アンナ？」ベッドがきしんで、細い両腕に包みこまれる。

「リリー」妹をきつく抱きよせて泣きさけび、しまいに肺がひりひりして頬が痛くなる。リリーがわたしをしっかり抱いている。母さんが部屋に来た晩に、わたしがリリーにそうしたように。

「しーっ、だいじょうぶだよ、アンナ」

ふたりで抱きあったまま、眠りに落ちる。

二十五

病院にまた行く気にはなれない。授業中に父さんから電話がかかっていた。店からかけてくるのは初めてだ。あわてたようなメッセージを残している。

ヌイ《娘よ》、どこにいる？　病院から電話があった。お母さんがおまえを呼んでる。

メッセージは削除して、電話も折りかえさない。

それからの二日、わたしはまるでゾンビ。母さんや病院のことを忘れようと、なんとか学校に行って宿題をこなす。ローリーと画像《ミーム》を送りあう。

どうしてる？

だいじょうぶだよ。😊

心配させている。もっとわたしと話したがっている。そうすべきだと思う。母さんのことを話してみるべきだ。でも、そうしたくない。ただふつうのふりをしていたい。いまだけでいいから。

ふつうとはほど遠いけれど。母さんは毎晩電話をかけてくる。マイケルを連れてきてと言ってくる。

「いつお母さんに会いに来てくれるの、アンナ?」

「もう寝なきゃ、母さん。学校があるから」そう言っても自分から電話を切れはしない。

母さんがようやく電話を切ると、リリーがベッドに入ってきて、お姉ちゃんみたいに髪をなでてくれる。

「だいじょうぶ、アンナ。だいじょうぶだから」やさしく寝かしつけるようなリリーの言葉を聞きながら、わたしは深い眠りにつく。

金曜の午後、ケネディ先生の部屋に呼ばれた。

「座ってちょうだい、アンナ」先生のピンクのペーパークリップは消えていて、いまはチェリーレッドのが入っている。わたしは薄まった金魚の血が母さんの手首を流れる場面を考えないようにする。

「今日はどう?」先生は歯を見せずに笑う。

わたしは肩をすくめる。「まあまあ、です」先生と同じように口角だけあげて笑ってみようとしたものの、なにかちがう。

「もう第三学期もずいぶん経ったけれど。この前話しあったことは考えてみた？　課外でもっとなにか始めた？」

「えっと、あまり」ぼそぼそと答えて、目を合わせないようにする。「今学期は、あの……いろいろあって」

「アンナ、もっと努力しないとって話をしたでしょう。あなたはかしこくて、ちゃんとやってる。でも、良くても平均くらいの成績だし、ＨＳＣのことも考えると、これから同級生についていくのがたいへんになってくる……」

わたしの中で、なにかがぷつんと切れる。「わたしは平均でいいです。ちゃんとやってると思ってもらえるように、自分で適当にチェックをつけたっていいです」

ケネディ先生は面食らって、傷ついたようにも見えて、かんしゃくを起こして悪かったと、ちょっと思う――ほんのちょっとだけ。

「いいでしょう」先生は座ったまま背すじをのばしてフォルダーを重ねはじめる。「まあ、いいですよ……結局は**あなた**の将来なんだから」わたしと目を合わせようとはしない。先生のマニキュアを塗ったつめがデスクに当たって音をたてる。「わたしがここにいるのは**あなたを**助けるためだから。アンナ、優先順位をよく考えて。それに、自分を気にかけてくれる人にはもうすこし敬意をはらうこと」

両手を握りしめる。怒って部屋を出てもいいところなのに、わたしは目上を敬えといって育てられた子だ。「ごめんなさい、ケネディ先生。今週は……すごくつらいことがあって。カッとなってしまいました」なんとか笑顔を作る。

先生がようやく顔をあげる。「あのね、アンナ、自制心を身につけるのもだいじなことよ。かんしゃくを起こすのは良くない」

言われなくたってわかってる。「わかってます」歯を食いしばって言う。

先生は作り笑いをする。「それをあなたの自己啓発のリストに載せましょう」先生はおまじないでもかけるように、わたしのファイルを三回たたく。「それについてよく考えてから、年末に次の面談をしましょうか」

「もちろんです」言いながら、いやみっぽく**はい先生**と、レディ風のおじぎでもしてやりたい衝動をおさえる。もはや息がつまるだけの部屋からあわてて飛びだしたら、ほかの生徒にぶつかった。

「気をつけてよ!」顔をあげて、押したおしそうになった相手を見る。

ウェイだ。バーウッド駅でのあの一件以来だ。

そのおびえたような、うしろめたそうにも見える表情は、募金箱からお金をくすねたのを見られたとでもいうふうだ。ウェイはわたしを押しのけて行こうとする。

「待って、ウェイ」腕をつかむ。「あの人はおばあちゃんなの？」

「だったらなんなの？」両目が針のように細くなる。

「えっと……その話をしたいかなって思って」つばを飲みこむ。「わたし……お父さんを見てたから。それで……たいへんだろうなって」

返事をしたそうに見えたところで、別の声に呼ばれる。

「ウェイ、なにやってんの？」コニーが近づいてくる、ハイライトの入った髪がふわりとベールのようにゆれている。「なんでこの子と話してんの？」

「あんたに関係ないでしょ、コニー」ウェイの腕を放しながら言う。助け舟を期待してウェイを見たけれど、首をふっている。

「うわあ、アンナ。イカれてるのはお母さんと同じだね」コニーがにやつく。

頭の中に恐怖がじわじわと広がる。「どういう意味？」

コニーが肩をすくめる。「パパから店での〝事件〟のことを聞いたから」〝事件〟と指で引用符をつけるジェスチャーをされて、叫びたくなる。「だって、ほら、クルミでしょ、うちのパーティでしょ。みんなあんたのお母さんは入院したほうがいいって知ってるよ」

そしてコニーはウェイの腕をつかみ、ふたりで大またで去っていく。ウェイがふり返っているように思うけれど、涙で目がぼやけてよくわからない。

ここから出ないと。最後の授業の始まりを告げるベルが鳴る。でも、コニーもウェイもいっしょの教室になんていられない。
スマホに手をのばす。

いまなにしてる？　ここから逃げだしたい。

はてしなく待って、やっとローリーの返事が来る。

これから仕事だよ、もちろん。

具合悪いって電話して。お願い!!

なにかふつうのことがしたい。

長い間があく。

きみのお父さんに殺されるよ。

そうかもしれない、でもいまは気にしていられない。

ホーンズビー駅で待ってるね。

駅でたっぷり三十分は待っているのに、ローリーはまだ来ない。そろそろ下校時間で、濃い緑、青、えび茶、茶、グレイと、制服の集団が通っていく。はっきりした波があって、決して交ざりあわない、茶色のスカートがえび茶のブレザーの一団に交ざることはぜったいにない。わたしはといえば、連れのいない紺のスカートの子がスマホをじっと見つめている、といったところだ。

どこにいるの??

ローリーからの返事がない、引きとめられているのか、それともずるで病気休暇を取るのを父さんが許さないのか。考えてみれば、ローリーのメンタルヘルスデーをのぞくと、父さんが店を持って以来、だれからも病欠の連絡があった記憶はない。忠誠心と厳しい労働観、それが父さんの店のような中華料理店がやっていける唯一の方法だ。

ようやく、アウディのうるさいエンジン音が近づいてくる。ローリーは屋根をたたんでサングラスをかけている。横からかっこよく飛びのってシートに着地したいところだけれど、失敗するに決まっているから、ふつうにドアを開ける。

「なんでこんなにかかったの?」うれしいのに、ついいやな言い方をしてしまう。

「ごめん、物資を調達してた」ローリーはサングラスを頭の上にあげて、屋根を閉じながら駅をはなれる。

「物資?」

「見ればわかる」空いている駐車場に乗りいれて、後部座席に手をのばす。ウインクしながら、大きなレジ袋を渡してくる。「アンナの緊急ふつうセット」

なにを言っているんだろうと、袋をのぞきこむ。そして噴きだす。

「『ふつう』って、こういう意味だと思ったの?」袋から蛍光色のマニキュアと、女性誌とゴシップ誌を取りだす。「わたしはなに、専業主婦なの?」

ローリーは肩をすくめる。「テイラー・スウィフトのアルバムも忘れないで。ああ、それからこれ」カップホルダーから大きなスターバックスのカップを持ちあげる。黒のマーカーで書いてある名前は**アン**。「これはきみの」

「ありがと」なんだか笑えて、気分もおさまってくる。「あのね、ケネディ先生ならきっと、わたしがまさに自己啓発の道を進んでるって思うよ」二度目の進路相談について話して聞かせる。

「ひどいな。ぼくのガイダンスカウンセラーもそんなふうだった。とにかく積極性、集中、信頼、達成しか言わなかったよ。ぼくの考え方とむき合い方次第だ、みたいに。ぼくが『ものの見方をあらためさえすれば最低な状況から抜けだせる』って」ローリーの顔がくもる。

「先生に母さんのことを話したほうがいいかなとも思ったんだ。そしたらそっとしといてもらえるかなって。でも、いろいろ質問されるだけだよね」

「**だれか**に話すべきだよ。ぼくじゃなくても、学校のだれかとか」

コニーとウェイのことが頭をよぎり、わたしはぶんぶんと首をふる。

「まじめに言ってるんだ、アンナ。こういうことは外に出すのがいいんだ。自分の中にしまいこんではおけないよ」

意固地な気持ちがやわらぐ。ローリーが力になろうとしてくれている。信じたい、ローリーは信じられる。でも、心の中にある恐れや不安や悲しみ、母さんがまだ病院にいるつらさ、父さんがいまも家に帰らないつらさ、リリーのこと、リリーが作っている母さんの気分を記した大きな集計表、自分はしるしをさがすのにやっきになって、全部うまくいくというしるしならなんでもいいと思っていること、そんなあれこれの心配ごとを、口を開いて吐きだそうとしても、言葉がどこかでつまって出てきてくれない。そして考えこんでしまう。

「わたし……どう話せばいいのかほんとにわからない。言葉がみつからなくて」

ローリーは唇をかんで、指でハンドルをたたいている。そしてふいに笑顔になる。「いい考えがある」

高速を降りて細い通りに入る。クーリンガイ・チェイス国立公園のあたりだと思う。険しい道は風が強く、道の両わきにはずっと木が生えている。

丸太や切り株の車止めで道が終わる。そのむこうには白い建物がいくつか、そっくり同じものがばらばらと建っている。

ローリーはつやつやした黒いハンドブレーキを引いて、運転席のドアを開ける。

「どこに行くの？」

建物のほうを指さすので、わたしはためらう。

「行こう」ローリーがドアをばたんと閉め、ふたりで車止めの奥にむかう。心臓がしめあげられて、のど元まで来ている気がする。ローリーがわたしの手を引く。

からだを横にして、建物のあいだのせまい空間をなんとか抜ける。ぞくっとして両腕を抱える。ここはすこし気温が低い、コンクリートの壁にほとんど陽が当たらないからだろう。ざらざらした灰色の壁面につる性の植物がからみ、小さな葉や緑の巻きひげが肌をくすぐるのを、脚にも、顔のあたりにまでも感じる。こんな小さなすきまで、人からほとんど忘れさられた場所で、ちゃんと命が育っているんだと驚いてしまう。

通りぬけると、こんどは古びた木の柵が見える。ローリーは前をむき、のび放題の草を踏みつけながら、なんの迷いもなく進んでいく。たばこの吸い殻がそこらじゅうに捨てられ、割れた瓶がきらりと光る。

「ここを抜けるんだ」ローリーは手のひらを曲げ、柵の薄い横板の下に入れて柵を横にずらすと、上端を曲がったさび釘に引っかけてとめる。開いたすきまをぬけ出ようとしたところで、木のささくれに靴紐が引っかかる。

抜けた先には、舗装されていない道が二本あって、一方は幅の広い人に踏みかためられた道で左に曲がり、右に曲がっているほうは、雑草を踏みたおしてできた細いすじが人の歩ける道らしいとわかる程度だ。わたしが反射的に左に曲がると、ローリーが手をつかんでくる。

「こっち」そう言って雑草の道を進んでいく。ローリーが手を放さないから、わたしは頬がゆるむ。

森で道がふたてに分かれていた、そしてわたしは――

「あまり人の通っていないほうを選んだ」わたしの頭に浮かんでいただけのロバート・フロストの詩の続きを、ローリーが暗唱する。そしてふりむいてにっこりする。迷いのない足取りで、木のあいだをどんどん奥へと誘う。ここに来たことがあるんだろう。

そうして、ふたりで急峻《きゅうしゅん》な傾斜の土手の上に着く。そこからさらに、吹きさらしの道を連れられていく。土手のはしをしばらく歩いていくと、開けた場所に出る。人の手の入っていない自然だけが目の前に広がっていて、わたしは思いきり深呼吸する。きれいですがすがしい空気に肺が刺激される。この瞬間、わたしたちはどこでもないどこにでもある場所にいる。

「これ、これってすごい」わたしはゆっくりとまわって、景色にみとれる。

ローリーは古い木のそばにいる。オークの一種かなにかで、ごつごつとゆがんでいる。ローリーが幹のまんなかにあるうろを指す。

「ウォン・カーウァイを知ってる？」

わたしはうなずいて近づく。ウォン・カーウァイは香港の有名映画監督のひとりで、海外でも成功している。

「こんな映画があるんだ、ホテルの部屋の……」

『２０４６』」わたしが答える。その映画は良かった、といっても英語の字幕を読まなくてもわかったからにすぎない。広東語でなんとか理解して、それなりにいろいろ考えた映画だ。

ローリーが笑う。「それ。映画の中で、主人公はだれにも言えない秘密を抱えていて……」

「秘密は木に穴を掘ってささやけば守られる」わたしがしめくくる。鼓動が速くなって、手に汗がにじむ。ローリーがわたしの手を握る。

「そう」からめた指に視線を落とす。「退院してから、セラピストとの面談を始めて、最初は殻に閉じこもってた。わからなかったんだ……どう話せばいいのか。それからあの映画を思い出した。それで、車で走りまわって完璧な場所をさがした」

手を放されてさびしいと思ったところで、ローリーがわたしの腰に腕をまわして木にむき合わせる。「もしかしたらきみも、ここで言葉をみつけられるんじゃないかと思って」

幹に近寄らせて、わたしの手を上にもっていく。からだが前のめりになる。木のうろはクリケットのボールくらいの大きさだ。あまり深いようには見えない。これでどれだけの秘密を封じこめられるんだろう。それでもこのうろは心地よさそうで、丸みのあるふちは何度もさわられてなめらかだ。たくさんのさまよい人が、このふちをつかみながら疲れはてた思いをささやく場面が目に浮かぶ。

足を踏みだして、顔をうろに近づける。あったかくて、年月を重ねたにおいがする。耳を当てても、木はその目的に忠実だ。ローリーの秘密はちゃんと守られている。なんだかばかばかしい気もして、ふり返る。「木に話せっていうの?」

でもその表情が、大まじめだと言っている。「やってみて。時間はいくらかけてもいい。車で待ってるから」そう言うと、ローリーは来た道をもどっていく。

わたしはうろにむき直る。**こんなのばかげてる。**ウェイかコニーにこんなところを見られたら、頭がおかしくなったと思われるにちがいない。

でもローリーはこれが役に立つと思っている。それに、このすり減ったふちにはなぜかひかれずにいられない。指を組んで作った浅いカップのようにも見える。

だめでもともとだ。

つま先立ちになって、自分の声をさがす。

低木地から出ると、葉っぱや砂利が足の下で小気味よく音をたてる。

車のエンジンをかけたまま、ローリーは目を閉じて、聞こえないけれどなにかの曲に合わせて歌っている。読唇術はできない、でもぜったいアレサ・フランクリンだ。ローリーが生き生きとして、髪をふりみだし、首の力を抜いて肩をゆらし、音楽の世界にひたっている。あったかい気持ちと愛情の青虫に、からだを前へ前へと押される。

ローリーがわたしに気づいてオーディオのつまみに手をのばす。ドアを開けたところで音楽が止まる。「どうだった?」

「うーん」慎重に言葉を選ぶ。「あんまりしっくりこないかも」秘密を口にしたりはできなかった。でもローリーがいろいろ見せてくれたのに、感謝していないとは思われたくない。

わかったというようにうなずく。「なるほど、だれでも木に話せばいいわけじゃなさそうだ」しばらく考えこんでいる。「じゃあ日記はどうかな?」と提案してくる。

「ああ」ちょっと考えてみる。小さいころは日記をつけていた、明るい紫色のハート柄にちっちゃな鍵のついた日記帳だった。やめたのは、リリーが五歳でこっそり鍵を開けられるようになったからだ。でもあらためて考えると、自分の考えや心配ごと、恐怖心を記すノートだった。

「やってみようかな。木よりもうまくいく気がする」

「なんだったら、その気になったときに、シンディと面談の予約も取れるよ。シンディはとにかくサイコーで話しやすいから」

わたしはためらう。「どうしよう。だって、もっと大きな問題を抱えた患者さんがいるだろうし……」

ローリーがむっとする。「それが問題なんだよ。みんなセラピーはどうしようもなくなったときのものだと思ってるけど、ほんとうは、みんなだれかに話せばいいんだ。木にだって」

いままで専門家に相談しようなんて考えたこともなかった。学校では、ガイダンスカウンセラーと話せとすすめられるけれど、ケネディ先生にこれ以上面談の予約を入れるなんてありえない。

「気分よく話せる相手をみつけるんだ」わたしの心を読んだようにローリーが言う。「だから、シンディが合わなかったら、ほかのセラピストをさがせばいい。自分に合う人をみつけるって話だよ」

「うーん。それじゃあ……セラピストにローリーのことを話したくなったら？」ふざけて言ってみる。

ローリーは動じない。「平気だよ。そこはプロだからわきまえてくれる。でも忠告しておくけど、シンディはぼくがサイコーだって、もう知ってるからね」

わたしは笑って肩をパンチする。閉じていたカーテンが開いたときのような気分だ。空気が軽くなって、木に話すなんてばかげていると思えても、**たしかに**気分が良くなると認めざるを得ない。

「ありがとう。いろいろと」

ローリーはにっと笑うと、またラジオをつける。

「『ナチュラル・ウーマン』?」

笑ってウインクする。「当たり」

それから身を乗りだしてわたしにキスをする。胸の奥からなにかに引っぱられる。ローリーを引きよせて、えりあしの後れ毛を、のど元を感じ、口の中を味わう。両脚と腰が動いて自分の座席から彼のひざに移る。彼の両手がわたしの制服の上を動いていく、わたしの背中をほとんど覆ってしまうくらい大きな手。頭がくらくらしてきて、息がしたくてとうとうからだをうしろに引く。傾いためがね越しに見える姿はすこしゆがんでいる、でもそんなのはどうでもいい。

「これがふつうっていうのはどう?」彼がささやく。

わたしはキスで答える。

「母さんが心配」ふたりで車のボンネットに寝転んで、空がピンク色に染まるのを眺める。存分にいちゃいちゃしたから、話すのが楽に感じる。頭から血の気がすっかり引いているのかも。

ローリーがわたしのわき腹をそっとつつく。「ちゃんと聞かせて」

「病院は母さんをぜんぜん良くしてくれてないんじゃないかって心配で。母さんは毎晩電話してきて、話すこともめちゃめちゃだし」

「病院はくそったれだ」あからさまな言い方に、ぎょっとしてそっちをむく。ローリーはじっと雲を見あげている。この角度からだと、瞳は金色の半月、なめらかでかたい大理石のようだ。「病院はくそったれだ」もう一度言う。「でも仕事はちゃんとする」すこししてまた言葉を続ける。「最後にお母さんに会ったのはいつ？」

「送ってくれた日。あそこで母さんに会うの、すごくいやだった。あんな母さん、もう見たくない」

「もう一回行ってみてもいいんじゃないかな」

わたしはまた空を見る。雲はふわふわと紫やラベンダー色に染まっている。金魚が見えた気がして、これはしるしだと考えている自分がいる。

「母さんがどうなってたのか、わかってればよかったと思うだけ。治してあげられるように」

ローリーがこっちをむく。眉根を寄せて、なめらかな大理石がたそがれの薄明かりにきらめいている。「じゃあぼくも治す必要があるって思うわけ？」

手をのばしてあごを下からさわると、ひげがちくちくする。「ううん、そういう意味じゃない」ローリーがにっこりして、信じてくれたとわかる。「どうすればいいかわからないだけ。どうふるまえばいいのか。わたしの知ってる母さんじゃない」

「お母さんはお母さんだよ。きっときみに会いたがってるよ」

わたしからもう一度キスをする。おしゃべりはしばらくおあずけだ。

二十六

ここにいたくない。廊下は消毒薬と香水が混ざったようなにおいで吐き気がする。呼吸が浅くみだれて、意味もなくうろうろしたり両手を握りあわせたりしてしまう。

もう一度病院に面会に来た、こんどはマイケルとリリーもいっしょだ。母さんが入院して、もう一週間以上。あれから母さんは、毎晩電話をかけてきては、わたしたちに来てほしいと言いつづけた。声が明るくてただおしゃべりしたいだけの日もあれば、とげとげしく怒った声で、シモーンや入院患者やスタッフの悪口を言う日もあった。電話を取るたび、わたしは時計を確認した。偶数分にかかってくるときは、いつもの母さんで愛情に満ちておしゃべり好き、奇数分なら気が立っている。そう意味を持たせてもぜんぜん当たらなかったけれど、わたしを導いてくれるしるしが必要だった。

マイケルやリリーには、薬漬けで家族もわからなくなっている母さんを見せたくなかった。

どうすべきか父さんに相談した。父さんはまだ店で寝泊まりしていた。そして、好きにしたらいいと言われた。

いつまでも先のばしにはできなかった。今朝アージェフが家を出たあと、母さんの部屋のドアのそばの影は幸せそうな子どもたちに見えた。ぽっちゃりして元気いっぱいだった。避けられないことを先のばしにする意味もなかった。

「今日母さんに会いに行ってみる?」明るい声できいた。

リリーはためらっていたけれど、マイケルは大喜びだった。母さんをものすごく恋しがっていたし、マイケルのおさない心は水槽の一件の衝撃を忘れさっていた。

そうしていまここにいる。病棟の入り口の前でうろうろしながら、時計の針が進むのを待っている。ベロアのおばさんを目でさがしてみるけれど、どこにも見当たらない。

「アンナ、だいじょうぶ?」マイケルがきいてくる。

「平気」口調がきつくなって、マイケルがびくっとする。しまった、弟にはできるだけ大声をあげないようにしてきたのに。

「ごめん」あわてて抱きしめる。「怒ってるんじゃないよ」

「いいよ。ママのことがしんぱいなんでしょ」弟はなんとも冷静で純粋だ。もう六歳になったとはいっても、年齢以上にしっかりしてかしこいと感じるのは、身内のひいき目だろうか。しゃがんでぎゅっと抱きしめる。

「そうなんだ」

両開きのドアが開いてシモーンが出てくる。すぐにわたしに気づく。「また来たんですね。どうかなと思ってました」いやみなのか同情なのかわからない。

「えっと、はい、また来ました。妹と弟です」リリーとマイケルが恥ずかしそうに手をふる。シモーンがいるとつい身構えてしまう。でも母さんのために、なんとかにっこりと愛想よくする。

「パテル先生が話したいそうですよ」すっかり忘れていた、母さんの担当医と話したいと頼んであったんだ。質問のリストをまとめるとか、準備してくるべきだったのに。でももう遅い。

「これ持ってきたよ」リリーがとなりでそっと言って、きっちり巻いた紙を取りだす。あの色分け表だ。頬がゆるむ、妹がどこまでも勉強オタクなのが、うれしくてかわいくてたまらない。

みんなで荷物をロッカーに入れる、またもや鍵は持っていない。メアリー看護師に呼ばれる。「アンナ」わたしを覚えている。「お母さんから聞いてたとおりのお子さんたちね。リリーとマイケルでしょう」やさしい目で見られてきまりが悪い。母さんはあの状態でいったいなにを話しているんだろう。「お母さんはもうキッチンで待ってるから。すごく喜んでもらえるはず」

中国人としての罪悪感が重くのしかかる。母さんがずっと待っていたのに、ぜんぜん会いに来てあげなかったなんて。**なんてひどい娘**。

メアリー看護師が方向を示す。水に飛びこんでおなかを打ったような気分になる。

母さんがテーブルの前に座って、顔をドアにむけている。体重が増えたようだ。頬がふっくらと丸みを帯びている。わたしたちに気づいて、勢いよく立ちあがる。

「レイレイ《こっちにおいで》」

マイケルが入り口で立ちどまる。ぽかんと母さんを見て、どうしていいかわからなくなっている。母さんが弟を手まねきする。

「ボウボウ《かわいい子》、お母さんのところにおいで。まあ、ずいぶん大きくなって」目に涙が浮かんでいる。

そして、三人がいっせいに駆けだして、母さんに抱きつく。

母さんが泣いている。マイケルも泣いている。わたしも泣いている。リリーは鼻をすすっている。みんなで抱きあって涙をこぼし、からだをなであう。母さんが、また母さんに見えている。母さんだと感じられるし、母さんの話し方だ。電話のときのようなよそよそしい声じゃないし、ピンさんと呼ばれてはいと答えるようなゾンビでもない。この人は母さんだ。

母さんがもどってきた。

ひとしきり抱きしめあってから、テーブルを囲んで座る。母さんが手を放してくれなくて、みんなでテーブルのまんなかで重ねる。まだ涙は乾いていないけれど、母さんの顔が輝いている。

「とってもいい気持ちで幸せ。すごく、すごく幸せ」母さんが言う。わたしもうなずく。みんなひどい顔で涙を流しっぱなしなのは、ぬぐうのに手を放したくないからだ。

「マイケル、背がのびたんじゃない。学校でまだアートをやってる?」弟はうなずいて母さんにくっつく。「とっても誇らしい。お母さんもここでアートをやってるの」ポケットから折りたたんだ紙を取りだして、テーブルの上にていねいに広げる。

「ほら、みんなのために描いたの。きれいでしょう?」緑と金で大きくぐるぐると描いた上を、赤いすじが何本か横断している。母さんはにこにこして指さす。「すごくきれい、でしょう?」と英語で言う。そして両手を大きな翼のようにはためかせる。

初めて面会した日に電話で話していた絵だ。鳥たち。といっても描かれているのは曲がりくねった線と大きなチェックマークで、目を細めれば翼に見えるかもしれない。わたしが鳥と呼ぶものとは、似ても似つかない。

でも、母さんがすごくうれしそうで誇らしげだから、ただ「きれいだね」とだけ言う。リリーが変な顔をしてくる。

母さんは幼稚園児がほめられたようににっこりして、紙をそっとポケットにしまう。「アートプログラムに参加してほしい、りっぱなアーティストになってね」マイケルに言う。「アートは人を幸せにする。アートはいいもの。幸せな人生はいいもの」

「もうおそいよ」マイケルはそう言うけれど、あまり怒っている感じではない。

「来年ね。お母さんが先生に来年は参加できますって言うから、いい? 参加してほしいの」首に抱きついたマイケルを、母さんがひざに引っぱりあげる。

「リリー、お母さんのきれいな、かしこい娘」リリーに手をのばす。「頭が良くていつも勉強をがんばってる。とってもきれいでりこうなおとなになって、いい仕事について旦那さんに愛される、リリーはほんとうに特別なんだから」

リリーはなにも言わないけれど、その表情は驚きを隠しきれていない。母親がこんなことを言うと思ったことも、そんな言葉を聞いたこともなかったはずだから。情報を処理しようと頭をめぐらせているのが見てとれる。そのうちにこっとして母さんを抱きしめたから、わたしも心からの笑顔になる。

母さんは笑って、下の娘の背中をなでてわたしにむき直る。

「アンナ、わたしのかわいいアンナ。とってもいいお姉ちゃん。とってもいい娘。あの男の子はどうしてる？　やさしい？」

うそでしょ、父さんがなにか言ったの？　やっぱりローリーが彼氏だなんて、言うんじゃなかった。「うん、まあね」顔が熱くなってくる。

「あの子はいい子。お母さんにもわかる。とってもやさしい。やさしい心を持ってる。アンナを幸せにしてくれる。とっても幸せそうね、アンナ。それが愛だから。愛はいいもの。愛と幸せ」そう言って母さんは、親指でまだわたしの頬に流れている涙をぬぐう。

びっくりだ。言葉がみつからない。リリーも同じように思ったらしく、口がぽかんと開いている。母さんはわたしに彼氏がいると知っている、そして……**認めてくれるの？**　母さんの手を取って自分の顔に当てる。

「歌をうたってあげたいの。いい歌があるから。お母さんをとっても幸せにしてくれる。だからいつも歌ってる」

「うたって、ママ」マイケルがねだる。「ママのこえ、すき」

母さんはにっこり笑う。「いいよ、いっしょに歌う？」わたしたちを見て深く息を吸い、声をふるわせて標準中国語で歌いだす。

「シーシャンジーヨウママハオ
ヨウマディハイズーシャングァイバオ
トウージンママデファイバオ
シーンフーシャンブーリャオ」
　ママは世界でいちばん
　ママがいる子はたからものとおなじ
　ママの胸にいだかれて
　ずっと幸せをあじわえる

童謡だ。母さんがこの歌をうたったことはない、わたしにも、リリーにも、マイケルにも。

テレビで聞いたような気がする、ユーチューブかラジオかもしれない。母さんが歌っている、大きな声で、生き生きと、目に涙をため、三人の子どもたちのほうをむいて。

歌詞はごくかんたんで、わたしのひどい標準中国語でも歌える。何小節か聞いてから、すごくすごく小さな声で、わたしも歌いだす。マイケルはハミングだ、歌詞はわからなくてもメロディはつかめている。リリーはだまってじっと見ている。目の前に現れたしるしを見定めているか、考えながら分析しているかだろう。

わたしにはそのしるしは読みとれない。母さんがこの歌を選んだことに戸惑っている。わたしたちを信じられないの、それともほかになにかあるの?

とにかく母さんは歌っている、大きな声ではっきりと力強く。この人は母さんだ。燃えるような思いが、情熱が、ときに激しすぎる愛がある。母さんとマイケルといっしょに歌いつづけ、最後の小節にかかって声が消えていくところで、リリーもついに入ってくる。

「シーンフーナーリーザオ?」

幸せはどこにあるの?

うしろでゆっくりした拍手の音がして、みんなでふり返る。父さんが入り口に立って、涙をぬぐっている。

二十七

「父さん、来たんだ」

テーブルに近づく父さんは聞いていない。その目は母さんしか見ていない。たがいを愛おしそうに見つめあう様子はまるで恋愛中のカップルだ。ふたりの過去が見えた気がする。ずっと若いころ、シドニーに来る前は、店を開く前は、まだ子どもたちがだれも写真にうつっていないころは、どんなふうだったのかが。

「ロウポー《妻よ》、今日はどうだ？」父さんはテーブルを見渡す。「うちのかわいい子どもたちが会いに来たんだな」

「ホイサムサーイレ《すっごく幸せ》！ 今日はジャンパー着てないのね、寒いんじゃない？」

今日はジャンパーを持ってこなかった。つまり父さんは、いままでにも来ている。びっくりだ。あの最初の日、わたしに母さんの荷物を持ってこさせて以来、父さんは寄りついていないと思っていた。でも家にも帰らず、代わりにアージェフをよこしていた。つまりそれは、父さんがずっと母さんの世話をしていたからだったの？

　父さんも椅子に座って手をのばし、風車のように重なったみんなの手の上に置いて、心から笑っている。「みんなが来てくれてほんとうにうれしい。お父さんの美しい家族がそろった。今日は幸せな日だ」

　罪悪感にさいなまれる。避けていたのはわたしのほうだ。**ずっと悪い娘だった。**

「すぐもどるね」わたしはテーブルからはなれて廊下に出る。壁におでこを当てて、でこぼこや塗料の質感を肌に感じながら、その冷たさにひたる。キッチンでどっと笑い声があがる。母さんと父さんの声がきれいに調和する。若々しくて幸せそうな声だ。

「アンナ」リリーの声に驚いて、われに返る。妹は眉間にきついしわを寄せて、丸めた紙を握っている。「忘れないで。お医者さんと話さないと」

「そうだね」わたしは頭をかく。「パテル先生と」

「はい？」受付のカウンターで答える声がして、ふたりで急いでむかう。クリップボードの用紙に目を通していたパテル先生は、すこししてやっと顔をあげる。

「ああ、アンナ、よね？　メアリー看護師から、わたしと話したいって」言いながら、となりに立っているリリーに気づく。「こちらは妹さんね」

「はい」リリーはおとなのように握手を求める。「リリー・チウです。お会いできてうれしいです」

パテル先生はやさしくほほえむけれど、そのまなざしは冷静だ。「次の予約まですこし時間があるから。わたしの部屋に行きましょうか」

パテル先生の部屋には、フォルダーや書類がきちんと整理されたデスクが三つ置かれている。部屋のまんなかには卵形のおなじ椅子が二脚あって、それぞれにミントグリーンのクッションがのっている。壁の大きなホワイトボードで見るかぎり、パテル先生はこの部屋をフィッツジェラルド先生、アデレイド先生と三人で共有しているらしい。

「座って」先生が卵のひとつを手ぶりで示して、リリーとわたしはたわんだ座席の両はしに、からだをずらしあって腰かける。治療のときに母さんもここに座るんだろうか、それとも全部母さんの部屋ですませるのかな、わたしが入室を許されていない部屋で。

「それで、今日はどんな用件かしら、お嬢さんたち」パテル先生は完全に仕事モードで、わたしはジーンズとTシャツを整えたい気持ちをおさえる。奨学金か職業紹介の面接を受けている気分だ、といってもまだそういう場の経験はないけれど。**ローリーもセラピストのシンディとこんなふうなのかな？** 先生はわたしたちの返事を待たない。「メアリー看護師によれば、ふたりはお母さんの治療法に質問があるの？」

「えっと……」口ごもって、リリーにわきをこづかれる。「わたし、あ、わたしたちは、なにがどうなってるのか、もっと知りたいんです。母はどんな状態なんですか？　良くなっていますか？」

　パテル先生は手早くメモを取る。「なるほど」

　先生は母さんの治療計画の説明をしはじめ、薬の名前、投与期間と量をすらすらと並べたていく。聞きとれた単語もいくつかはある。でも早口でどんどん話すからついていけなくて、一部しかわからない。リチウム。睡眠補助薬。気分安定剤。頭がぐるぐる混乱する。

　リリーの眉間の深いしわは集中の証、でも顔全体で言えばしかめっつらだ。

　パンフレットで読んだ記憶をたどる。「えっと。でもリチウムは、それはつまり、抑うつのため、ですよね？」

「うつ病だけじゃなくて、あらゆる可能性を考慮していく必要があると思うんです」リリーが口をはさむ。表を開いてページのいたるところにある蛍光マーカーを示す。「見てください、母の気分は始終あがったりさがったりしています。これは双極性かもしれません。解離性同一性障害も多少あるのかも」

「なるほど」パテル先生は表を目で追い、リリーの作品を細かく読んでいる。妹にうっすら笑ってみせる。「ずいぶん手間がかかったでしょう？」

「その表は三年ぶんの記録です。空欄は思い出せなかったところです。気分の上下。うれしい。つらい。ヨーヨーみたいです。そうじゃないですか？」

またいやな感じに胸が痛くなる。リリーは母さんの気分について、あまりに無神経に淡々と語って、まばたきひとつしない。ふたりで母さんを裏切っているような気になる。**議論するはずじゃないことまで話している。**

でもパテル先生は感心しているようだ。リリーの表を手に取ってじっくり見ている。「これはとても良くできています、リリー。お母さんの治療計画にすごく参考になりそう」

完璧な生徒として、リリーの顔が誇らしげに輝く。

パテル先生の話は終わっていない。「お母さんには精神性の妄想があって、現実と非現実を見分けるのがむずかしくなっています。その最善の治療法をみつけるには時間がかかるの」

そういえばローリーの治療の経過を聞いたことがある。「いまはなにが起きてるんですか?」

「現段階では脳内物質のバランスを取りもどして、精神疾患の症状を緩和させるのを主眼にしています。そのプログラムの一環で、グループセラピーやソーシャルアートに参加してもらっていてね」

「え、でも、母さんはグループセラピーはできません」リリーがぎょっとしている。「知らない人と英語で話すのがきらいなんです。母にはむりです」

母さんが思ったことをひどい英語で口にして、みんなに笑われるところを想像してみる。リリーに同意せざるを得ない。**こんなやり方で母さんが良くなるわけがないでしょ?**

パテル先生は椅子の背にもたれ、母さんのフォルダーをひざに置く。「お嬢さんたち、お母さんが心配よね。でもこちらでしっかり治療するって約束するから。わたしたちを信じて。お母さんは、よくやっています」

「よく？　どんなふうによくやってるんですか？」リリーが爆発する。「母さんはへんな歌をうたってます、それに夜中のとんでもない時間にアンナに電話してるって知ってましたか？　そんなのふつうじゃありません」赤くほてった頬を涙がとめどなく流れる。「医者なんでしょ！　どうして母さんを**助ける**ためになにもしてくれないの？」

「リリー……」言いながらひざに置いたわたしの手を、リリーはふりはらう。勢いよく立ちあがると、わたしに言葉をはさむすきも与えず、パテル先生の手から表をひったくって半分に引きさく。そして床に投げつけ、猛然と出口にむかい、通りすぎざまにデスクの書類を落としていく。

「リリー！」うしろから呼んでも止まらない。妹は行ってしまった。

パテル先生は、たじろぎもせず、じっとしている。わたしはまっ赤になって、なんとか取りつくろう。「すみません。妹にはほんとうにつらいことばかりで」

「そうよね」先生は穏やかな笑顔になる。「よくある反応だし、現状に対して感情的になったからって、謝ったりしないで。とても困難な状況で、一家で強いストレスにさらされているんだから」

わたしはシャツのほつれた糸をいじりながら、言葉をさがす。「リリーは、リリーは母とうまくやれなくて、ずっと苦労してきました。妹は、妹は事態を悪化させることもあって。ふたりはよくぶつかるんです」

もがきながら、考えていることをなんとか言葉にしていく。最近は日記も書きはじめていて、母さんのこと、家族のこと、いままで起こったすべてについて、自分がどう思っているのか考えるようにしている。「母さんはいつもわたしたちを怒る理由をみつけるんです。自分たちが悪いことをしたんだろうって思ったりもしてました、でももしかして……もしかして、ちょっとわかってきたんですけど、ほんとうはだれのせいでもないんでしょうか？」

パテル先生がわたしを安心させるようににっこりする。「家族のあいだではいろいろたいへんなこともあるでしょう、でも精神的に安定すればぜったいにいい方向に進むから、文化的な要素がからむ場合はなおさらね」すごく安心する言葉だ。**先生はわかってくれている。**話しやすいし、頭から決めてかからなくて、思慮深い。もっと先生に話してみるべきだろうか、ローリーにも専門家に相談したほうがいいと言われたし。パテル先生のような人こそが、わたしを助けてくれるのかもしれない、いつか。

「それで、次はどうなりますか？　母はどのくらいここにいないといけないんでしょう？」

先生が太い眉をひそめる。「いまの段階ではなんとも。性急に進めたくないから。お母さんには、病院で提供できる安定した環境で、ルーティーンをこなしたりサポートを受けたりしてもらわないと」先生はまた身を乗りだす。「お母さんが恋しいんでしょう？」

「わたしは……」**母さんが恋しかった？** リリーは母さんを恋しがっていた？ すてきな日かだめな日か、想定内か想定外かと一喜一憂する生活が、わたしは恋しかった？ わからなかった。「ただ母の調子が良くなれば」それがわたしに言える、いちばん正直な気持ちだ。

「お母さんはとても恵まれています。患者さんに助けてくれる家族がいるとはかぎらないから。お母さんにはあなたたちの継続したサポートが必要になってきます。ここがスタート地点です」先生がわたしの手を両手で包みこむ。驚くほどかたい皮膚、でも温かくてゆるぎなくて、安心させてくれる。「わたしたちもいっしょだから。わたしを信じて」

またこれだ。あの言葉。**信じる**《trust》。おかしな言葉で、舌からころがり落ちかけたところで舌先のきついカールに引っかかる。歯のすきまから息を漏らしてなんとか言いきると、不吉な音、まるでヘビがしゃべっているようになる。

信じる。

重い言葉だ、わたしたちを結ぶことも壊すこともできる。助けることも傷つけることも。

信じる。

ずいぶん長いあいだ、だれも信じられる気はしなかった。母親の病気でたった一度会っただけの医師が信じられるだろうか、その医師が同情的で話しやすいとしても。

今日の母さんは調子が良さそうだ。へんな歌はうたうけれど、母さんらしい話し方になっている。**それに幸せそう。**おかしいくらい喜んで、楽しそうだ。いままで「ふつう」と呼んでいた状態ではない。でもその「ふつう」はいろんな気分のひとつでしかないのかもしれないと、わたしは思いはじめている。

やさしいお医者さんの目を見てようやく答える。「はい」

先生は満足そうにうなずく。


リリーは一般用トイレの個室に閉じこもっていて、泣き声が細く長く聞こえてくる。胸がしめつけられる。

「リリー。行かなきゃ」

長い間があって、勢いよく水が流れる音がする。ドアが開いてリリーが出てくる。目は赤く泣きはらして、頬も腫れあがったように赤い。鏡にうつるわたしの視線を避けて顔を洗う。

「リリー」安心できる、明るく希望の持てることを言わないと、いい姉らしく。「きっとだいじょうぶだよ」

妹は無視して石けんで手を洗い、泡が水に流れるのをただ見つめている。

「お医者さんたちはちゃんとわかってやってるよ」わたしは言葉を続ける。「母さんを助けてくれる――」

「母さんが入院したって聞いて、わたしが最初になにを思ったかわかる?」だしぬけにそう言ってぱっとふりむいた顔に、ありったけの怒りが見える。わたしはただ首をふることしかできない。

「最初に思ったのは……」天井を見あげる妹の顔を、また涙が伝う。「めちゃくちゃ**ほっとした**」そしてしゃくりあげる。「信じられる？　自分の母親が入院して、ほっとしたんだよ。どういうこと？」

「ああ、リリー」妹を抱きよせる。かわいそうな、頭のいい妹は、その小さな肩にすべての問題を背負いこんでいる、そしてわたしは、この子がまだたった十三歳なのをいつも忘れてしまう。妹のたっぷりした髪に鼻をうずめる。「ほっとして当然だよ。わたしだって、ちょっとそう思った」これは本心だ。いろんなことがあった。母さんの気分に合わせたり反発したり、すべてを隠してなにもかもふつうなふりをしたり。だからこれは、家族みんなが待っていた荒療治だった。**これでやっと、わたしたちは前に進める。**

「わたしはひどい、いやなやつ」リリーがわたしの胸で泣きじゃくる。

「リリー。わたしを見て」涙と鼻水でぐちゃぐちゃの妹の顔をあげさせ、めがねの上からわたしの目をのぞきこませる、これでふたりの視線をさえぎるものはない。「リリー。リリーはすごいよ、強くて情熱のある子だよ。母さんも大好きだよ。わたしにはわかる。それにリリーを娘に持てた母さんは、めちゃめちゃ運がいい」

　妹は信じていない。**まだ足りていない。**

「それになにより、リリーは最高の妹」わたしの視界もぼやけてくる。「だから、いちばん運がいいのは、リリーがそばにいてくれてるわたしだよ」

妹の下唇がふるえて、ふたりで泣きだす。ぎゅっと抱きあって、しまいに息が切れて、急にたががはずれたようにいっしょに笑いはじめる。おなかからげらげら笑えて、トイレじゅうに笑気ガスが充満しているのかと思ってしまう。愛にはこういうときもある、すべてを包みこんで、途方もなくて、手に負えない。

そうして、わたしは目に残っている涙をぬぐう。

「行こう。きっとみんな心配してる」

リリーが手をつないでくる。妹の細い指がわたしの指のあいだにすべりこむ。ふたりの容姿では、手がいちばん似ている。同じ大きさ、同じ形、ふたりの手はいっしょに働くために作られている。

妹にぎゅっと握られて、わたしも握りかえす。おたがいに力を与えあう。

「あの歌に耐える準備はいい？」

妹はうなずく。「行こう」

四人でいっしょに病院を出る——父さん、マイケル、リリーとわたし。シモーンにもどるよう呼ばれて、母さんはちょっとつらそうには見えたけれど、みんなを順番に抱きしめた。父さんもだ。「いい子にね。お母さんはみんなが大好きだからね」投げキスをする。

「さあ、ミス・ピン、みなさんまた明日来られますからね」母さんが看護助手をにらみつけていて、つい笑ってしまう。母さんは母さんだ。

「店に来ないか」駐車場にむかいながら父さんが言う。「彼氏のローリーが家まで乗せてくれると思うか？」父さんはわたしの目をまっすぐに見る。わたしが口走ってから、父さんがこの話題にふれるのは初めてだ。

「あ、たぶん、平気だと思う」ついもごもごとなる。父さんはうなるような返事をして車に乗りこみ、わたしは笑顔を隠す。

会話にはなってないけど、一歩前進だ。

ジェイド・パレスまではほんの数分で着いた。父さんが事務室に来いと言う。リリーとマイケルは食堂でチェンさんとゲームだ。あの一件以来、店には来られなかったのに、ここの雰囲気にとてもリラックスしている自分に驚く。これほど店が恋しかったなんて。水槽が取りはらわれ、その場所にありふれた書道作品のレプリカが飾られていて、うれしくなる。

「入って、座って。見せたいものがある」父さんは紙がぎっしり入ったクリアポケットを取りだす。

いちばん上の紙を取ってわたしに渡す。商業用不動産のパンフレットをモノクロ印刷したものので、しわが寄っている。ちょうどまんなかに太くて白い折り目のついた小さな店があるのは、見慣れた通りだ。住所をじっと見る。**アッシュフィールド、リバプール・ロード**。

「父さん、これなに？」

「小さいから、持ち帰り専門店、だな。計算してみたんだ。もうけはすくないし諸経費はいまより高くなる、でも人件費はおさえられる。アージェフがついてきていっしょに働くと言ってくれてる。アンナの手伝いと、リリーが週末にすこしでも手伝ってくれたら、どうにかやっていける」父さんは疲れたような、でも希望に満ちた笑顔を見せて、大きく息をする。「ジェイド・パレスはボブさんに売る」

呆然としてなにも言えない。言葉はそこにあるのに、ギリシャ語やドイツ語のように聞こえる。**父さんが店を売る**。ものごころついて以来、父さんが店をあきらめられるなんて、考えたこともなかった。

「スタッフはどうなるの？　チェンさんや、リム料理長は……」

「もうボブさんには話してある。全部いまのままにしてくれる。みんなそのまま働けるし、チェンさんは店を切り盛りするマネジャーに昇進だ。店の名前もスタッフも、なにも変わらない。唯一変わるのは、きっと、もうだれもここで寝泊まりしないってことだ」父さんは簡易ベッドが置いてある角に顔をむける。

「でも店は父さんの人生でしょ！」つい声が大きくなる。「ビュッフェもうまくいってるし、もっとツアーを呼びこみたいって言ってたのに。それに、アッシュフィールドから引っ越して、ローズヴィルやノーザンビーチに家を買う計画はどうするの……」

父さんは抗議を手でふりはらう。「そんなものは——それは、それは重要じゃない」つらそうな声で言いはる。「店を始めたのは家族のためだ、妻と子どもたちにオーストラリアでいい暮らしをさせてやれるように。がんばって働いて、家族のために稼いできた。これが自分の役目だと思ってきたんだ、家族の面倒をみるためにお父さんがやらなきゃいけないことだとな」

父さんは深いため息をついて、わたしの目を見る。「アンナ、悪かった。お父さんは半分しか正しくなかった。いつでも店にいて、毎晩計算して、メニューを考えて、休みなしに働いてたら、妻や家族の面倒をみるのはお父さんじゃなかった。アンナだった」

目がうるんでくる。父さんも同じだ。父さんは涙を見るのをとてもいやがるから、必死でこぼれ落ちないようにこらえる。「父さん」小声で呼ぶ。

父さんは腕で涙をぬぐう。「いいんだ、アンナ。これから正す。店を売って家に帰る。アッシュフィールドで持ち帰りの店をやったら、うまくいくかもしれないだろう？　観光バスが来るかもしれない。いつか宇宙船だって寄ってくれるかもしれないぞ」父さんは肩をすくめる。

「それか、ティーンエイジャーがスマホを持って、店に来て撮影してユーチューブにのせて、うちの店がその、なんていったか、たくさんの人が見て、ズバる？」

笑ってしまう。「バズるだよ、父さん。拡散されること」

父さんがああ、という顔になる。「それだ。うちの店がその、バズるになるかもしれないだろう。わからないぞ」にっこり笑って机に置いたしわくちゃの紙を軽くたたく。「それにアンナは前から本場の中華料理を作るべきだって言ってただろう、中華風西洋料理じゃなくて。いまならやれるかもしれない」

「ほんとに？」その言葉に耳をひかれる。

父さんはうなずいて自信ありげに言う。「おまえのアイデアを聞きたいんだ、アンナ。店の経営を手伝ってもらいたいから」

わたしはまたなにも言えなくなる、この二分のうちにもう二度目だ。なんだか怖いと思う自分もいる。でも脳のほかの場所が、可能性をさぐってフル回転している。小籠包や焼豚《チャーシュー》まんを作ってもいいかもしれない。飲茶形式のテイクアウト？　夕食用に！　それに父さんの言うとおりだ、ティーンや流行に敏感な人たちにアピールすれば、インスタグラムで人気の店になるかも。

わたしももう笑顔になっている。「父さん」父親に抱きつく。父さんは硬直しながらも笑っている。

「ようし。いいぞ。じゃあ、決まりだな」いままでになく穏やかだけれど、愛情表現はまだまだだ。とはいえ、それが父さんだ。**そうじゃない、それがわたしたちだ、**と自分に言いきかせる。そこになんの問題もない。

「父さん、なんて名前にするつもりなの？　その、新しい店を。ジェイド・パレスは使えないでしょ」

「まだ考えてない」ちょっと頭をめぐらせている。「『アンナの点心ハウス』はどうだ？」英語できいてくる。

わたしは舌を出して吐きそうなふりをする。

「なら、店名を考えるのを、パートナーとしてのおまえの最初の仕事にするっていうのはどうだ？」

「ぼくは好きだな、『アンナの点心ハウス』」四人で車に乗ってアッシュフィールドにもどっている。マイケルとローリーは、父さんが考えた新しい店名がいいと言う。

「うそでしょ」リリーはわたしに賛成だ。「そんなの、怒ったおばさんが羽ばたきで追いたててくる店みたいに聞こえるし」リリーとわたしのほかは、その意味が完全には理解できないと思う。**だからいいんだ。**

「きみのお父さんがほんとうに店を売るなんて信じられないな」ローリーが言う。「そのボブさんってどんな人？」デリバリー担当としてはこの先が気になるんだろう。

「いい人だよ。中国系のビジネスマンで、利益重視。でも全部同じにするって約束してくれてるし、ローリーも残れるはずだよ」

「そうだといいけど」わたしに小さくうなずく。巨大なゾウがわたしの心に割りこんでいるとは言いたくない。もし父さんがゴスフォードの店を売ったら、ローリーとはあまり会えなくなる。

心の中にいる蝶の羽がしなだれる。

二十八

十月

学校の休暇中に母さんが退院して帰ってきた。上きげんでみんなにハグをして、にこにこと明るい。なんだかどこかのディズニーリゾートに行って、きみもこれから仲間だよとでも言われて帰ってきたのかと思うほどだ。

「もう悪いことは考えない」と母さんは言う。「頭の中の悪い考えは脳に良くないから。いまからは、ハッピーママだけね、いい?」

「母さん、おかえり」リリーが母さんをぎゅっと抱きしめて、母さんも抱きしめ返す。胸の奥からなにかに引っぱられる気がしながら、目の前で打ちとけあうふたりを見る。現実とは思えない。

その晩、父さんが手のこんだ料理を家で作ってくれた。母さんの好きなものばかりだ。テーブルには取り皿がつみあげられ、大皿に盛られた蒸し魚や牛肉炒め、濃いグレービーソース、麻婆豆腐《マーボードウフ》は辛すぎずほどよくピリッとして、ちょうど母さん好みの味つけだ。みんなでダイニングテーブルを囲み、魚の骨を吐きだせるように新聞紙が敷いてある。こんなふうにそろって夕食を食べたのはいつ以来か、思い出せない。二年前の、旧正月だろうか。

ほとんどふつうの家族みたいだ。ほとんど。

みんななにを話せばいいのかわからなくて、だまっている。魚の骨から身をしゃぶり取る音だけが聞こえる。母さんの指がずっとふるえているのには、だれも気づかないふりだ。箸をしっかり持てていない。見ないように意識するけれど、やわらかい豆腐のかけらが何度やっても母さんの口に入らず、あごからたれてブラウスに落ちてしまう。

「母さん、魚の腹身だよ」母さんの器によそう。中国人の娘らしく、いちばんおいしいところを母親にあげる。母さんがにっこりすると、その目に感謝と誇りが見えて、わたしの気分もぐっと良くなる。つるつるとすべる魚を取ろうとするたび、母さんの箸が器に当たって音をたてる。しまいにあきらめて箸を置く。そして、動物かなにかのように、器に直接口をつけてすすりあげていく。

「ホウメイ」食べおえた母さんが言う。**おいしい**、だ。「父さんはいつも最高の料理人。百点満点ね」夫に愛情をこめてにっこりする。父さんはむりに笑顔を作って、母さんの顔に吹き出物のようにぽつぽつとくっついている米粒を見つめないようにしている。

夕食が終わると、母さんは疲れたと言う。マイケルがママもいっしょに寝てとせがむ。かわいそうな小さな弟は、ずっと母さんを恋しがっていた。父さんはふたりがベッドに入るのを手伝いに行き、リリーとわたしは残ってテーブルを片づける。

「薬の副作用だよね」ふたりで並んでお皿を洗ってはふいていきながら、リリーが言う。母さんの手のふるえの話だ。わたしも同じことを考えていた。

「でも母さんは……ちがって見えた？」慎重にきいてみる。入院してから初めて会ったときの母さんの様子が脳裏に浮かぶ。いまは家族がわかって、ちゃんと名前で呼んでいるのに、ここにいる母さんは、ゾンビバージョンのように思えてならない。わたしたちが知ってる、もとの母さんよりも、シモーンがミス・ピンと呼んだほうに近いとばかり思ってしまう。

「すこし様子をみよう」妹が言う。「投薬中だし。とにかくまだ始めたばっかりだし」

もちろん、リリーが正しい。日が経つにつれて、母さんはどんどん母さんらしくなっているようには思えてきた。穏やかな笑顔を見せたり、息が切れるほど笑ったり。よく眠るものの、昼ごろには起きてくる。だめな日はない、すてきな日もない、いつもまあまあの日。マイケルの送り迎えもしはじめた。手はまだふるえているけれど、だいたいの食事はスプーンがあればなんとかなる。週に一度、電車に乗って街に出て、中国語を話せるセラピストに会っている。月の終わりには病院の精神科を受診して、処方された薬をアッシュフィールド・モールの薬局で受けとる。

やっと、見かけはなんとかふつうになってきたようだ。

二十九

十一月

ジェイド・パレスのオーナー一家として迎える最後の週末。ボブさんが事務室に置いている横断幕は、翌朝になったら表に掲げられるよう準備万端だ。

新経営体制

食堂は人であふれ返って、空席は見当たらない。父さんが長年料理を提供してきた常連さんたちがたくさんお別れに来て、最後の食事を楽しんでいく。父さんは幸せそうだ。大きなテーブルでのんびりしゃべったり、春巻きと卵スープを無料でサービスしたりしている。ここの人たちにとって、父さんがこんなにも意味のある存在だったのが誇らしい。

恰幅《かっぷく》のいい男性がはち切れそうなおなかをたたき、春巻きを五回もおかわりして満足そうだ。

「じゃあ、新しい店でもがんばれよ、ロジャー」父さんをこっちで通っている英語の名前で呼ぶ。「そうだ、かみさんと街に行くときに寄るかもしれん。新しい店はなんて名だった？」

父さんは顔をほころばせる。「ママ・ハオ《お母さんはすてき》ですよ」

母さんが退院したときに、マイケルが思いついた。母さんはとても誇らしそうだった。わたしも気に入った。ぴったりだと思った。

男性はあごをなでる。「いい感じだな」

仕事を終えたあと、スタッフはみんな残って、アージェフがタンブラーにコニャックとコーラを注いでいく。まずローリーに渡し、次のグラスを平然とわたしのほうにすべらせてウインクする。父さんに目をやると、笑ってリムをからかい、自分の太ももをたたきながら濃い琥珀《こはく》色の液体をちびちびと飲んでいる。

「乾杯」アージェフ、ローリーとわたしでグラスをカチンと合わせる。そっとにおいをかいでから飲む。ビールよりずっと強くて、のどがすこし焼けるような感じがする、でもそんなにいやでもない。ローリーとアージェフにじっと見られて、なんとか平静を装う。

「悪くないね」

そのまま明け方近くまで飲みつづける。みんな何度も父さんに乾杯して、だれかがアージェフにグラスを掲げる。

「アンナにもだろ」リムがまたお酒を注ぎながら大きな声で言う。「あんなに中華の揚げ物がうまい子はいねえぞ」

「おまけにいちばんかしこい」アージェフが言いたす。わたしの顔はもうアルコールでまっ赤だから、そんなふうに言われても、恥ずかしいとかたまらなくうれしいとか、感じているのかどうかもわからない。

「アンナに！」そしてまたグラスを合わせる。

父さんはとても家に帰れるような状態ではなくなり、これが最後とみんなで簡易ベッドを引っぱりだして、椅子から立たせる。父さんはわたしの彼氏にむき直る。

「ローリー」ろれつがまわっていないし、腕はリムの肩にあずけている。「娘をだいじにしてくれ。いい子なんだから。わかったな？」

「ああ、はい」ローリーはいったん口ごもってから言いなおす。「はい、了解しました」わたしが笑っているあいだに、チェンさんとリムがさっさと父さんをからっぽの事務室に連れていく。

もうあと二、三時間で日が昇る。ローリーに手を引かれて、ふたりで駐車場に立つ。あかりの消えたジェイド・パレスは、別の時代からぼんやりとしたシルエットだけがまぎれこんだかのように見えてくる。

「ほんとにこれで終わっちゃうなんて。いろんな意味で、この場所はずっとわが家だった。スタッフは家族だしね」

「うん、わかるよ。ぼくもそう感じてる。さっき、きみのお父さんに認められたよね。いつか息子って呼んでくれるかな？」

「はあ！　アジア系の親がわかってないね」

「じゃあ義理の息子かなあ」ローリーが考えこむ。笑うしかない、理屈ではまちがっていない。でもいまは文化的なあれこれを考える気分じゃなくて、となりにすり寄る。

「ボブさんの下で働くの、楽しいといいけど」いろいろ考えるものの、アルコールのせいですこしまぶたが重い。「昇給の望みもあるかもよ」

「それはちょっとむずかしいかな、ぼくは従業員名簿には載らないかも」

すぐには理解できない。「待って、どういう意味？」わたしはぱっとむき直る。

ローリーは、ばつが悪そうに首のうしろをなでる。「ぼく、その、学校にもどるつもりなんだ。州立の専門学校でＨＳＣコースをとる」

「ほんとに？　うわあ、ローリー、それってすごい！」思わず抱きつく。ローリーも両腕でわたしを包みこむ。「待って、本気？　その、もう平気なの？」

「うん。うちの親も心配してたけど。でも前みたいにはならないよ。おとなが学ぶところだから、いかにも十二年生みたいな感じとはちがう。それに姉さんがそばにいてくれるって。大都会に引っ越して……」

わたしの耳がぴんとなる。「待って、都会に引っ越す？　それって……それってわたしがいま思ってること？」

「うん、いや、きみをドライブに連れてったりするのもすごく好きだけど、そろそろ電車に乗れば会えるようになっても良くない？」

にっこりしすぎて顔がはちきれそうになる。「どこに住むの？」

「ステイシーとダリアがニュータウンでさがしてくれてる。アッシュフィールドから何駅もはなれてないよ」

いいニュースが続いている。きゃあっと声が出る、女の子だかブタだかなんだかわからない声だ。そしてまた抱きつく。

「いいニュースだと思ってくれるんだよね？」ローリーが指をわたしの髪にすべらせる。

キスで答える。

そのうちにきゃあきゃあ言いおわって、ふたりでがらんとした通りのまんなかを歩く。しめり気をおびた空気が、ひんやりと心地よい。わたしがふるえているのに気づいたローリーが自分のパーカーを肩にかけてくれて、いままで着ていた温かさに包まれる。星はうんと明るくなり、墨のように黒い空のキャンバスに映える。夜明け前がいちばん暗いというのはほんとうだ。

「あれがぼくの家。持ち主はぼくの両親だけど」ローリーが暗闇の中で指さす。二階建てのベージュ色の建物で、バルコニーとガラス張りの玄関ドアが見える。もちろん、西日をさえぎるのに二ドルショップの日除けなんか使っていない。いい感じの家が立ちならぶ小さな通りでも、ひときわ魅力的な家だ。

ローリーはわたしがなにか言うのを待っている。

「かわいいおうち。ニュータウンではこんな家みつけられないよ。ほんとにこれを全部あきらめられるの？」意地悪を言ってみる。

ローリーはぎゅっと手を握ってそれに応える。

ふたりで門のすぐ前に立ち、期待で胸がいっぱいになる。

「入る？」とささやいてくる。

急に乾いてきた唇をなめる。まだコニャックとコーラの濃厚で甘ったるい味がする。

「うん」

セックスとは、猫じゃらしのように頭の中にぶらさがっているもの。十代のうちは無視するように言われ、何冊ものぶあつい聖典や長々とした講話が、目をそらせ、見るんじゃないと、しつこく説く。われわれは文明化した動物だ、現代の知識人だ、だから無視できる、否、**無視すべき**だ、たとえ原始的な衝動が、こんなにはっきりとぶらさがって見えるそれに目くばせしろと命じてこようとも。

正直に言うと、わたしはセックスについて**そこまで**考えてはいなかった。わたしの頭の中は、おとなが想像するティーンのそれとはぜんぜんちがう。誤解しないでほしい——わたしにもいろんな思いはある、いろいろ、たびたび考える。でも自分がそれについて**考えていた**とは思わない。この学年が始まるまでは、そういうのはただのくだらない空想だった。魅力満載で登場する最高の彼氏、最高の瞬間、最高の経験というところまでで、詳細はほとんど考えていない。そもそも、なるようにしかならないもので、人生という物語に上品な脚注がつく程度のことだと思っていた。

ローリーとのセックスは、脚注なんかじゃない。何世代も歌いつがれていくような戯曲の独白やソネット、大げさなバラードなんかじゃない。そして、ホイットマンが「わたし自身の歌」で語ったような、ひねくれたものなんかじゃぜったいにない。

それは楽しいもの。

ローリーがすぐそこにいて、自分の肌のだれにもさわられたことのない部分と彼の肌とがふれあうのを感じられて、**楽しい**。満ちたりて、守られていて、心が浮きたつ。そのあとはキスをされて、温かく満たされていくというまったく新しい感覚が、わたしの中で花ひらく。

ローリーはわたしの腰に手を置き、わたしはその腕に頭をのせて、眠りにつく。

三十

十二月

ママ・ハオが正式にオープンした。開店記念の獅子舞や派手なセレモニーはなかったけれど、ボブさんが商売繁盛の縁起物として飾りつけたミカンの木を二鉢贈ってくれた。鉢は入り口のいちばんいい場所に鎮座し、その横には不安定な椅子とテーブルが、ひと組だけの屋外席として置かれている。

最初はお客さんもすくないのがむしろ好都合だ、なぜなら学年最後の試験がどんどん近づいている。わたしも夜は店に出て、『マクベス』やホイットマン、数えたくもない量の問題集を大きなガス台のとなりに立てかけながら、注文に応じて蒸し物を作る。

毎晩、父さんといっしょに十時ごろ店を閉めて、アパートに帰ったら目を開けていられなくなるまでまた勉強する。からだが疲れきって、しょっちゅうバスで居眠りをしては学校の停留所を乗りすごしている。

　それでもなにもかもが楽しい。なにもかもがふつうだと思える。


「アンナ。チャー」

　母さんが湯のみを手に、ドアのところでためらっている。病院からもどって以来、わたしたちの部屋になかなか入れない。あれもこれも自信がなくて、おどおどとして、娘たちにどう接すればいいのかわからないといった様子だ。もとの母さんと新しい母さんとのあいだに、見えない壁があるようにも思える。

　わたしが耳からヘッドホンをはずして（二ドルショップの代用品は音が漏れる。だからってどうすれば？）にこっとすると、母さんはそれを入っていいよの合図と受けとる。わたしの机まで来ると、本や問題集を眺めては動かして、湯のみを置く場所を作る。液体は濃くて、にごっている。

「ハーフー《夏》チョ《枯》ーウ《草》。からだの内側から熱を取るから。睡眠が足りてない。勉強がんばりすぎ」母さんは険しくて疲れた顔だ。

　わたしはなんとか顔をしかめずに湯のみを手に取る。薬草茶としては、夏枯草《かごそう》はまだいいほうだ。氷砂糖も入れて作ってあるから苦味もおさえられている。樹木っぽいあと味はなにかの枝を液体にしたような感じで、まあなんとか飲める。母さんが氷で冷やしてくれているから、たしかに気分もすっきりして、夏の暑さにエアコンなしのわが家では、とりわけうれしい。母さんに見られながらお茶をすする。

「おいしい」そう言って湯のみを置く。それが母さんが求めている感謝の言葉で、母さんは満足そうにうなずく。

「中国の薬がいちばん。自然だから。西洋の薬とはちがう。これにはこの錠剤、あれにはこの錠剤、じゃない」

その言葉はいただけない。「でも錠剤は効くよ、母さん」最近、母さんはちゃんと薬を飲んでいない。薬は必要ない、魚やらナッツやら、「脳にいいもの」を食べれば効果がある、と言いはる。例のクルミもほとんど食べてしまった。「良くなったから」わたしがなにか言うと、いつもそう返してくる。「薬は必要ないから。アンナは熱がさがってもずっと解熱剤を飲みつづける？」

母さんはわたしの意見を突っぱねてベッドに腰かけ、夏枯草茶を飲むわたしをじっと見守る。リリーのぶんはない。今晩は友だちの家で勉強しているからだ。「お泊まりなし」のルールが緩和されたのか、なにも言われなくなっただけなのか。ほかにもいくつかのルールが棚上げになっている。

彼氏を作らない、とか。

母さんがわたしとローリーの写真を壁から手に取る。家族写真のとなりにわたしが貼ったものだ。ジェイド・パレスの最後の日の午後に自撮りした写真。風で髪がみだれて、わたしはレンズにむかって目を細めている。ローリーはカメラを見ながら、唇をわたしのこめかみに当ててキスをしかけているポーズだ。ありがちなダサいカップル写真なのに、ローリーはこれをフェイスブックのプロフィール写真にしている。

「幸せ？　アンナ」写真をじっと見ながらきいてくる。「ローリーが幸せにしてくれてる？」

「もちろんだよ、母さん。いい彼氏だもん」

母さんは唇をぎゅっと閉じて、写真を見つめながら英語で言う。「この写真、幸せな顔ではない。アンナの口笑ってます、でも目、笑ってない」

うんざりだ。「風のせいだよ、まぶしかったし」説明しようとする。

母さんは広東語に切りかえる。「初めてローリーといっしょにいるのを見たときは、すごく幸せそうだった、アンナが。顔がきらきらしてた。この写真には、きらめきがない。生気がない」

わたしはなにも答えない。母さんが初めてローリーを見たのは、店で水槽と魚のことがあったあの晩だ、思い出したい記憶ではない。

「店でのことじゃなくて」母さんが穏やかに言う。「初めて見たのは、アンナをうちまで送ってくれたとき。窓から見てたから」

いつもなら、恥ずかしさと気まずさとでどうにもならなくなるはず。気持ちがあせって顔がまっ赤にほてるはず。でもそうなってはいない。**このお茶の効能かも。**

「なぜそんな顔かわかります」母さんは英語で言って、また写真を指さす。顔が引きつる、あらさがしのお説教が始まるんだ。ローリーは悪い子だ、気を散らせる、だからデートなんかすべきじゃない、リリーみたいに勉強に集中しないと、そうでないなら家族のことを考えないと、と。**中国人の娘として悪い子だ、と。**

「幸せじゃないのは、心が傷ついたり治ったりをくり返してるから。何度も、何度も傷ついて、それが顔に出てる。胸の痛みを経験しすぎたら、消せない」

「でもローリーはそんなんじゃないよ、母さん」反論しかけると、母さんはしーっと言って手をのばし、わたしのおでこにかかる髪をかき寄せる。

「わかってる。ローリーがいい子なのも、すごくアンナの力になってくれてることも。アンナの心を傷つけたのはローリーじゃない。母親のわたしがさんざん傷つけてしまったんだと思ってる」ささやくような声で言う。

母さんが頭をさげる。「ドインージー《ごめんね》。ンオジドウゾウンオゴーヌインーヨンイー《お母さんの娘でいるのは楽じゃないよね》」

「いいの、母さん」涙で目がかすんで、胸からこみあげる大きなかたまりをのみこむ。泣きたくない。

「もう悪いことは考えない。お母さんは自分のメンタルヘルスに気を配ります。娘たちのことにも」

母さんは手の甲で涙をぬぐう。「さあ。あんまり遅くまで起きてちゃだめよ」からになった湯のみを持って出ていきながら、こっそり涙をふいている。

わたしもめがねをはずして自分の目元をぬぐう。母さんはローリーとの写真を机の上に置いていった。手に取って見る。写真にうつったわたしの目はちょっと疲れていて、笑顔もちょっぴりくたびれている。じっと眺めて、ロミオとジュリエットや『トワイライト』のエドワードとベラのように、劇的な展開を迎えたり、おさえきれない感情が起きたりしないかと待ちうける。でもなにも起きない。目は疲れきっているし、あくびをかみ殺さなくてはいけない。

スマホがゆれる。ローリーからのおやすみメールだ。

早く寝なよ

青虫たちが目をさます。ロミオとジュリエットとはちがっていても、すごくいい感じだ。

試験は容赦ない。でもなんとかやり抜く。打ちたおしてはいないけれど、じゅうぶんできたと思う。

「ずいぶん良くなった」マーレイ先生からもどされたホイットマンの課題には、一枚目に書きこみがある。先生が言葉を続ける。「なかなかのするどい考察だよ、アンナ。来年は上級英語をとったらいいんじゃないかな」

「じつはわたしもそのつもりなんです。上級クラスではオーストラリアの詩人、エイリーン・チョンについても勉強しますから」そう答えると、先生はうれしい驚きという顔になる。それ以上は話さない。このあとまだ、ケネディ先生との最後の面談がある。十二年生の科目選択を承認してもらって、わたしは前に進まなくては。

ケネディ先生の部屋に入ると、先生の笑顔がこわばる。気にしないようにして椅子に座る。驚いたことに、あのペーパークリップがごちゃ混ぜになっていて、ピンクと青と赤に、ふつうの銀色のまでいくつか入っている。

「ミス・チウ。前回は、怒って出ていきましたね、しかも、いきなり。態度をあらためたり、この進路相談について考えたりする時間はあった?」

熱心にうなずくと、先生は驚いている。「もちろんです、ケネディ先生。このあいだはすみませんでした。あの、きちんと考えられるようになりました……進路について」にここにこしながら科目選択案を手渡す。

先生は用紙を広げて、えっという顔になる。「これは……かなり意欲的ね」デスクをつめでとんとんとたたきながら目を通していく。「上級英語」満足げにつぶやく。「うーん、でも心理学はあなたの受験科目には入らないでしょう」

「わかってます、それはよぶんです。あの、わたし、それが大学でやりたいことを決めるのに役立つんじゃないかと思って」

先生の顔が険しくなる。「大学の心理学部はどこも**かなり**競争が激しいわよ、ミス・チウ。率直な話、あなたの成績でいけるとは言いきれない」

「わ、わかってます。それに、ほんとにそっちに進めるとも思ってないです。ほかにも道はあります、ニューサウスウェールズ大学なんかは心理科学のコースがあって、もっと難易度が低くて内容は似ています。えっと、わたし、とにかく心理学に興味があって、学んでみたいんです。どこで学ぶかにはこだわりません」あごをあげて、自信と確信に満ちて見えるように話す。

ケネディ先生がそうと気づいた様子はない。

「まあ、自分の将来にやっと多少の**関心を**持てたなら良かった、アンナ。心理学の道は、やさしくはないけどやりがいがあるし」

「じつは、以前よりもかなり父の店を手伝っているんです。いっしょに中華料理店を切り盛りしています。なので、それは続けたいと思っています」

先生が一瞬、例の作り笑いを浮かべる。「それはいいわね、アンナ。でもお店での仕事に時間をとられて、本来の目標から遠ざかるんじゃないかしら。進路相談というものの目的は、あなたが基礎をしっかりとかためて、安定したキャリアを自分で選んで追求できるようにすることだから」

「たしかにそうかもしれませんが、ケネディ先生、社会的に認められるキャリアへの道を歩きはじめていると判断してもらうためだけに、わたしがほかのことを、ほんとうにやりたいことを、あきらめなきゃならないのなら、進路相談のシステムは破綻《はたん》しています」どこからこんな考えが出てきんだろう、でも口が止まらない。「わたしは心理学者になるかもしれませんし、不動産業者になったり、自分の会社を立ちあげたりするかもしれません。それか、父の店を継ぐけど心理学にも詳しい人になるかもしれません。いますべてを決める必要はないと思うんです、十二年生になるからってだけで」

「アンナ」ケネディ先生が冷静に話しはじめる。「いろんなことが不公平に思えるでしょう。でも、先生たちは、どうするのがあなたの将来にいちばんいいかを考えているだけだから」

「だったらわたしの将来にいちばんいいのは、わたしの科目選択を承認してくださることです、ケネディ先生」

先生はデスクを指でこつこつたたく。よく見ると、先生のフォルダーの列がすこしゆがんでいる。先生の完璧な秩序になにかが起きている。知りたくてたまらない、でもそれはわたしが口を出していいことではない。

「いいでしょう」先生は科目選択表を取って紙の山にのせる。「承認します。結局は、**あなたの**将来なんだから、ね？」

「**わたしの**将来ですから、ケネディ先生」迷いのない声で言う。「楽しみなんです」

用紙を入れかえる手を止めた先生の視線をしばらく受けとめてから、わたしは立ちあがり、部屋を出る。

ウェイが廊下で順番を待っている。うなずいてみても、目を合わせてこない。それもいままでは慣れっこだ。友だちになろうよ、とむり強いしたくはない。なれるかもしれないという希望は、まだ捨てていないけれど。

だから、ウェイから呼びかけてくるとは思っていなかった。

「アンナ」

ふり返る。

ウェイはなんとなくきまりが悪そうだ。「どう、その、お母さんはどう?」

「母さん、は、まあまあ元気にやってるよ」

「投薬を受けてるの?」あからさまだ、でもウェイがただ知りたいだけなのはわかる。

「えっと、前はね。その、いまもたぶん。母さんは良くなったからもういらないって言うんだけどね」**もう悪いことは考えない**、母さんはそう約束した。わたしはその言葉を信じたいと思っている。

話題を変えたくて、きいてみる。「あの、おばあさんはどう?」

ウェイはもう一度きまりが悪そうな顔になりながら、話しはじめる。「えっと、おばあちゃんは、あの、ちょっとホームに入居させたんだ。親がそのほうがいいって――本人にもルーティーンなんかがあるほうがいい、みたいな」

わたしはうなずく。「うん、母さんのセラピストも、そのほうが母さんのためになるって言ってる。ルー、ルーティーンがね」こういう言葉は言いなれない。家族やお医者さん、ローリー以外に母さんのことを初めて話す。

ウェイの目が「セラピスト」という言葉に反応する。「へえ、じゃあお母さんはまだセラピーを受けてるの？」

「そうなんだ」わたしも熱が入る。「中国語を話すセラピストだから、すごく助かってる」

「それはいいね。うちのおばあちゃんは、なにがどうなってるのかわからなくて、よけい怖いみたい」

「あの、さ、ウェイが母さんのセラピストと話してみる？　その人が話すのは標準中国語のほうだけど、中国語にはちがいないし。よかったら予約を取ってあげられるよ」

「え、それはうれしい」ウェイが感謝するようにうなずいてくる。ぎこちないやりとりになっても、話せて良かった。

ウェイがむこうをむいて行きかけて、くるっとふり返る。「ねえ、お父さん、新しい点心のお店やってるんだっけ？　ママ・ハオ」

わたしは元気づく。「うん。わたしも右腕みたいな感じで。点心のレシピもいくつか考えたし」

「わあ、ほんと？」ウェイが目を輝かせる。「なんかかっこいいね。あたし、あたしきっと夏じゅう通っちゃう。点心大好きなんだ」

「ぜったい来て。見のがさないようにするね」うなずきあって別れながら、口元がゆるむ。

驚かされてばかりだ。おいしい点心にはとびきりのパワーがある。

三十一

六月――半年後

「アンナ。アンナ、起きてる?」

廊下から差しこむ光がまぶしくて目が開く。母さんのからだがわたしのベッドに覆いかぶさっている。

「何時?」小声できく。

「アンナ。アンナ、男が外にいる。うちに来てる。あの男が話してるのが聞こえたの、アンナとリリーとマイケルをお母さんから奪うって。アンナ、ワゴン車で来てる。車に乗せていこうとしてる」

興奮した早口だ。わたしは起きあがってなんとか眠気をはらい、窓に寄る。

外にはなにも見えない。

「母さん、だれもいないよ」どきどきしながらもう一度外を見て、もしかして角のあたりでなにか見のがしているかも、母さんが見まちがえて怖がりそうな影があるかも、と思ってしまう。

「あそこにいるよ、アンナ。見えたの。電話で話してるのも聞こえた、シークレットサービスが持ってるようなあれで。イヤホンの。大統領と相談してる。アンナを連れさりに来る。段取りを話してるのを聞いたの。あとはワゴン車をみつけるだけだって。ワゴン車ももう来るから」

わけのわからないことを口走っている。部屋を行ったり来たりしながら、左右の手を何度も交互にこすって、まるでマクベス夫人だ。

胸が張りさけそう。「母さん、お願い。言ってることがおかしいよ。ベッドにもどって。朝になれば良くなるから」**まだ毎週セラピーに通っているのに。なんでこんなことになるの？**

こんなはずじゃない。

「政府は子どもをさらっていきたいんだ。戦争に子どもが必要だから」

「母さん、お願い」涙がこみあげる。すべてがぐるぐると、猛スピードで回転して、遊園地の遠心力系アトラクションに乗っている気分だ。もう吐きそう。

「ロウポー《妻よ》」父さんが来た。肌着と短パン姿だ。「アンナ」

「ロウゴーン《夫よ》。やつらを来させないで。早く、子どもたちを隠さないと。クローゼットの物を全部出して」母さんはわたしとリリーがいっしょに使っている洋服ダンスから中身を引っぱりだす。

「母さん」涙がとめどなくあふれる。**だいじょうぶだったのに。平気だったのに。良くなってたのに。**建物解体用の鉄球が胸にぶつかって、わたしの心を守っていた柵がばらばらに壊れてしまったように感じる。

「ロウポー、頼むよ。ベッドにもどろう」父さんも訴える。それでも母さんは、必死になって洋服を放りだす。リリーも起きあがり、顔をふとんに押しつけて泣いている。

わたしは涙でにじんだ目で父さんを見る。「どうする?」


ロイヤル・プリンス・アルフレッド病院までは車で十分の距離だ。みんなでなんとか母さんを外に連れだす――母さんはワゴン車の男が茂みかごみ箱のうしろに隠れていると言いはっている。マイケル、リリー、わたしのひとりでも視界からはずれると金切り声をあげるのは、一瞬で連れさられてしまうと思いこんでいるからだ。母さんが苦しげな声でおびえたように泣きだし、わたしもびっくりして飛びあがる。だれかにほんとうに追われているような気になってしまう。

どうにか母さんを車に乗せる。通りじゅうのあかりがついていて、ぶあついカーテンのうしろからこっちをのぞいている住人の姿が見てとれる。

「うるせえぞ!」怒った男の人の声が夜のしじまに響きわたる。どこかの家の犬が吠えて、つられてほかの犬たちまで吠えはじめる。母さんは涙を流して泣きさけんでいる。

「お願いうちの子たちを取らないで」

隠れる場所なんかない。

マイケルがタックスを渡すと、母さんは小さなぬいぐるみを胸にしっかり抱え、ぼろぼろになった毛をなで、目をきょろきょろとせわしなく動かしている。道はかなり空いている、それでもほかの車とすれちがうたびに、母さんは指さしながら、大声をあげて泣く。

「さらいに来た！　子どもたちを！」

「母さん、やめて！」わたしも大声になってしまう。「なにもいないよ。どうしちゃったの？なんでわからないの？　なにもいないでしょ！」

「どならないで、アンナ！　それじゃ逆効果。母さんは怖がるだけだよ」リリーが怒る。それから母さんに声をかける。「目をつぶって、母さん。そしたらやつらが見えないでしょ」

母さんは飛行機からとび降りでもするのかと思うほど、ぎゅっと目を閉じる。わたしのひざに頭をあずけて耳をふさぐ。たしかにさっきより落ち着いている。そしてなんとか車は進んでいく。

ところが救急外来に車を乗りいれたところで、何台もの救急車を目にした母さんが、またもがきはじめる。

「ワゴン車だ。あれがそう。あれを見て。あれ全部。だめ、見ないで。どうしよう、アンナ、見ないで」そして母さんはわたしの目をふさごうとする。手足をばたつかせて車から降りようとしない。父さんとふたりで引っぱりだそうとして、父さんは肩を蹴られる。

そうこうしているうちに、病院の看護助手がふたり、ストレッチャーを押して駆けつけ、どうにか母さんを拘束して院内に運んでいく。

母さんの受け入れまでにはおそろしく時間がかかる。待合室はがらんとしていて、ゴスフォード病院に比べると椅子もふかふかで新しいから、なるべく楽に過ごせるよう工夫してみる。父さんだけは、フロアを行ったり来たりして、ぶつぶつ言いつづけている。こんどは父さんが入院させられるんじゃないかと心配になる。

ローリーが到着する。「遅くなってごめん。電車がなくて、タクシーを呼んでたから」きつく抱きしめておかないといなくなってしまいそうで、怖くなる。

「だいじょうぶ?」

わたしはうなずく。ローリーに会えたのがとにかくうれしくて、すごくほっとする。この一時間はかなり気を張っていたから、肩を抱かれたとたん、米袋のように倒れこみ、支えてもらう。

カーペットが敷かれた床に座りこむ。わたしはローリーに寄りかかって、マイケルがわたしのひざに頭をのせる。リリーと父さんは自動販売機のところだ、じっと座っていられないらしい。

「どうしてママはまたこわれちゃったの?」マイケルはタックスを顔に当てていて、言葉がすこしくぐもる。

「壊れたんじゃないよ。良くなるから」弟の髪をちょっと持ちあげて、指のあいだからこぼれるのを眺める。髪はきれいに落ちて、ちゃんともとの場所にもどる。

「こんどはおいしゃさんたちがママをちゃんとなおしてくれるといいな」ペンギンをさらにきつく抱きしめて、目をぎゅっと閉じ、泣かないようにしているらしい。

母さんは治らないかもしれない。それを弟に、いったいどう伝えよう。


「シウリン・チウさん」

いつのまにかうとうとしかけていたところで母さんの名前を呼ばれて、はっと目がさめる。マイケルを起こし、ローリーに支えられて立ちあがる。

先生は若くてハンサムな男性だ。名札を見る。ウォン医師。

「あの、どうも。みんないます。みんなそろってます」予約を入れたレストランに来たような言い方をしてしまう。

「わかりました。たいへんな夜になってしまいましたね」ウォン先生は苦笑いする。

「母はどうですか?」リリーがきく。

「お母さんはかなり動揺していて、こちらの話は聞いてもらえません。なんとか鎮静剤を投与して、いまは眠っていますが、状態が変わらなければ、ちょっと問題かもしれません」先生は手元のクリップボードを見る。「それで、記録によると以前も入院されていたんですね？　まだ治療は続けていますか？」

「はい、そう。わたしが毎週連れていってます」父さんが迷いなく答える。今回は進んで協力している。

「そうですか、なるほど、それはいいですね。ドラッグ、マリファナの摂取はありませんか？アルコールとか、気分に影響する可能性があるものは？」

「いいえ、いいえ、ありません」父さんがきっぱり言う。「ほかの病院の先生たちの言うこと聞いてます。妻は家帰りました、先生たちもう心配ないと言います。なんでまたこんなことになったのか？」父さんが髪に両手を突っこむので、引きぬくんじゃないかと心配になる。

「残念ですが、ご主人。メンタルヘルスの分野では、再発は起こり得ることなんです」ウォン先生はなだめるように言う。「では、投薬治療を受けられていることはわかりました。担当医はだれですか？」

「パテル先生です。ゴスフォード病院の」わたしが答える。

ウォン先生が驚いた顔になる。「それはちょっと遠いですね。最後に処方箋を書いてもらったのはいつですか？」

リリーと目を見合わせる。「たぶん先月？」

先生はペンをかちかち鳴らす。「なるほど。それで、お薬はどうですか？　ちゃんと飲んでいますか？」

「薬飲んでます」父さんが言いはる。「薬飲んでます、先生出したもの」加勢してくれという目でわたしたちを見る。

口がからからに渇いて、言葉が出てこない。

父さんは知らない話だけれど、母さんに薬を飲ませるのはひと苦労だ。「薬を飲むと手がふるえるの。肌が乾燥するし」母さんはそう文句を言った。「もう良くなったから。もう悪いことは考えない。薬もいらない」

リリーはわたしよりまめだった。晩ごはんのあとは必ず母さんの様子をみて、容器に残った錠剤の数までかぞえていた。でもリリーは毎晩はいないし、わたしも店に居残ることがしょっちゅうだった。

わたしたちのせいだ。ちゃんと把握しておくべきだったのに。

「ごめんなさい、父さん」小さな声で言う。

父さんがかぶりをふる。「わたしのせい。家に帰って妻の世話してます。それでもこんなこと起きます」英語で嘆いて、両手で頭を抱える。ウォン先生が父さんの腕にやさしくふれる。

「だいじょうぶですよ、チウさん。こういうことは起こるんです。だいじなのは、ご主人が奥さんを連れてきて、奥さんがここで治療を受けられているということですから。こちらでしっかりお引き受けします」リリーとわたしにも、安心してというように笑顔をむける。

「これからどうなりますか？」わたしがたずねる。

「この病院では最先端のメンタルヘルス病棟を新設したんですが、いまはベッドに空きがない状態です。できるだけ早急にお母さんがそこに入れるよう要請をかけておきます」

「また精神科に入院しなきゃいけないんですか？」鉄くずのつまった袋でぶたれたような気分だ。「どのくらいですか？」

「現時点ではなんとも」


　家に帰ると、父さんがお茶をいれてくれて、ローリーのぶんまである。骨の髄までくたびれた。なんの感情もわいてこない。頭が働かない。マイケルはソファで丸くなって寝ている。リリーは母さんの部屋に消え、父さんはキッチンでがちゃがちゃやっていて、顔つきは冷静で落ち着いて見える。なにを考えているんだろう。それよりもとにかく、**家族でまたこれを乗りきれるんだろうか？**

「アンナ、店にお知らせを出してくる。**家庭の事情で休みます**ってな」父さんはソファにいるわたしたち三人を見て言いたす。「マイケルをベッドに寝かせてやってくれ」

　マイケルの様子をみる。穏やかな顔だ。起こしてしまいたい気分になる。弟は泣きわめくだろう、そうしたら慰めてあげられる。弟の涙がきっとまぎらわせてくれる、わたしの悲しみを。

「ぼくが連れていくよ」ローリーがそう言って、またもや、わたしは心底感謝する。その気持ちが伝わっていますように。ローリーはマイケルの力の抜けたからだを抱えて部屋まで運んでいく。わたしは目を閉じて、静けさに身をゆだねる。なにもないことを味わう。

ローリーがマイケルの部屋から出てきて、ソファに座っているわたしの横に倒れこむ。戦争でもくぐり抜けてきたように、髪がぼさぼさのまま眠りに落ちそうだ。すり寄ると、わたしの髪をいじってくる。

「来てくれてありがとう。むりしなくてよかったのに」

「そりゃあするよ」

「またこれに耐えられるかわからない」

「もちろんできるよ、アンナ。きみはがんばりや《タフ・クッキー》だからね、アンナ・クッキー」そう言ってにやりと笑う。

それからはふたりともなにも言わず、わたしは彼のにおいにひたる。あったかくて、シナモンの香り、甘いビスケットみたいだ。

「帰らなきゃ」

「泊まって」彼の胸にもごもご言う。帰ってほしくない。わたしの人生のほんのちいさな場所、だれにも指図されない、ふつうでいられるところから、はなれてはいけない。

ローリーの片眉があがって、わたしは軽くいなす。「ソファに、って意味だからね」ルールがゆるくなったとしても、父さんがわたしの部屋に男子を入れさせるはずがない。

「わかったよ」頭のてっぺんにキスをされる。

ソファにかけるシーツを取りに、リネン用の戸棚にむかう。母さんの部屋で物音がしている。暗い廊下をそろそろと進む。引き出しを開け閉めする音や、聞きとれないくらい小さなぶつぶつ言う声。ドアを開ける。

「なにしてるの？」

妹はわたしを見て驚いている。「荷造りだよ。シャンプー買わなきゃ――リストがあって、うちのはだめだった」

このリストはものすごく見慣れている。「手伝わせて」

ふたりで黙々とつめていく。なにも言わなくても、ダッフルバッグの中にレジ袋が入れてある。

「このほうが病院に持っていきやすいでしょ」リリーは満足そうで、その完璧主義ぶりには笑ってしまう。**まったくよく気がまわるったら。**

「なんでわかったの、母さんに目を閉じろって言えばいいって。それで多少は落ち着くって、なんで知ってたの？」

「母さんは怖がってるだけだってわかったから」妹は肩をすくめる。「マイケルが自分のベッドで寝ようとしなかったの、覚えてる？　まっ暗だと怖いからって」

もちろん覚えている。「怖いものなんてなんにもいないよってさんざん説明したのに、信じようとしなかったよね」

「それでアンナがモンスター退治スプレーをベッドの下にかけようって言って、やっと眠れたでしょ」

「でもマイケルは子どもだし。母さんはおとなだよ。現実と非現実の区別はつけられないと」

「どれが現実か、母さんにわからせなきゃいけないのかな」リリーはちょっと考えて、こう言った。「それとも、母さんの調子が良くなればそれでじゅうぶん？」

静かに荷造りを終えると、ベッドに置いたダッフルバッグをふたりでじっと見つめる。明日これを母さんに持っていかないと。明日、新たなメアリー看護師に、新たなシモーンに会う。明日、母さんはすっかり薬漬けになっているだろうか、それともまた歌っているんだろうか。気が滅入る。

「いろいろあったし……もうこんなことは起きないと思ってた。もうだいじょうぶなはずだったのに。ふつうにもどるだけが、なんでできないんだろう？」

リリーが小首をかしげる。「アンナ、おとぎ話や映画じゃないんだよ。わたしたちは日が暮れても消えたりしないし、ダンスパーティの前にドレスを十五着も試したりしない。**これがふつうなの**」

母さんの部屋のドアを閉めながら、妹の言葉が頭の中で何度も響く。

これがふつう。

ローリーがソファでのびている。まるで天真爛漫《らんまん》な天使、マイケルと同じだ。初めてデートしたとき、わたしはふつうのティーンでいたい、ふつうのティーンらしいことをしたいとばかり思っていた。自分はあまりにも場ちがいだと感じていた。わたしが「ふつう」じゃなかったから。

でも、ローリーもふつうじゃない。自分の中の魔物と毎日闘っている。それでも時間を作って、全力でわたしを助けてくれる。わたしたちの力になってくれる。

それはふつうじゃない、それはすごいことだ。

ローリーに毛布をかけて、あかりを消す。

三十二

部屋に何頭も馬がいる。雷のように大きなひづめの音と振動に、ゆり起こされる。

そうじゃない、スマホだ、床の上でゆれている。暗闇の中、手さぐりで持ちあげる。**知らない番号。**朝の四時。おそるおそる電話に出る。

「はい」

「アンナ、わたし！　**わたし**よ！」**母さんだ。**

ぐっとこらえてにっこりする、だれにも見えないけれど。「ああ、母さん。もう遅いよ、眠らなきゃ」

「アンナ、ここはひどいところ。ここから出してちょうだい」小声でも母さんの必死な様子は伝わってくる。「ここの医者、悪い人よ。悪い考えを持ってる。中国人がいるの、若い男」

「ウォン先生でしょ」

「わたしを見くだしてる。手をふりまわして、結婚指輪を見せつけてくる。それがなに？　大したことじゃないのに。それでわたしよりえらいと思ってる。アンナ、ここから出してちょうだい。お母さんを助けて」

涙が頬を熱く流れる。「むりだよ」**ごめんなさい**。「母さんはしばらくそこにいなきゃいけないの」

母さんには聞こえていない。「窓の外にだれかいる。男が叫んでる、聞こえる？　こう言ってる、わたしはだめだって。悪い母親だって。子どもたちにきらわれてるって。男は赤黒い目をして、つぶれたような顔。アンナ、男の顔は犬みたい！　大きな黒い犬が窓の外にいる。アンナ、怖い」母さんが声をひそめる。

リリーの言葉が頭をよぎる。**これがふつう**。

母さんの調子が良くなればそれでじゅうぶん。

歯を食いしばって深く息を吸う。

「アンナ、聞いてるの？」

「母さん、聞いて。わたしは母さんが大好き。なにがあったって、世界でどんなことが起きたって、母さんが大好き。リリーも母さんが大好き。マイケルも母さんが大好きだし、父さんだって母さんが大好き。わたしたちみんな母さんがすごく、すごく大好きだよ」

「アンナ。わたしのかわいい娘。お母さんも大好きよ、アンナはお母さんのすべて」言葉の合間に母さんが泣いているのが聞こえる。わたしはぐっとこらえる。

「母さんになにが聞こえても、だれになにを言われても、大好きだからね。忘れちゃだめだよ、わたしたちは母さんが大好きで、ここで母さんのために闘ってるからね。わたしたちも悪いものと闘う、影ともいっしょに闘うから。みんな母さんの家族なんだから」

「アンナ」しゃくりあげている母さんに、わたしは話しつづける。

「だからこんど男が窓の外にいたら、こんど大きな黒い犬がいて母さんのことを悪く言ったら、思い出して、わたしたちもそこにいていっしょに闘うって。わかった？　怖がらないで。わたしのために勇敢でいて、いい？」頬の涙をぬぐう。

「アンナ」

電話越しに手をのばして母さんを抱きしめたい。両腕で母さんを包みこんでいっしょに泣きたい。母さんの頭の中に手を入れて魔物を握りつぶしてやりたい、悪いものも悪い考えも、母さんを夜通し寝かせない幻聴や妄想も。母さんをおびえさせるすべてのものと闘いたい。

だってわたしの母親だから。

「アンナ。もう切らなきゃ。電話を使っちゃだめって言われてるから」

わたしは泣きながらうなずいて、声に出さないと、と気づく。「わかった。忘れないでね、みんながここにいるんだからね、母さんのために」

電話が切れて、涙が止まらない。

これがふつう。

すごくつらい。それもほんとう。

「アンナ」

ベッドに重みがかかる。リリーがわたしを両腕で抱いて、ふたりで座ったまま泣く。しばらくしてドアが開く。ローリーが入ってきて仲間に加わる。マイケルと父さんもそのすぐあとに入ってきた。わたしたちの泣き声で目がさめたらしい。みんなで泣いてぎゅっと抱きしめあう。

みんなで母さんを恋しく思う。

母さんは、すぐに帰ってくる。

アンナ。アンナ、信じられないと思うけど。これからする話を、アンナは信じられないと思うけど。

アンナの言うとおりだった。

眠ろうとしたら、犬人間が窓のところにもどってきたの。首に鎖が巻かれていて、口を開けたり閉じたりするから、歯が大きな音で鳴るの、おもちゃのピストルみたいに。

カチ　カチ　カチ　カチ

犬のようには吠えないから、クロコダイルも混ざってるのかもしれない。わたしは悪い母親だって言うの。子どもたちにきらわれてるって。みんな逃げていくぞって。そいつがわたしから子どもたちを奪うって。アンナをみつけて連れていくぞって。

カチ　カチ　カチ

でもそうしたらね、アンナ、奇跡が起きた。声が聞こえたの、アンナの。アンナは外でその男といっしょに立ってるの。姿は見えないけど声が聞こえて、どなり返してた。

「ここから消えて、犬人間。あんたなんか怖くない。なんともない。わたしたちは家族。家族がすべて、あんたなんかなんでもない」

犬人間はくんくん鳴いて、それからちっぽけな子犬に変わった。すごくかわいい。アンナが抱きあげていっしょに遊んであげるの。前から犬が好きだったもんね、アンナは。

アンナ、大好きよ。お母さんは大好きだからね。だから良くなりたいの。家に帰りたい。薬をちゃんと飲むね。アンナの世話をして、アンナを守ってあげる。それからリリーとマイケルも守ってあげる。それにもちろん、お父さんのことも。

もう怖くない。

大好きよ、アンナ。

大好き。

謝辞

この話を本にするにあたり、たくさんの人にお世話になりました。

なによりもまず、両親から愛、勤勉、そして思いやりを教わりました。背中を押してくれ、惜しみない気遣いと信頼でわたしを支えてくれています。

おおぜいの親戚、おばたち、おじたち、かけがえのないいとこたちとは、さまざまな経験を一族として共に重ねています。

すばらしい夫であるフィル、いつも最初の読者になり、最愛の人であり、わたしが元気でいられるよう気遣ってくれてありがとう。タワー家としてつながるバーバラとトニー、グレッグとアラーナ、ペニーとベンにもお礼を言わせてください。

早い時期に読者になってくれたウェンディ・チェンとカイリー・ウェスタウェイ、時間をかけてていねいに読み、すばらしい理解力でサポートしてくれたことに感謝します。

大親友のみんな、カイ・ウォン（おかげで最終的なタイトルを思いつきました）、ロジャー・リー、アン＝マリー・カウフマンとは、いっしょに笑って、泣いて、飲んで、くだらないことを言いあいました。

飛びぬけてすばらしい出版仲間、アンナ・マクファーレン（まさしくアンナ！）、ニコラ・サンティッリ、ソフィ・イートン、そしてアレン&アンウィン社のみなさん。ロミーナ・パネッタ・エドワーズのイラストは大大大好きです！

ラディア・チョードリーにたくさんの愛を。あなたはほんとうに最高です、この作品はわたしだけでなく、あなたの子どもでもあります。

執筆仲間のみんなにもお世話になりました、オーストラリアには最高にかっこいいYA作家たちがいます！　ジャスティーン・ラーバレスティアは、すばらしい支援者であり、パワフルな導き手となってくれました。アリス・プン、まずはあなたの熱烈なファンになれたこと、そしてわたしのインスピレーションと創作意欲の豊かな源でいてもらえることに感謝します。それから大切な作家仲間のみんなが賛辞や応援の言葉、バーチャルハグを送ってくれました。いつもいつもわたしが必要としているものです。ピップ・ハリー、エリン・ゴフ、ティム・シンクレア、タラ・エグリントン、エミリー・ゲイル、サラ・アユーブ、ゲイブリエル・トーザー、リアン・ホールをはじめ、たくさんのみなさん、ありがとう。

とくに紹介したいのは、Subtle Asian Traits〔アジア系の人が外国に住んでいて感じる文化的ギャップを小ネタとして投稿するフェイスブックのグループ〕とその仲間たちです。みんなの日々の小ネタのおかげでアジアン《A》ベイビー《B》ガール《G》やタピオカティー、Kポップなどがよくわかり、作品に生かすことができました。わたしを笑顔にしてくれてありがとう。そしてブライアン・クックにも感謝を。スターライト・チルドレンズファンデーションがこれからもずっとずっと輝きつづけられますように。

それからもちろん、#LoveOzYA｛オーストラリア国内のYA文学を若い読者に広める活動をする全国組織｝というすばらしい組織なくしては、なにもできませんでした。みなさんの支援のおかげで、ここまでたどり着きました。この場所に、このコミュニティサイトに集まっているのは、地球上でもっともすばらしい人ばかりだと、わたしは確信しています。

本書の主人公、そして語り手でもあるアンナは、オーストラリアで暮らす十六歳の少女。三人きょうだいの長女で、思春期の妹と幼い弟がいます。香港で生まれ育った両親は、結婚後に幼かったアンナを連れてオーストラリアに移住したものの、母親は異国での暮らしになじめず、部屋に引きこもることが増えていきます。中華料理店を営む父親は、母親のそんな状態から目を背け、仕事を逃げ場にして夜も帰宅せず、家のことは長女に任せきり。アンナは両親の教えを守って常に家族を最優先に考え、家事をこなしたり弟の面倒をみたりと、知らず知らずのうちに、いわゆる〝ヤングケアラー〟の立場にたたされた結果、自分のことはいつもあとまわしです。親しい友だちをつくる余裕もなく、相談相手もおらず、いつしか気持ちを素直に伝えることもできなくなっていました。

全編を通して母親の存在感が大きく、その言動に家族は振りまわされ、それぞれが苦悩しますが、すべてはアンナの目を通して語られます。心の病の知識がなかったアンナが、母親には助けが必要だと気づき、アンナ自身も心のうちを語る言葉をみつけ、家族とむき合い、共に困難を乗り越えようとする過程を描きたかったと、作者のウェイ・チムはのちにインタビューで語っています。

ウェイ・チムはアメリカで生まれ育ち、日本で英語教師として一年間暮らしたあと、オーストラリアに移住しました。シドニー大学で創作を専攻し、二〇一二年に作家デビュー。三か国で暮らした経験から、社会問題にも多様な視点を持ち、自身のルーツである中国を題材にした作品をおもに書いてきました。毛沢東政権下の中国で、自由を求め、イギリス統治下にあった香港まで海を泳いで渡ったという、父親の少年時代の実体験をもとにした小説も著しています。

本書を執筆するきっかけとなったのは、中国では心の病を不名誉や恥と捉える風潮があると知ったことでした。「一度発症したら治らない」という偏見に、本人だけでなく家族までも苦しめられる現状を変えたい、そんな願いのこもった作品です。入念な下調べや聞き取り調査も行っており、気持ちを落ち着かせたり、苦しみを吐き出したりする方法も、物語の中で紹介しています。

十月十日が「世界メンタルヘルスデー」なのはご存じでしょうか。メンタルヘルス問題に関する意識を高め、偏見をなくし、正しい知識を広く普及することを目的として、ＷＦＭＨ（世界精神保健連盟）が一九九二年に設定し、その後国際記念日のひとつとなりました。日本では厚生労働省が推進し、著名人やアスリートを迎えての対談イベントなど、さまざまな情報発信が行われています。

また、二〇二二年からは、高校の学習指導要領「保健体育」の科目に、「精神疾患の予防と回復」に関する項目が加わりました。心の不調は特別な病気ではなく、過度のストレスや不規則な生活など、ちょっとしたことがきっかけで誰にでも起こり得るものです。早期発見と早期治療が回復の可能性を高めるのですが、眠れない、気力がわかない、気分が落ちこむなど、人によって症状もさまざまで、本人も周囲も不調に気づきにくいのが難しいところです。物語の中で、アンナもヤングケアラーとしていつのまにか抱えていた自分の苦しみを「たいしたことはない、自分よりつらい人はもっといる」と考えて、助けを求めようとしませんが、信頼できる人に話せば心の負担が軽減され、回復への道筋も見えてきます。

オーストラリア国内外を問わず高く評価されている本書を、このたびウェイ・チム初の邦訳作品として紹介できることになりました。精神疾患とヤングケアラーという難しいテーマにアジア系移民が体験するさまざまな困難も織りまぜた、社会問題が大きなウェイトを占める物語ではありますが、文学好きのローリーとの初恋や、高校生の進路選択の悩みが、家族の再生にからめて繊細に描かれ、青春小説としても楽しめます。シェイクスピアやホイットマン、フロストなどの古典的名作や、興味深い映画も物語のキーポイントになっていますので、機会があればぜひそういった作品にもふれてみてください。また、アンナが作る春巻き、父親が作ってくれる中華粥、ローリーと食べる小籠包など、要所要所で登場するおいしそうな品々に、読後はきっと中華料理が食べたくなることでしょう。

ここで、本書に出てくる日本とは少し事情が異なる点、読んでいて気にかかりそうな点を、いくつかご説明しておきます。

オーストラリアの学校は四学期制で、州によって多少違いますが、一月の終わりごろから新学年が始まります。本書では学期名の頭に「第」をつけて、少し違いを感じてもらえるようにしました。

父さんの店で働くアージェフを、リリーが「ジェフおじさん」と呼ぶ場面があります。広東語では、親しい間柄の相手の名前の前に「アー」をつけることが多いそうです。アンナもリリーも、自分との関係で、それぞれどう呼ぶかを決めているのですね。

また、アンナの「ジンピン」という中国名を漢字でどう書くのかも気になって、作者にお尋ねしたところ、「健萍」だと教えていただきました。意味についてはアンナとアージェフがそれぞれ説明していますが、興味のある方は調べてみてください。

最後になりましたが、この作品を訳出する機会を与えてくださり、細やかにサポートしてくださったアストラハウスの戸田賀奈子さんをはじめお世話になった皆さま、作品とのご縁を結んでくださった金原瑞人さん、原文とのつきあわせをしてくださった笹山裕子さん、オーストラリアの教育事情について詳しく教えてくださった鎌田裕子さん、そして、お忙しいなか訳者の質問にていねいに答えてくださった作者のウェイ・チムさんに、心からの感謝を申しあげます。

二〇二三年春　冬木恵子・山本真奈美

著者略歴

ウェイ・チム | Wai Chim

アメリカ・ニューヨーク市で中国系移民の両親のもとに生まれる。家族間では広東語を話して育ち、本やテレビ、学校生活を通して西洋の文化を吸収していった。しばらく日本で暮らした後に、オーストラリアのシドニーを定住の地として今に至る。おもな作品に Chook Chook シリーズ、Through My Eyes : Natural Disaster Zones シリーズの『Shaozhen』などがある。『Freedom Swimmer』はデビュー作のヤングアダルト作品で、リーディングス文学賞ヤングアダルト部門の第1回と、サクラメダルでショートリストに選ばれたほか、オーストラリア児童図書賞のロングリストにもノミネートされている。執筆のほかに、スターライト・チルドレンズファンデーションでデジタルプロデューサーおよびウェブ開発者として働いている。

訳者略歴

冬木恵子 | ふゆき・けいこ

20世紀終盤の一時期を米国ニューヨークで過ごし、異文化の中で子育てをした経験から、翻訳の世界に入る。訳書に『美女と野獣』(大日本絵画)、『ジ・アート・オブ モアナと伝説の海』(徳間書店)、『歴史の鑑定人』(草思社)などがある。

山本真奈美 | やまもと・まなみ

翻訳家になる夢を中学生のころから追い続け、ワーキングホリデーでアイルランドに滞在。結婚、出産を経て翻訳の勉強を続け、絵本『いわじいさんはうんとながいき』(潮出版社)で念願のデビューを果たす。

アンナは、いつか蝶《ちょう》のように羽《は》ばたく

2023年4月18日　第1刷　発行

著　者　　ウェイ・チム
訳　者　　冬木恵子《ふゆきけいこ》　山本真奈美《やまもとまなみ》
翻訳コーディネート　　金原瑞人《かねはらみずひと》

発行者　　林　雪梅
発行所　　株式会社アストラハウス
〒107-0061
東京都港区北青山3-6-7
青山パラシオタワー11F
電話03-5464-8738（代表）
https://astrahouse.co.jp

印　刷　　株式会社 光邦

ISBN978-4-908184-41-3　C0097